Anne Kröber · Würdest du lieber …

Anne Kröber, geboren 1982, ist Lehrerin für Mathematik und Deutsch und nach wie vor von beiden Welten fasziniert: der Welt der Zahlen und der Welt der Wörter. Sie lebt mit ihrer Familie an der Grenze zwischen Ruhrgebiet und Münsterland. „Würdest du lieber fliegen oder unter Wasser atmen können?" ist ihr zweiter Roman.

Anne Kröber

Würdest DU lieber fliegen ODER unter Wasser atmen können?

Bibliografische Information der Deutschen Nationalbibliothek: Die Deutsche Nationalbibliothek verzeichnet diese Publikation in der Deutschen Nationalbibliografie; detaillierte bibliografische Daten sind im Internet über http://dnb.dnb.de abrufbar.

© 2019 Anne Kröber
Mail: anne.kroeber@outlook.de
Herstellung und Verlag: BoD – Books on Demand, Norderstedt
Lektorat: Sylvia Englert
Covergestaltung: Annika Bruns
Foto: Designed by lifeforstock / Freepik

ISBN: 978-3-7386-0866-3

1.

Ich stand vor dem Spiegel und betrachtete mich skeptisch. Schwarz, so viel schwarz. Ob Mama das gewollt hätte? Ich trug doch nie schwarz. Aber ich konnte sie nicht fragen. Nichts konnte ich sie mehr fragen. Nie mehr. Denn Mama war vor fünf Tagen gestorben, fünf endlosen Tagen, die sich anfühlten, als ob die Welt stehengeblieben wäre. Ich kam mir vor wie in einem Quarantänezelt, ich mittendrin, alle anderen außen herum, die mich betrachteten. Ich bewegte mich wie in Zeitlupe, hörte Stimmen, aber verstand sie nicht, und ich wollte einfach nur schlafen, die Augen zumachen und diese fremde Welt aussperren, die mir so unheimlich war.

Im Traum, da war Mama bei mir, nicht von der Krankheit gezeichnet, sondern kerngesund und wir unterhielten uns viel: was für eine verrückte Idee Fee schon wieder hatte, mit der sie Emre wie immer in den Wahnsinn trieb, obwohl er so gutmütig war, und wie es Tessa mit ihrem neuen Freund Lars ging, den ich noch nicht für gut befunden hatte. Irgendwann wachte ich glücklich und mit pochendem Herzen auf, weil ich mit Mama gesprochen hatte. Ihr Tod musste ein schrecklicher Albtraum gewesen sein. Die Erkenntnis, dass genau dieser Albtraum Realität war, traf mich jedes Mal wie ein Schlag in die Magengrube. Mama war tot. Sie war nicht mehr da. Sie würde nie wieder mit mir sprechen können. Dann kamen die Tränen. Immer. Seit fünf Tagen. Ich war erschöpft und dennoch waren die Träume mit meiner Mutter es wert geträumt zu werden. Sie waren mein einziger Anker, der Grund, warum ich weitermachte.

Ich betrachtete mich. Was ich jetzt trug, hatte ich mir letztes Jahr für die Beerdigung von Opa Werner gekauft. Etwas anderes hatte ich nicht: eine schwarze Röhrenjeans, eine schwarze, ärmellose Bluse und Ballerinas. Meine Sommersprossen, die so typisch für mich waren und auf den ersten Blick zeigten, wie gerne ich draußen war, hatten sich feige aus dem Staub gemacht und ließen mein Gesicht blass zurück. Meine blauen Augen, die ich immer mit Wimperntusche betonte, waren rot und verquollen und meine jetzt strähnigen, langen, blonden Haare hatte ich zu einem Pferdeschwanz zurückgebunden. Selbst meine auffälligen Grübchen ließen sich nicht blicken, aber es gab schließlich auch nichts zu lachen. Nachdenklich betrachtete ich mich und versuchte ein Lächeln. Da! Die Grübchen kamen wieder, doch es fühlte sich falsch an. Als mein Lächeln wieder verschwand, verschwanden auch sie.

‚War ja klar‘, dachte ich voller Sarkasmus, ‚bei der Stimmung würde ich auch nicht bleiben.‘

Es klopfte und Fee trat ein.

„Wir müssen los, Süße.“

Ich nickte, doch in mir drin machte sich Panik breit. Ich wollte dort nicht hin, ich wollte meine Mutter nicht beerdigen und schon gar nicht wollte ich von wildfremden Menschen dabei beobachtet werden. Alles in mir sträubte sich. Tränen stiegen mir in die Augen.

„Ich kann das nicht“, flüsterte ich verzweifelt.

Da nahm Fee mich liebevoll in den Arm.

„Natürlich kannst du das, Lucie. Ich lass dich nicht allein, versprochen!“

Dann küsste sie mich aufs Haar und schob mich vorsichtig, aber bestimmt aus dem Zimmer.

Fee, eigentlich Felicitas, war eine Freundin meiner Mutter gewesen, eigentlich sogar ihre einzige Freundin, auch wenn Fee ein paar Jahre älter war. Sie lebte mit ihrem Mann Emre in der

Wohnung nebenan im gleichen Mehrfamilienhaus und hatte sich immer um mich gekümmert, wenn Mama arbeiten war. Und sie hatte viel gearbeitet, schließlich war sie die Alleinverdienerin gewesen. Es gab keinen Mann in Mamas Leben. Damit hatte es in meinem Leben auch nie einen Vater gegeben. Nie war über ihn ein Wort gefallen … bis auf ein einziges Mal, als ich es gewagt hatte, Mama nach ihm zu fragen. Sofort war sie unglaublich traurig geworden und hatte nur geantwortet: „Über ihn gibt es nichts zu wissen." Das war's. Danach hatte ich nie wieder gefragt. Aber tief in mir drin wollte ich wissen, wer er war, wie er war und ob ich Ähnlichkeit mit ihm hatte.

Doch nun hatte ich die letzte Chance vertan, meine Mutter danach zu fragen. Nie wieder würde ich Mama irgendetwas fragen. Ich fühlte mich vollkommen allein. Ich wusste, dass ich das nicht war. Da gab es Tessa, meine beste Freundin, und eben Fee. Aber das war nicht das Gleiche. Dieser Verlust riss so ein tiefes Loch in mein Herz, dass ich mir beim besten Willen nicht vorstellen konnte, wie es jemals wieder heilen sollte.

Emre brachte Fee und mich zur Trauerhalle auf dem Friedhof. Es schien, als wollte sich das Universum über mich lustig machen, denn ausgerechnet an diesem Julitag, an dem ich meine Mutter beerdigen musste, schien die Sonne von einem strahlendblauen Himmel, nachdem es tagelang nur geregnet hatte. Es war heiß und schwül und ich begann in meinem schwarzen Outfit zu schwitzen. Die schwarze Jeans fühlte sich mit einem Mal viel zu eng an, ich spürte, wie mein Rücken in der Bluse langsam klebrig wurde und wie meine Füße in den engen Ballerinas spannten.

Als wir über den Friedhof an all den Gräbern vorbei zur Trauerhalle liefen, atmete ich tief durch. Ich würde das schaffen!

Doch dann sah ich das bereits ausgehobene Grab für Mama. Als ich vorbeilief, warf ich flüchtig einen Blick hinein und mit einem Schlag wurde mir bewusst, dass gleich Mama in einer Holzkiste in dieses dunkle Loch hinabgelassen würde, völlig allein würde man sie unter der Erde verbuddeln. Ich bekam Panik, konnte nicht mehr atmen. Das durfte einfach nicht passieren! Es war heiß, es war einfach viel zu heiß! Warum war denn auf einmal kein Sauerstoff mehr in der Luft? Warum wusste ich auf einmal nicht mehr, wie man atmete? Ich musste ruhig atmen, aber wie ging das? Mein Atem ging stoßweise und ich begann zu hyperventilieren. Panisch schloss ich die Augen, versuchte verzweifelt mich zu beruhigen, aber es ging nicht. Plötzlich hörte ich eine Stimme und spürte Hände an meinen Wangen.

„Ganz ruhig! Lucie! Sieh mich an!"

Ich öffnete die Augen und erkannte Fee. Ich hörte ihre sanfte Stimme, sah ihren strubbeligen, blonden Kurzhaarschnitt und die runde Brille auf der Nase. Sie sah aus wie eine zerstreute Professorin. Langsam beruhigte sich mein Puls wieder. Auch Fee schien das aufzufallen.

„Geht's wieder?"

Ich nickte und wir gingen weiter. Weiter auf die Trauerhalle zu. Es war noch keiner der anderen Gäste da. Wir waren früh dran, das hatte ich so gewollt. Ich wollte auf gar keinen Fall vorher schon in all die traurigen und mitfühlenden Gesichter blicken und all die Hände schütteln müssen. Nur eine war schon da und wartete auf mich: Tessa. Sie machte kein großes Theater, drückte mich nicht, sondern nahm einfach meine Hand und betrat mit mir die Trauerhalle.

So war Tessa, offensiv und bestimmt. Genau das, was ich nicht war. Auch sie hatte verquollene Augen vom Weinen hinter ihrer knallroten Nerdbrille, die Mama so gut gefallen hatte, und ihre sonst so wilden, kinnlangen, dunklen Locken hingen schlaff und kraftlos herunter. Doch darum konnte ich mich nicht kümmern. Ich war zu sehr damit beschäftigt, nicht zusammenzubrechen. Konzentriert sah ich auf den Boden. Noch einen Schritt, noch einen! Einatmen, ausatmen! Und bitte, bitte, bitte nicht wieder weinen! Ich wollte das alles nicht. Ich wollte nur weg, woanders sein, die Zeit zurückdrehen. Ich fühlte mich leer, überfordert, erschöpft und zutiefst verzweifelt — alles gleichzeitig.

Als ich an all den leeren Bänken vorbeigegangen war, Tessa an meiner Seite, Fee und Emre dicht dahinter, hielt ich an und hob den Kopf. Der Anblick traf mich mit einer Wucht, mit der ich nicht gerechnet hatte. Ich schlug die freie Hand vors Gesicht und schluchzte laut auf. Da stand er, der Sarg. Er war geschlossen, aber darin lag Mama … tot … in ihrem blauen Lieblingskleid, das noch so nach ihr gerochen hatte, als ich es aus dem Schrank holte. All die vielen bunten, fröhlichen Kränze nahm ich gar nicht wahr. Da war nur dieser Sarg und das eine Wort, das mir immer wieder durch den Kopf schoss: Mama!

Tessa führte mich zur vordersten Bank und setzte sich mit mir. Vorsichtig streichelte sie mir mit dem Daumen über den Handrücken, während mir Tränen übers Gesicht liefen. Auch Fee, die sich auf meine andere Seite setzte, fiel es schwer, sich zusammenzureißen.

In der Trauerhalle war es nach der Hitze draußen angenehm kühl, trotzdem begann ich zu frieren und unkontrolliert zu zittern. Unverwandt starrte ich auf den Sarg vor uns, außerstande irgendetwas anderes wahrzunehmen. Nach und nach füllten sich die Bänke und als schließlich der Pfarrer die Trauerhalle betrat, begann die Trauerfeier.

Ich nahm das alles wie im Nebel wahr. Alles lief an mir vorbei. Erst als der Pfarrer mich direkt ansprach, wurde ich wieder aufmerksam.

„Lucie." Dann machte er eine bedeutungsvolle Pause. Schließlich fuhr er fort: „Du warst für deine Mutter das Allerwichtigste auf der Welt."

Da gab es für mich kein Halten mehr. Ich schlug die Hände vors Gesicht und weinte und weinte … und ich hörte erst wieder auf, als ich abends allein in der leeren Wohnung in meinem Bett lag und mich endlich wieder zu Mama träumen durfte.

2.

„Es ist echt eine Schande, dass du hier raus musst."
Der Klang von Tessas rauchiger Stimme war mir so vertraut, dass er sich immer wie ein Stück Zuhause anfühlte. Ich hob meinen Blick von der Kiste, in die ich gerade Mamas Sting-CDs packte, die sie so geliebt hatte und die auch mir so wichtig geworden waren, und sah Tessa an, schwieg aber, da ich nicht wusste, was ich darauf erwidern sollte.

„Hier ist doch dein Zuhause! Das ist so traurig!"
Mit feuchten Augen blickte Tessa zu mir herüber und schob ihre rote Brille wieder auf die Nase. Ein dicker Kloß setzte sich in meinem Hals fest, daher war alles, was ich herauspressen konnte, ein: „Ich weiß."

„Kann man da denn gar nichts machen?" versuchte sie es, während sie eine Vase mit Servietten umwickelte und ebenfalls in eine Kiste packte. Ich schluckte.

„Ich hätte ja hier wohnen bleiben dürfen."
Tessas Augen wurden groß. Doch bevor sie etwas sagen konnte, fuhr ich fort: „Ich kann's aber nicht bezahlen. Wir können es nicht bezahlen."

Tessa nickte.

„Vielleicht ist es besser so", sprach ich weiter. „Hier erinnert mich ja doch alles an Mama."

Die letzten zwei Wochen waren schrecklich gewesen: Ich war wie in Trance, wie in einer Wolke, nichts hatte ich bewusst wahrgenommen, nichts interessierte mich und mit absolut nichts war ich aufzuheitern. Mein Gesicht war eingefallen und grau und weil ich keinen Appetit hatte, hatte ich bereits einige Kilos verloren. Seit wenigen Tagen hatte ich nun endlich das

Gefühl, dass sich der Nebel langsam lichtete. Aber die Trauer um Mama schwebte über allem und überrollte mich in Wellen. Denn seit ein paar Tagen gab es Phasen, in denen ich das Gefühl hatte, wieder ich selbst zu werden, und als würde sich die Welt tatsächlich auch ohne Mama einfach weiterdrehen. Doch immer, wenn ich gerade dachte, dass ich nun besser damit zurecht kam, fiel mir irgendein Gegenstand in die Hände, der mich an Mama erinnerte, oder ich verwechselte Frauen auf der Straße mit ihr … und schon hing ich wieder in diesem tiefen Loch fest.

Vor einer Woche hatte Fee nach all dem Organisationskram, der erledigt werden musste, daran gedacht, den Vermieter über Mamas Tod zu informieren. Er hatte nicht direkt die Kündigung aufgesetzt, aber um ein Gespräch gebeten, das vor drei Tagen stattgefunden hatte. Darin hatte er den Auszug zwar nicht explizit gefordert, seine Sorge wegen der regelmäßigen Mietzahlung aber durchaus deutlich zum Ausdruck gebracht. So gerne ich in meinem Zuhause geblieben wäre, eine Tatsache blieb: die Wohnung war zu teuer. Und die einfachste Lösung, die es gab, war vorübergehend in Fees Arbeitszimmer in ihrer kleinen Wohnung zu ziehen. Sie war Malerin und da sie zu Hause arbeitete, hatte sie immer auf mich aufpassen können, als das noch nötig gewesen war. Sie gab mir Halt und war nun sogar mein Vormund, denn ich war mit meinen 17 Jahren noch nicht volljährig. All das hatte Mama noch vor ihrem Tod geregelt.

Fee hatte angeboten, die Miete noch für ein paar Monate zu übernehmen – dafür würde ihr Erspartes reichen. Doch das wollte ich nicht, vor allem da es den Auszug nicht aufhob, sondern nur aufschob. Da brachte ich es lieber direkt hinter mich.

Daher saßen Tessa und ich nun an diesem schönen Sommertag in luftigen Klamotten im Wohnzimmer auf dem alten Teppich und packten Kisten, sortierten aus und schrieben Listen, was blieb und was gehen musste. Fee schaffte unterdessen Platz in ihrem Arbeitszimmer.

„Es tut mir echt leid, dass ich beim eigentlichen Umzug nicht da bin", sagte Tessa, während sie sich weiter mit ihrer Kiste beschäftigte. Doch ich winkte ab und nahm mir vom Teller neben mir einen weiteren Oreo-Cupcake, den Tess gebacken hatte.

„Ist doch kein Problem. Bist du schon aufgeregt?"

Tessa kräuselte die Nase. „Ja, irgendwie schon. Kommt ja nicht alle Tage vor, dass man so ganz alleine ins Ausland fährt und bei wildfremden Menschen lebt. Aber ich freu mich schon so und irgendwie fühlt sich das falsch an, weil ich doch im Moment gar nicht weg wollen sollte, oder?"

Ich hob den Blick und sah sie an. „Wegen Lars?"

Tessa runzelte die Stirn. „Ja, vielleicht auch. Ich meinte eher wegen dir. Ich find's blöd, dich jetzt alleine zu lassen."

„Aber auf Malta soll es wirklich toll sein. Du hast bestimmt traumhafte Ferien und dann kommst du wieder, bist in Englisch super geworden und hast den Akku aufgeladen, um das Abi anzugreifen." Dann überlegte ich einen Moment, bevor ich weitersprach. „Außerdem glaub ich, dass du dir einen Tapetenwechsel wirklich verdient hast. Du kommst mal weg von deinen Eltern und musst dir nicht ständig mein trauriges Gesicht ansehen." Und nach einer kurzen Pause fügte ich hinzu: „Aber du wirst mir echt fehlen."

Tessa lächelte mich traurig an und ich versuchte zurückzulächeln, doch es gelang mir nicht so richtig. Stattdessen traten mir Tränen in die Augen, wie immer in letzter Zeit, wenn mich solche Blicke trafen, denn sie drückten so viel Mitgefühl aus, dass ich unwillkürlich wieder zurückgeworfen wurde, egal wie weit ich mich schon vorgekämpft hatte. Um nicht in Tränen auszubrechen, biss ich in den leckeren Cupcake in meiner Hand. Das hatte sie wirklich drauf – Backen. Bei jeder sich bietenden Gelegenheit stand Tessa in der Küche und probierte neue Kreationen aus. Doch für Tessas karrierebesessene Eltern – ihr Vater war Chirurg in der örtlichen Uniklinik und ihre Mutter reiche Ehefrau – war diese Leidenschaft nichts anderes als das Hobby einer schnöden Hausfrau. Bei dem Gedanken schüttelte ich den Kopf und widmete mich wieder der Kiste, die ich gerade packte. Tessas Blick fiel auf die Vase in ihrer Hand.

„Hey, was ist mit der hier?" fragte sie und hielt ein unfassbar hässliches Exemplar in die Höhe. Die Vase war aus Porzellan, riesengroß, quaderförmig, aber ganz flach mit riesigen Rosen darauf. Ich wollte gerade mein Okay zum Wegwerfen geben, als es an der Tür klingelte. Irritiert blickten wir uns an. Wer sollte jetzt vorbeikommen? Jeder wusste das von meiner Mutter und fast jeder behandelte mich seitdem wie ein rohes Ei. Wer also würde an diesem Donnerstagabend vorbeikommen? Ich ging zur Tür, sah durch den Spion und erkannte den Vermieter, der noch dazu nicht allein war. Überrascht öffnete ich die Tür. Da legte er auch schon los.

„Lucie, wie schön, dass Sie da sind."

„Herr Wagner … was gibt es?" wollte ich vorsichtig wissen.

„Da Sie demnächst ausziehen, brauche ich Nachmieter. Die Zinkes waren die ersten Interessenten und da dachte ich, ich zeigen ihnen direkt die Wohnung."

„Jetzt?"

„Wenn es Ihnen nichts ausmacht", erwiderte Herr Wagner ruhig, aber bestimmt. Er war ein unangenehmer Mann, irgendwie schmierig, mit Glatze, klein und pummelig. Irgendwie erinnerte er mich an den Anwaltskollegen von Richard Gere in *Pretty Woman* und der war mir auch nicht in guter Erinnerung geblieben. Dennoch gab ich nicht so schnell klein bei, denn Mamas Tod machte mich auf sonderbare Weise mutiger, als ich eigentlich war.

„Und wenn ich nicht da gewesen wäre?"

„Hätte ich dennoch jedes Recht der Welt gehabt, Interessenten dieses Objekt zu zeigen."

Dieses Objekt? Objekt? Das hier war mein Zuhause! Langsam wurde ich wirklich wütend, aber ich fügte mich. Besser, ich legte mich nicht mit diesem Mann an, nachher erhöhte er Fees Miete, nur weil ich mit einzog.

Also trat ich zur Seite und ließ Herrn Wagner und das Ehepaar Zinke in mein in diesem Moment unfassbar chaotisches Zuhause. Überall standen Kisten herum und Zeug, das noch eingepackt oder entsorgt werden musste. Die Wohnung an sich war alt, das ein oder andere Zimmer hatte dringend eine Renovierung nötig. Aber da Mama immer Angst vor einer Mieterhöhung gehabt hatte, hatte sie nie etwas gesagt.

Nun führte Herr Wagner das interessierte Ehepaar also durch unsere Räumlichkeiten. Schon in dem gemütlichen Flur mit den alten, dunklen Fliesen und den ganzen Bildern und Fotos an den Wänden rümpfte die Frau die Nase.

„Das ist ja alles total überladen. Hat hier etwa ein Messi gehaust?"

Und dabei schwang sie ihre perfekt gestylte Föhnfrisur und umklammerte ihre Handtasche, als fürchtete sie gleich überfallen zu werden. Ich musste mich zusammenreißen, um nicht zu platzen.

Als ich nach einer geschlagenen Stunde die Tür hinter den ungebetenen Gästen wieder schloss, atmete ich einmal tief durch. Das war wirklich der Inbegriff der Unverschämtheit gewesen! Hatte ich, nur weil ich noch nicht volljährig war, überhaupt keine Rechte, jetzt, wo Mama nicht mehr da war? Konnte man mich jetzt zertreten wie eine Ameise? Das war doch wohl nicht wahr!

Fassungslos ging ich zurück in mein heißgeliebtes Wohnzimmer. Doch dieses Mal sah ich es mit anderen Augen. Es stimmte schon, der Teppichboden hatte Flecken und die Holzvertäfelung an der Decke schluckte so viel Licht, dass man das Gefühl hatte in einer Höhle zu sitzen. Die Sitzgarnitur hatte ihre besten Tage hinter sich und die Wandschränke waren Marke „Eiche rustikal". Herzlichen Glückwunsch! Jetzt hatte es Herr Wagner mit seiner charmanten Begleitung auch noch geschafft, dass ich mich in meinem eigenen Zuhause nicht mehr wohlfühlte! Was sollte denn noch alles kommen? Die Antwort ließ nicht lange auf sich warten.

Als ich mich wieder setzen wollte, um den Karton weiter zu packen, fiel mein Blick auf Tessa, die mich still beobachtete. Sofort machte sich ein ungutes Gefühl in mir breit.

„Was ist los?" fragte ich, war aber nicht sicher, ob ich es nach Tessas Gesichtsausdruck zu urteilen wirklich wissen wollte.

„Ich hab noch so eine Vase mit Rosen gefunden, dieses Mal nicht ganz so flach."

Ich atmete auf. „Ach so. Die kannst du wegtun, die sind so unfassbar hässlich. Ich weiß gar nicht, warum Mama die überhaupt aufbewahrt hat."

Ich sah Tessa an, dass sie gut über ihre nächsten Worte nachdachte.

„Vielleicht, weil sie wusste, dass du sie nicht aus dem Schrank nehmen würdest."

Ich runzelte die Stirn und sah wieder zu ihr herüber. Erst da fiel mir auf, dass sie etwas in der Hand hielt, etwas, das gar nicht aussah wie eine der Vasen.

„Was hast du da?"

Wortlos reichte Tessa mir, was sie gefunden hatte. Es war eine schmale, verzierte Holzkiste, wie man sie schonmal auf Flohmärkten oder in Souvenirläden kaufen konnte. In der Wohnung hatte ich dieses Kästchen noch nie gesehen. Als ich es öffnete, fiel mir ein Stapel Briefe entgegen, Briefe, auf denen nicht die Handschrift meiner Mutter stand. Schnell sah ich den Stapel durch.

„Sie sind alle von der gleichen Person."

Tessa rückte neugierig näher. „Steht ein Absender drauf?"

Wieder sah ich alle Briefe durch, musste jedoch enttäuscht feststellen, dass sich der Absender nicht verewigt hatte. Gespannt zog ich einen der Briefe aus dem Stapel, öffnete ihn und las. Er war auf Englisch.

„Liebe Eva, es war so toll dich wiederzusehen und für ein paar wenige Wochen bei mir zu haben. Ich hatte so lange darauf gewartet und dann sind die Wochen mit dir nur so verflogen. Der Sommer ist schon wieder vorbei und es kommt mir vor, als wäre es Monate her, seit wir uns gesehen haben. Dabei bist du erst letzte Woche abgereist. Ich hoffe, Stacie ist nicht böse, dass ich dich die ganze Zeit in Beschlag genommen habe.

Hier hat der Alltag mich bereits wieder. Mom und Dad arbeiten rund um die Uhr und ich helfe, wo ich kann. Aber du weißt, dass mich diese Arbeit nicht glücklich macht und ich in die Welt hinauswill. Es wird der Tag kommen, an dem ich mit Dad reden muss. Das weiß ich. Und du hast es mir so oft gesagt. Aber ich bin ein Feigling. Was passiert, wenn er mich nicht versteht, wenn er nicht verstehen will, dass ich dieses Leben nicht will?

Ich will nichts Mystisches, ich will etwas sehen, mir etwas Eigenes aufbauen und allen beweisen, dass ich kein Faulpelz und kein Versager bin. Du weißt das! Du siehst mich anders als die anderen. Du glaubst an mich und dafür liebe ich dich! Und doch bist du so unendlich weit weg. Wenn du doch für immer bleiben könntest! Ich würde für dich sorgen, mit dir eine Familie gründen und dich für den Rest meines Lebens lieben. Dann wäre mein Leben perfekt! Du bist so warmherzig und liebevoll, so klug und schön. Es ist mir ein Rätsel, warum du keinen Freund hattest, als wir uns im letzten Jahr kennengelernt haben. Ich weiß nicht, was ich ohne dich machen würde! Bitte melde dich bald!

Ich liebe dich, Nat ... Wer ist Nat?"

„Hat deine Mutter nie von ihm erzählt?"

Ich schüttelte den Kopf. Von einem Nat hatte ich noch nie gehört.

„Von wann ist der Brief?" fragte Tessa weiter.

Auf dem Brief selbst war kein Datum vermerkt, daher sah ich auf den Poststempel.

„August 1999."

Tessa überlegte. „Und wie alt war deine Mutter da?"

„Ungefähr so wie wir. Sie war 17."

„Hm, vielleicht kennen sich die beiden von einem Austausch. Deine Mutter hat doch Abi gemacht, oder?"

Ich nickte. „Ja, könnte sein. Und diese Stacie ist ihre Austauschpartnerin, die sie im Jahr darauf noch einmal besucht hat. Wahrscheinlich, um diesen Nat wiederzusehen."

Das klang durchaus plausibel, daher nickte Tessa. Mir dagegen fiel auf einmal etwas ein. Ich durchforstete alle Briefe, sah nach dem Poststempel und ordnete sie, da sie beim Herausfallen durcheinander geraten waren. Dabei murmelte ich: „99, 2001, 2000, 2001, … Der Letzte ist von 2001."

„Los, mach ihn auf!" forderte Tessa neugierig. Das ließ ich mir nicht zweimal sagen. Er war ganz kurz, bestand nur aus wenigen Zeilen.

„Süße, nur noch zwei Wochen, bis ich dich endlich wieder in meine Arme schließen darf. Ich bin so aufgeregt, dass ich so manche Nacht nicht mehr richtig schlafen kann, weil ich immer nur an dich denke. Ich bin gespannt auf deine neue Wohnung, auf deine Freunde und auf dein neues Leben. So vieles wird anders sein als noch bei meinem letzten Besuch. Aber du bist immer noch dieselbe. Ich liebe dich und freue mich, dich endlich zu sehen, Nat."

Eine Weile herrschte Schweigen. Schließlich ergriff Tessa das Wort: „Denkst du, er war wirklich da?"

Ich zuckte mit den Schultern. „Keine Ahnung. Was wohl aus ihm geworden ist?"

Eine Weile hingen wir unseren Gedanken nach … bis ich auf einmal aufschreckte, als hätte mich etwas gestochen. Mit großen Augen betrachtete ich den Brief.

„Da steht …" Dann brach ich ab.

„Lucie?" Doch ich reagierte nicht. „Hey, was ist los?"

„Da steht September. September 2001." Mein Puls beschleunigte sich und ich merkte, wie mein Herz klopfte. Doch Tessa begriff nicht.

„Und?"

„Mein Geburtstag, Tessa. Wann ist mein Geburtstag?"

Ich konnte nicht fassen, dass sie das nicht bemerkte! Ich war schon ganz kribbelig.

„Anfang Juni", antwortete Tessa völlig unbeeindruckt. Doch noch während sie es sagte, wurden ihre Augen riesengroß. „Anfang Juni, 2002."

Ich nickte aufgeregt und wedelte wild mit dem Brief in der Hand.

„Denkst du, er könnte ...", versuchte Tessa es vorsichtig. Doch für Vorsicht war es längst zu spät.

„Tess, ich glaube, wir haben meinen Vater gefunden!"

Fassungslos saß ich auf dem Teppich und betrachtete den Brief in meiner Hand. Mein Herz schlug mir bis zum Hals und für einen winzigen Moment vergaß ich Mamas Verlust.

„Oh mein Gott!" rief Tessa aus. „Das ist der Hammer!"

„Das ist es!"

Obwohl ich total aufgeregt war, war meine Stimme nur ein Flüstern, als könnte meine eigene Stimme diesen unglaublichen Moment zerstören. Und auch Tessa blieb vorsichtig.

„Was denkst du, warum es keine weiteren Briefe gibt?"

Ahnungslos zuckte ich mit den Schultern und eine Weile wusste keine von uns etwas zu sagen. Es war absolut still in unserem Wohnzimmer, in dem ich so viel erlebt hatte und in dem ich fast jede Erinnerung mit Mama verband. Draußen hörte ich den Straßenverkehr auf der Hauptstraße und fragte mich für einen Moment, wie für andere Leute gerade ein völlig normaler Tag weitergehen konnte, während ich das Gefühl hatte, dass hier gerade etwas Unglaubliches geschehen war. Und während ich mich in dem in die Jahre gekommenen Wohnzimmer so umsah, das mir unser Vermieter mit seinem Besuch so madig gemacht hatte, reifte in mir ein Entschluss heran.

„Weißt du was?" fragte ich daher und blickte zu Tessa herüber.

„Ich werd ihn fragen."

„Wie meinst du das?"

Tessa wusste genau, dass ich überhaupt nicht abenteuerlustig war, sondern immer auf Nummer sicher ging. Aber dieses Mal würde ich sie überraschen. Ich atmete einmal tief durch, dann sah ich meiner besten Freundin fest in die Augen.

„Ich werde ihn suchen und dann werde ich ihn fragen."

3.

Eva,

Du bist gerade erst in den Flieger gestiegen und ich vermisse dich jetzt schon. Wie kann es sein, dass ich das Gefühl habe, dich schon ewig zu kennen, obwohl ich dich erst vor vier Wochen kennengelernt habe? Und das auch nur, weil ich so beschäftigt war mit mir und meinem Football-Training, dass ich auf dem Flur in der Schule einfach in dich hineingelaufen bin. Das war mir so unglaublich peinlich. Ich wollte doch Eindruck auf dich machen. Hab ich dir überhaupt erzählt, dass ich dich vorher schon ein paarmal mit Stacie gesehen hatte? Die ganze Zeit habe ich mich gefragt, wer du wohl bist. Ich wollte dich unbedingt kennenlernen, aber ich hab mich nicht getraut dich anzusprechen. Du warst so anders als alle Mädchen, die ich kenne. Aber als ich dann aus Versehen – ich schwöre, es war keine Absicht – in dich hineingelaufen bin, da war es um mich geschehen. Du hast dich aufgerichtet, deine kinnlangen Haare geordnet und mich mit deinen großen, braunen Augen sanft angeblickt. Und dann hast du dich sogar bei mir entschuldigt. Dabei war ich doch schuld an unserem Zusammenstoß...

Ich saß auf meiner Reisetasche, den Rucksack mit meiner mir heiligen Spiegelreflexkamera und Mamas Kiste mit den Briefen auf meinem Schoß, in der Eingangshalle eines fremden Flughafens einer fremden Stadt in einem fremden Land und machte mir Sorgen, ob das alles wirklich eine gute Idee gewesen war. Fees Freundin Sarah, bei der ich die nächsten Tage wohnen sollte, hätte längst hier sein sollen, aber von ihr war keine Spur.

Ich sah auf die digitale Uhr an meinem Handgelenk, die ich – wann immer ich Distanzen zurücklegte – als Stoppuhr nutzte. Sie lief nun schon seit ich die Haustür hinter mir geschlossen hatte, also seit 12:42:31 Stunden. Eine seltsame Form von Panik stieg in mir auf, schließlich hatte ich nichtmal Sarahs Nummer, nur ihre Adresse, die ich in sämtlichen Formularen mit angegeben hatte, damit die Behörden auch wussten, dass ich ein festes Ziel hatte und nicht einfach einreisen und verschwinden wollte. Aber Sarah tauchte einfach nicht auf.

Fee war nicht so begeistert von meiner Abenteuerplanung gewesen, da der Umzug bevorstand und sie eigentlich der Ansicht war, dass ich erstmal zur Ruhe kommen musste. Sie sah allerdings auch ein, wie wichtig diese Reise für mich war und dass ich ein bisschen Abwechslung gerade wirklich gut gebrauchen konnte. Wann, wenn nicht in den Sommerferien sollte ich denn fahren? Sie schenkte mir den Flug, schrieb mir eine Erlaubnis, dass ich allein reisen durfte, und gab mir ein paar Wochen Zeit, um meinen Vater zu finden.

Aus ihrem Kunststudium hatte sie eine Bekannte, die vor Jahren nach New York gegangen war. Fee hatte sie angerufen und um Hilfe gebeten und Sarah hatte mit Vergnügen ihre Couch zur Verfügung gestellt. Obwohl Fee gerne mitgekommen wäre, konnte sie im Moment nicht weg, da sie gerade eine Ausstellung plante, die in einer Woche eröffnet werden sollte.

Wie besessen hatten Tessa und ich in den letzten Tagen die Briefe von Nat an meine Mutter wieder und wieder gelesen und waren so bewegt von seinen Worten, dass das abrupte Ende des Briefwechsels ein immer größeres Rätsel wurde. Der einzige Hinweis, den ich hatte, war eine Adresse in Manhattan. Nat hatte sie in einem seiner Briefe angegeben, um Eva, meine

Mutter, über seinen Umzug nach New York zu informieren. Dort würde ich meine Suche beginnen. Weiter hatte ich noch nicht geplant. Wie auch? Ich hatte keine Ahnung, was meine Suche dort ergeben würde, und das machte mich schrecklich nervös. Ob ich ihn überhaupt finden würde? Und wenn ja, was dann? Die Frage, die ja immer noch blieb, war: War Nat überhaupt mein Vater?

Ich wusste, ich konnte einen Neuanfang gebrauchen, und ein Teil von mir wollte auch ausbrechen aus dem Tief, in dem ich mich befand, all die Trauer hinter sich lassen und sich mit einem gigantischen Abenteuer ablenken von all dem Kummer. Aber ein anderer Teil wollte auch nach Hause, wollte sich ins Bett legen, in der Trauer um Mama versinken, weinen, traurige Musik hören, Schnulzen ansehen, Süßigkeiten essen, sich einfach nur verkriechen und vor der Welt verschließen.

Und jetzt saß ich an diesem Flughafen, sah Leute kommen und gehen und fragte mich, was passieren würde, wenn Sarah nicht auftauchte. Ich stellte mir vor, wie ich in der Dunkelheit allein und ziellos durch Manhattan irrte, in zwielichtigen Gegenden landete und seltsamen Gestalten begegnete, und bekam Angst. Wenn Sarah nicht bald auftauchte, war ich in meiner Phantasie Opfer eines Serienmörders geworden. Ich beschloss, noch zehn Minuten zu warten, und mir dann ein Taxi zu Sarahs Adresse zu nehmen. Doch auch diese zehn Minuten wollten scheinbar gar nicht vergehen, denn über mir hing eine riesige Uhr, die mir alle paar Sekunden unmissverständlich deutlich machte, dass ich hier nichts zu suchen hatte. Alles hier war mir fremd, selbst der Flughafen war anders als zu Hause – nicht ganz so sauber, nicht ganz so hell. All die Menschen waren mir fremd. Wenn sie sich schnell unterhielten, verstand ich sie nicht, und auch wenn ich alles andere als rassistisch oder ausländerfeindlich war, irritierte es mich doch, mit einem Mal so viele Menschen anderer Hautfarbe und anderer Kultur zu sehen. Ich war hier eindeutig der Außenseiter. Mir war kalt, ich war müde, den Tränen nahe und fragte mich, ob diese Reise eine blöde Idee gewesen war.

Doch auf einmal öffnete sich die Flughafentür vor mir und eine gehetzte, bunte Kugel stürmte in die Halle, hielt abrupt an, blickte sich suchend um und stürmte schließlich auf den einzigen Menschen zu, der irgendwie verloren wirkte – mich.

„Lucie, hi. Es tut mir so leid, dass ich so spät bin! Der Verkehr in New York ist einfach furchtbar!" Mit den Worten umarmte sie mich herzlich und dabei wehte mir ein angenehmer Duft nach frischer Wäsche entgegen, der mir vor Erleichterung Tränen in die Augen trieb.

Sarah war etwa so groß wie ich, etwas mollig, mit wild zerzausten rotbraunen Haaren, die ihr etwas über ihre Schultern reichten und die sie mit einem lilafarbenen Tuch bändigte, das sie sich um den Kopf gebunden hatte. Ihre Kleidung sah aus, als hätte sie sich einfach mehrere Lagen bunten Stoff umgebunden, der wie ein Kleid wirken sollte. Die obere Lage war grün, aber ich erkannte auch noch braun und orange.

Während wir den Flughafen verließen und Sarah mich zu ihrem Auto dirigierte, entschuldigte sie sich noch zehntausendmal und beschwerte sich weitere Male über den schrecklichen New Yorker Verkehr. Doch ich hörte gar nicht richtig zu, sondern nahm all die fremden Eindrücke war. Obwohl es dunkel war, war es unheimlich stickig, wie nach einem heißen, schwülen Sommertag, der ein Gewitter ankündigte. Die Luft war warm, aber der Boden war nass. Also hatte es gerade noch geregnet. Es roch nach Abgasen, aber es war auch alles voller Autos, Taxen, Shuttles, sogar Limousinen entdeckte ich.

Sarah plapperte, bis sie sich schließlich vom John F. Kennedy-Airport wieder in den New Yorker Verkehr stürzte und ohne Ende zu fluchen begann. Diese verrückte, bunte Künstlerin war mir sofort sympathisch.

Sobald allerdings etwas von New York zu sehen war, dachte ich nicht weiter über sie nach, sondern klebte an der Scheibe. Es gibt gar keinen Ausdruck dafür, wie gigantisch ich New York fand, die Stadt, die niemals schläft. Die vielen Lichter der Wolkenkratzer in der Dunkelheit, unzählige Autos, fremde Straßenschilder, wildes Hupen ... Alles war sofort völlig anders als zu Hause.

„Was möchtest du essen? Ist Chinesisch okay?"

Ich nickte. Erst jetzt bemerkte ich, wie hungrig ich tatsächlich war, aber auch müde und total überwältigt von so vielen Eindrücken.

Sarah griff zum Hörer und bestellte unser Essen, wobei sie so schnell sprach, dass ich nicht richtig folgen konnte. Erschöpft saß ich auf dem knallroten, flauschigen Sofa, auf dem ich schlafen sollte. Dabei wanderte mein Blick durch die winzige Wohnung und ich war überrascht, wie strukturiert und ordentlich alles war, obwohl Sarah so chaotisch wirkte. Der dunkle Holzfußboden strahlte Gemütlichkeit aus und passte unheimlich gut zu dem roten Sofa. Die Wände und die drei Türen, die zum Schlafzimmer, zum Bad und zur Küche abgingen, waren weiß. Das Sofa, auf dem ich saß, war dagegen über und über mit bunten Kissen dekoriert. Ein in Rot-Orange-Tönen gewebter Teppich lag auf dem Boden und die offenen Wandregale, in denen allerlei Vasen und sonstige Deko standen, waren ebenfalls rot und orange lackiert. An freien Stellen hatte Sarah, vermutete ich, einige ihrer Bilder aufgehängt, die deutlich machten, dass sie auf abstrakte Kunst stand. Denn zumindest für mich war in all den buntschillernden Bildern nichts Wirkliches zu erkennen.

Eine halbe Stunde später klingelte es und Sarah sprang auf. Den kleinen Asiaten, der aussah wie zwölf, aber bestimmt schon Anfang 20 war, bezahlte sie schnell und brachte ihre Schätze dann zu dem kleinen, rotlackierten Wohnzimmertisch.

„Dich als Europäerin muss ich ja fragen: Stäbchen oder Gabel?" erklärte sie mit einem Augenzwinkern.

„Gabel", erwiderte ich prompt, so dass Sarah mir eine aus der Küche holte und erklärte, was sie alles bestellt hatte.

„Greif ordentlich zu. Ich bin gleich noch zum Essen verabredet", erklärte sie. „Ist also alles für dich."

Sie verschwand kurz, um sich fertig zu machen, während ich mir in der Zeit das Essen schmecken ließ. Als Sarah schließlich wieder zu mir stieß, trug sie wieder etwas Sackähnliches, diesmal in schwarz. Aber sie sah hübsch aus, hatte ihre Augen dunkel und ihre Lippen knallrot betont, ihre Haare strubbelig, aber dennoch gekonnt hochgesteckt. Für einen Augenblick setzte sie sich neben mich, griff sich eine Mini-Frühlingsrolle, biss ab und fragte schließlich mit vollem Mund:

„Warum bist du ganz alleine unterwegs? Hast du gar keine Angst?"

Ich schluckte ein Stück gebratene Ente hinunter und setzte mich auf.

„Fee muss arbeiten und Tessa, meine beste Freundin, konnte nicht mit, weil sie einen Sprachkurs macht."

Sarah schien zumindest halbwegs zufrieden zu sein, fuhr aber mit einem Blick auf die Uhr fort: „Muss ich mir Sorgen machen, dass du Blödsinn anstellst, wenn ich weg bin?"

Schnell schüttelte ich den Kopf. „Ich will nur noch schlafen."

„Alles klar. Fühl dich wie zu Hause." Verschwörerisch zwinkerte sie mir zu. „Dann bis später."

Kurz drauf fiel die Tür ins Schloss und ich war allein. Da ich k.o. war, räumte ich nur noch eben unsere Sachen in die Küche, ging ins Bad, um mich fertig zu machen, und kuschelte mich schließlich unter meine Decke. Denn trotz des schwül-warmen Wetters draußen war es in Sarahs Wohnung wegen der Klimaanlage erstaunlich kalt.

Morgen würde die Suche nach meinem Vater endlich beginnen und das machte mich schrecklich nervös. Vielleicht würde das alles verändern. Ob ich ihm ähnlich war? Ob ich aussah wie er? Ob er mich mit offenen Armen empfangen würde? Meine Gedanken kreisten immer wieder um dieselben Fragen.

Um mich abzulenken und endlich schlafen zu können, lauschte ich auf die Geräusche um mich herum. In der Wohnung war es bis auf das Brummen des Kühlschranks und der Klimaanlage still, doch von draußen drangen die Geräusche von New York zu mir herauf: Das Hupen ungeduldiger Autofahrer, immer mal wieder die Sirenen von Polizei und Krankenwagen und irgendwann ganz leise ein entferntes Grummeln, das allmählich immer lauter und lauter wurde. Dann setzte Regen ein, der gegen die Scheiben prasselte. Ich stand auf, öffnete ein Fenster, so gut es ging, und ließ die feuchte Luft in die Wohnung. Ich zog die Rollos nach oben und blickte in den dunklen Himmel. Sarah lebte in Brooklyn in einem großen Wohnblock und mein Blick wanderte über den Vorplatz mit der Wiese und der Schaukel, die durch eine einsame Laterne angeleuchtet wurden. Ansonsten war alles dunkel.

Ich schnappte mir meine Kamera, wählte die richtige Einstellung und legte mich auf die Lauer. Kurz bevor auf einmal ein Blitz durch die Wolken krachte und das Wohnzimmer erhellte, drückte ich auf den Auslöser. Doch als sich der Blitz dann unter ohrenbetäubendem Getöse zeigte, war ich so fasziniert, dass ich das Bild beinahe versaut hätte. Der Blitz krachte durch die Wolken und erhellte in diesem einen Moment die dichte, graue Wolkendecke, so dass sie für den Augenblick in den schönsten Orange- und Blautönen aufleuchtete. Beim Blick auf mein Display erkannte ich, dass es mir tatsächlich gelungen war, diesen Moment einzufangen. Stolz legte ich die Kamera an die Seite, lehnte mich auf die Fensterbank und sah weiter in die Dunkelheit. Die Luft war mit einem Mal wie elektrisch aufgeladen, so als würde sie ankündigen, dass etwas Großes bevorstand.

Meine Uhr zeigte an, dass ich jetzt seit 15:12:47 Stunden unterwegs war. Eigentlich hatte ich die Zeit bei meiner Ankunft stoppen wollen, aber das kam mir irgendwie falsch vor. Schließlich war ich auf der Suche nach meinem Vater.

Einen Moment blieb ich noch am Fenster stehen und sah nachdenklich hinaus, doch dann begann es so zu schütten, dass der Regen auf die Fensterbank prasselte und auf den Fußboden tropfte. Schnell schloss ich das Fenster und hoffte sehr, dass dieses Unwetter nicht doch ein schlechtes Zeichen für meine Suche war.

4.

… Ich musste gestern an unseren Abend im Autokino denken. Was für ein toller Abend und das, obwohl ich keine Ahnung mehr habe, welcher Film überhaupt lief. Kannst du dich erinnern? Du hast so unfassbar gut gerochen und du saßt so nah neben mir, dass ich einfach nicht anders konnte, als dich mitten im Satz, mitten in unserem Gespräch zu unterbrechen und einfach zu küssen. Mein Herz hat dabei geklopft wie verrückt. Und dann hast du einfach weiter gesprochen, um deinen Satz zu beenden. Aber als du mein erschrockenes Gesicht gesehen hast, musstest du unheimlich lachen und hast mich geküsst. Ich kann dir gar nicht sagen, wie sehr mich das gefreut hat! Und obwohl meine Gedanken rasten, weil ich auf keinen Fall etwas falsch machen wollte, weiß ich noch, dass du meintest, dein Lieblingsfilm wäre ,Grüne Tomaten'. Ich hab ihn mir angesehen. Idgie ist unglaublich! Und auch wenn ich eigentlich nie solche Filme sehe, war es schön zu wissen, wie sehr du ihn magst. Hast du mittlerweile ,Pulp Fiction' gesehen? Der beste Film aller Zeiten …

Als ich am nächsten Morgen Sarahs Wohnung nach einer ziemlich kurzen Nacht verließ, war ich so aufgeregt wie noch nie zuvor in meinem Leben. Das, was ich an diesem Tag vorhatte und was eventuell geschehen würde, war einfach viel zu aufregend.
Ich wollte unbedingt sofort zu der Adresse, die ich aus den Briefen hatte. Auch wenn mir klar war, dass morgens viele bei

der Arbeit sein würden, hielt ich es trotzdem nicht mehr bis zum Abend aus. Ich musste mich jetzt auf die Suche machen, sonst würde ich noch verrückt! Sarah hatte mir angeboten mitzukommen und auch, wenn mir bei der ganzen Sache etwas mulmig zumute war, wollte ich das doch unbedingt alleine machen. Das bedeutete allerdings nicht nur, dass ich gleich zu einer Adresse fuhr, an der möglicherweise mein Vater wohnte, sondern auch, dass ich allein in New York unterwegs war, und das ließ meinen Puls zusätzlich steigen.

Ich fuhr mit dem alten, klapprigen Fahrstuhl die acht Stockwerke hinunter und trat auf die Straße. Zum ersten Mal nahm ich New York bei Tageslicht wahr und als ich mich umsah, merkte ich direkt, wie anders alles aussah als zu Hause, auch hier in Brooklyn. Der hohe, braune Klinkerbau, in dem Sarah lebte, stand mit mehreren Hochhäusern zusammen, durch eine Wiese miteinander verbunden, die durch asphaltierte Wege zu den Hauseingängen unterbrochen war. Doch die benachbarten Gebäude, die nicht zu dem Wohnblock gehörten, standen dicht an dicht, teilweise erkannte ich im Erdgeschoss ein Geschäft und in den beiden Stockwerken darüber befanden sich offenbar Wohnungen. An einigen der Häuser sah ich Feuertreppen, wie man sie aus amerikanischen Filmen kannte. Bäume säumten die Straßen, um für ein bisschen mehr Grün zu sorgen. Auf meinem Weg zur U-Bahn-Station konnte ich manchmal einen Blick in einen heruntergekommenen Hinterhof erhaschen oder ein mit Liebe angelegtes Beet vor einem Eingang bewundern, aber Gärten entdeckte ich nicht. Sarah lebte in einer Querstraße zu einer belebten Straße und um diese Zeit war dort nicht viel los, da die meisten Leute schon bei der Arbeit waren.

Ich merkte direkt, wie warm und drückend es schon wieder war, obwohl es in der vorherigen Nacht so gewittert hatte, und war froh, dass ich mich für Jeans-Shorts und eine dünne Bluse entschieden hatte. Und auch der Pferdeschwanz sorgte für Abkühlung im Nacken.

Die U-Bahn-Station lag nur ein paar Straßen entfernt. Von Weitem erkannte ich die grüngestrichene Eingrenzung aus Messing und als ich näherkam, entdeckte ich in der Nähe ein paar Geschäfte, einen kleinen Supermarkt und einen Starbucks. Ich fühlte mich, als hätte mich meine eigene Welt eingesaugt und in einer seltsamen Parallelwelt wieder ausgespuckt, als wäre ich in einem Film gelandet. Oder so als würde man eine Muschel vom Nordseestrand auf einmal in den East River werfen. Das Land, die Sprache, die Menschen, die Häuser, die Straßen, selbst die Luft, alles war mir fremd. Nur ich war noch ich. Aber auch das stimmte nicht ganz. Mamas Tod hatte mich ziemlich aus der Bahn geworfen und ich hatte noch nicht zurück in die Spur gefunden. Würde ich sie überhaupt jemals wiederfinden? Ich betrat die dunkle U-Bahn-Station über 21 Stufen und besorgte mir an einem Automaten erst einmal eine Metro-Card. Dann suchte ich das richtige Gleis. Nach der Bahn musste ich nicht sehen, da ich den Fahrplan der New Yorker U-Bahn auswendig gelernt hatte. Ja, ich weiß, das ist seltsam, aber ich mache eben solche Dinge.

Das Licht in der Station war irgendwie schummerig, als könnte man nicht ganz scharf sehen, und alles war mit gelblichen Fliesen ausgelegt, selbst die Wände – wie in einem alten Badezimmer. Die Luft hier unten war stickig und unfassbar warm und all die fremden Menschen um mich herum machten mir Angst. Nicht, weil ich Angst vor ihnen hatte oder Sorge, dass ich beklaut würde. Nein, aber diese unzähligen, verschiedenen Kulturen, die ich einfach nicht gewohnt war, sorgten dafür, dass ich mir wie ein Fremdkörper vorkam, so als hätte ich einen riesigen Leuchtpfeil über mir, der auf meinen Kopf zeigte. Hier, sie ist die Neue! Sie ist hier der Außenseiter!

Als die Bahn endlich kam und ich einstieg, trieb mir die Klimaanlage direkt Gänsehaut auf die Arme. Obwohl total viele Plätze frei waren, blieb ich direkt an der Tür stehen, weil ich auf keinen Fall meine Haltestelle verpassen wollte. Die Ansage war dabei auch keine Hilfe, denn aus den Lautsprechern drang nur ein Knistern zu uns herüber, das ich nicht in einzelne Wörter entwirren konnte.

Es dauerte gar nicht lange, da erreichte ich den Halt in Manhattan. Mittlerweile war es deutlich voller geworden und ich musste mich an den Wartenden vorbeiquetschen, die noch in die Bahn wollten. Als ich endlich wieder ans Tageslicht trat, musste ich blinzeln, weil mir die Sonne direkt blendend ins Gesicht schien. Und auch ein unangenehmer Geruch von Müll, der an der Straßenecke auf seine Abholung wartete, schlug mir direkt entgegen. Die Abgase, die ich schon am Flughafen wahrgenommen hatte, fielen mir wieder auf, aber der Verkehr war auch deutlich dichter geworden. Taxifahrer schlängelten sich hupend durch den Verkehr und auch auf den Bürgersteigen waren deutlich mehr Menschen unterwegs. Die Hochhäuser standen dicht an dicht, in den Seitenstraßen erkannte ich Reihenhäuser, wie man sie aus Filmen kannte, und die asphaltierten Straßen hatten definitiv schon bessere Tage gesehen. Ich sah ein Rohr, das am Straßenrand senkrecht über ein Schlagloch im Asphalt gestülpt worden war, um den Dampf, der aus dem Loch strömte, weiter nach oben zu lenken. Immer wieder blickte ich mich um und war beeindruckt von diesen riesigen Gebäuden und dem ganz besonderen Baustil der Häuser. Doch je näher ich meinem Ziel kam, desto weniger konnte ich mich auf all die Eindrücke konzentrieren. Mir schwirrte immer nur eine Frage durch den Kopf: War er noch da?

Und dann war ich schließlich an der richtigen Adresse angekommen. Das Haus war ein riesiger braunroter Klinkerbau, der unterteilt war in mehrere Reihenhäuser, zu denen jeweils ein paar Stufen mit einem schmiedeeisernen Geländer führten. Ich stand auf einer der obersten Stufen, atmete einmal tief durch und warf einen Blick auf die Klingelschilder, doch ich hatte keine Ahnung, ob ein Name passen könnte, also drückte ich auf den obersten Klingelknopf und wartete gespannt und unglaublich aufgeregt darauf, dass geöffnet wurde.

„Ja?"

Die Stimme einer relativ jungen Frau erklang. Ich musste mich kurz sammeln, dann beugte ich mich zur Gegensprechanlage.

„Äh, hi. Mein Name ist Lucie. Wohnt ein gewisser Nat bei Ihnen? Ich bin auf der Suche nach ihm."

Eine Weile herrschte Schweigen und mein Herz schlug vor Aufregung so laut, dass ich Angst hatte, die Antwort der Frau nicht hören zu können. Dann hörte ich ein Knacken im Lautsprecher und schließlich: „Nein, tut mir leid. Einen Nat kenne ich hier nicht. Aber wir wohnen auch noch nicht so lange hier."

Enttäuschung machte sich in mir breit und ich seufzte. „Okay, danke."

Nächste Klingel. Nächster Bewohner. Nächste Absage. So ging das bei drei der sechs Parteien. Bei den anderen hatte niemand auf das Klingeln reagiert. Enttäuscht setzte ich mich auf die Treppe. Ich versuchte mir Mut zuzusprechen, indem ich mir sagte, dass vielleicht jemand der anderen Bewohner wusste, was mit Nat war. Oder vielleicht war sogar einer von ihnen Nat. Doch irgendwie glaubte ich nicht ernsthaft daran. Stattdessen meldete sich eine Stimme in mir, die mir sagte, dass ich vielleicht überall die gleiche Antwort bekäme: ‚Hier gibt es keinen Nat'. Andere Hinweise hatte ich nicht. Wenn ich hier nicht weiterkam, wusste ich nicht, was ich tun sollte.

Also saß ich auf der Treppe und wartete darauf, dass einer der Bewohner nach Hause kam, in der Hoffnung, irgendeine Information über Nat zu erfahren. Mir schoss die Frage durch den Kopf, ob Mama wohl wirklich hier gewesen war. Hier an diesem Haus. Hatte sie hier auf dieser Treppe gesessen? Vielleicht genau auf dieser Stufe? Mit ihm? Hatten sie auch den Schatten des großen Ginkgo-Baumes genossen, der in einer Art Allee auf dem Bürgersteig wuchs und seine ausladenden Äste dem Reihenhaus entgegenstreckte? Worüber hatten sie sich wohl unterhalten? Hatten sie Zukunftspläne geschmiedet oder von gemeinsamen Erlebnissen geschwärmt? Fragen über Fragen bildeten sich in meinem Kopf.

Bei jedem, der vorbeikam, dachte ich, es könnte ein Bewohner sein oder vielleicht sogar Nat selbst. Jedes Mal schlug mein Herz schneller, wenn jemand die Straße herauf kam, doch jedes Mal, wenn das Auto vorbeifuhr oder derjenige vorbeilief, machte sich mehr Enttäuschung bemerkbar. Was für eine Schnapsidee das doch gewesen war!

Doch auf einmal trat mir ein großer Mann Mitte 40 mit abrasierter Halbglatze in den Weg und wollte vorbei. Ich schaltete sofort und sprang auf.

„Entschuldigen Sie, wohnen Sie hier?"

Der Mann bejahte.

„Sie sind nicht zufällig Nat?" versuchte ich es weiter.

„Nein, tut mir leid. Ich bin Michael, Michael Berry."

Enttäuscht wollte ich mich wieder auf die Stufen setzen, als mir noch etwas einfiel.

„Kennen Sie vielleicht einen Nat, der im Haus wohnen könnte?"

Der Mann dachte einen Moment nach, dann schüttelte er bedauernd den Kopf.

„Nein, hier wohnt kein Nat."

„Wohnte hier denn vielleicht mal jemand mit dem Namen? Die Information, die ich habe, ist von 97."

Der Mann überlegte ein weiteres Mal. Allein durch den ersten Eindruck wirkte er beängstigend mit seiner Glatze und dem Vollbart, dennoch hatte er ein gutmütiges Gesicht. Während er überlegte, betrachtete er mich und auf einmal schien ihm etwas einzufallen.

„Warte. Suchst du nach Jonathan Green?"

Ich hatte keine Ahnung, ob er der war, den ich suchte, aber es war immerhin ein Name, also nickte ich.

„Woher kennst du ihn?"

Ich atmete einmal tief durch, dann stand ich auf und zuckte mit den Schultern.

„Ich kenne ihn nicht, aber ich bin auf der Suche nach ihm. Ich bin hier, um herauszufinden, ob er mein Vater ist."

Michael überlegte einen Moment, während er mich betrachtete. „Du siehst ihm wirklich ähnlich." Doch auf einmal wurde er ganz aufgeregt. „Mir ist grad was eingefallen. Komm mit! Ich muss dir was zeigen."

Ich war sofort Feuer und Flamme. Endlich eine Spur! Konnte mir dieser Mann wirklich weiterhelfen? Ich wurde total aufgeregt und mein Herz schlug mir bis zum Hals. Doch eine kleine Stimme in mir flüsterte mir zu, vorsichtig zu sein. Einen Augenblick dachte ich darüber nach, doch dann siegte die Neugier. Dieser Mann kannte vielleicht meinen Vater. Und ich sollte vorsichtig sein? Kopfschüttelnd, wie um die negativen Gedanken zu vertreiben, folgte ich Michael, der mir die Haustür offenhielt.

Michaels helle Wohnung war ziemlich klein, aber mit ihrer perfekt aufeinander abgestimmten Einrichtung wirkte sie sehr gemütlich.

Als ich die Wohnung betrat, war Michael bereits dabei, im Abstellraum in allen möglichen Kisten zu kramen, bis er schließlich fündig wurde. Er bat mich, auf dem alten Ledersofa Platz zu nehmen, das definitiv schon bessere Tage gesehen hatte. In der Hand hielt er etwas, das aussah wie ein altes Foto. Mein Puls raste. Was würde er mir erzählen?

„Hier im Haus hat tatsächlich vor einigen Jahren jemand gewohnt, der von allen nur Nat genannt wurde. Er hieß Jonathan Green und müsste jetzt Ende 30 sein."

Aufgeregt sah ich zu Michael. „Das müsste passen."

„Er hat mehrere Jobs gehabt, um sich die Wohnung überhaupt leisten zu können. Aber ich erinnere mich, dass er sich auch für nichts zu schade war und einfach richtig anpacken konnte. Er war hauptsächlich Kurierfahrer, aber er hat auch auf Baustellen ausgeholfen und war hier in der Häuserreihe so eine Art Hausmeister."

Unglaublich! Ob er es wirklich war, ob ich auf einmal wirklich eine Spur hatte, um meinen Vater zu finden? Neugierig rutschte ich auf die Sofakante, denn ich wollte unbedingt dieses Foto sehen. Doch stattdessen fragte ich: „Und erinnern Sie sich noch, was er gerne gemacht hat?"

„Ich weiß noch, dass er sehr sportlich war. Ich glaube, er hat mal erwähnt, dass er in der Schulzeit ein ganz guter Football-Spieler gewesen ist. Gesehen hat er es auf jeden Fall gerne. Wir haben uns öfter getroffen, um uns Spiele im Fernsehen anzusehen." Michael warf einen Blick auf das Foto in seiner Hand. „Bei einem dieser Spiele ist dieses Foto entstanden. Das müsste im Herbst 97 gewesen sein." Nach einer kurzen Pause fügte er hinzu: „Ich denke wirklich, dass Nat dein Vater sein könnte. Du siehst aus wie er."

Er reichte mir den Schnappschuss und mir verschlug es die Sprache. Da war er, ohne jeden Zweifel! Er saß auf diesem Sofa, einige Jahre zuvor, mit einem Bier in der Hand und lächelte entspannt in die Kamera. Er trug Jeans, ein blaues Shirt und ausgelatschte Chucks. Aber er war es! Definitiv! Die gleiche Statur – groß und schlank, die gleichen Sommersprossen und die gleichen Grübchen. Nur die Haarfarbe passte nicht ganz, da er etwas dunklere, fast braune Haare hatte, trotzdem hatten wir beinahe das gleiche Gesicht. Ich betrachtete einen völlig fremden Mann und dennoch kam er mir seltsam vertraut vor.

„Da gibt's wohl keinen Zweifel mehr", äußerte sich auch Michael und schien genauso verblüfft zu sein wie ich. Ich konnte gar nichts mehr sagen. Fassungslos starrte ich auf das Bild in meinen Händen. Ich hatte ihn gefunden. Ich hatte meinen Vater gefunden! Jonathan Green war mein Vater! Nun wusste ich, wie er hieß. Ich wusste, wie er aussah! Ich hatte ein Foto von ihm! Mit einem Mal traten mir Tränen in die Augen. Tränen der Freude und der Erleichterung, der Trauer um Mama und der absoluten Überwältigung. Doch ich wollte vor diesem Fremden nicht weinen, also versuchte ich mich zusammenzureißen.

„Ich lass dich mal einen Augenblick allein", sagte Michael, dem das natürlich nicht entgangen war, leise und verschwand im Nebenzimmer, um mir Zeit zu geben mich zu sammeln. Ich atmete ein paarmal tief durch, suchte ein Taschentuch aus meiner Tasche und putzte mir die laufende Nase. Dann warf ich einen Blick auf meine Uhr: 28:03:51 h. So lange hatte es gedauert, bis ich erfahren hatte, dass Nat tatsächlich mein Vater war. So lange hatte es gedauert, bis ich ein Foto von ihm in den Händen hielt. Einen Augenblick überlegte ich, ob ich die Uhr nun stoppen sollte, doch dann entschied ich mich dagegen. Ich würde es drauf ankommen lassen. Die Uhr wurde erst gestoppt, wenn ich Nat tatsächlich gefunden hatte.

Schließlich kam Michael mit einem Glas Wasser wieder ins Wohnzimmer.

„Tut mir leid. Ich wusste nicht, dass dich das mit dem Foto so aufwühlen würde.“

„Schon gut“, winkte ich ab. „Sie konnten ja nicht wissen, dass meine Mutter gerade erst gestorben ist.“

„Das tut mir leid“, wiederholte er noch einmal, dann reichte er mir das Glas, das ich dankend annahm. Schließlich fragte er: „War das die Dunkelhaarige, die hier mit ihm gewohnt hat?“

Ich schüttelte den Kopf. „Meine Mutter hatte blonde Haare. Aber sie muss auch mal hier gewesen sein.“

Entschuldigend blickte er mich an. „Ach, dann hab ich das verwechselt. Hier herrscht ein ständiges Kommen und Gehen. Jonathan hat auch nicht lange hier gelebt, vielleicht zwei Jahre. Dann war er wieder weg.“

„Wissen Sie vielleicht, wo er hingegangen ist?“

Michael überlegte, schüttelte dann aber entschuldigend den Kopf. „Nein, keine Ahnung. Nat ist genauso plötzlich verschwunden, wie er gekommen war. In der Hinsicht war er irgendwie sehr verschlossen, ein Einzelgänger. Als Kurierfahrer hat er, denke ich, nicht weiter gearbeitet. Er hat immer sehr über den Job geschimpft. Ich glaub auch, dass die Firma, über die er angestellt war, pleite gegangen war. Auf jeden Fall ist er dann weitergezogen. Wohin, weiß ich aber leider nicht. Tut mir leid!“

Ich war enttäuscht. Hatte ich meinen Vater etwa direkt wieder verloren? Ich musste ihn finden – unbedingt.

„Wissen Sie vielleicht, was er vorher gemacht hat oder wo er herkommt?"

Doch auch diese Frage musste Michael verneinen.

„Wir hatten leider – bis auf die wenigen Sportnachmittage – nicht so viel miteinander zu tun. Tut mir wirklich leid! Aber eines kann ich dir versichern: Er war ein netter Kerl!"

Wenig später verabschiedete ich mich von Michael. Das Foto durfte ich behalten, aber nicht ohne zu versprechen, meinen Vater zu grüßen, falls ich ihn fand. Unschlüssig stand ich auf dem Bürgersteig vor dem Haus und überlegte, was zu tun war. Die Sonne stach unangenehm vom Himmel, die flirrende Hitze staute sich zwischen den Häusern und der Geruch nach Müll und Abgasen war noch schlimmer geworden. Auch der schöne Ginkgo half da nicht weiter. Von dieser Schwüle brach mir der Schweiß aus und ich wollte nur noch zurück in Sarahs schützende Wohnung und mir überlegen, was ich jetzt tun sollte.

Nachdenklich betrachtete ich das alte Foto in meiner Hand, während ich in der U-Bahn saß, um zurück zu Sarah zu fahren. So viele Jahre hatte ich mich gefragt, wie er wohl aussah, ob ich seine Haare, seine Augen, seine Statur oder auch sein Lächeln hatte, und jetzt hatte ich ihn vor mir – mit all seinen Sommersprossen, die auch mein Gesicht übersäten, und den Grübchen, die auch mein Lächeln immer begleiteten, das sich aber seit ein paar Wochen nicht mehr zeigte. Er sah entspannt aus, wie er da auf der zerschlissenen Couch saß mit der Jeans, die an den Knien zerrissen war, den ausgelatschten Chucks an den Füßen und dem Bier in der Hand. Wie alt er auf dem Bild wohl war? Um die 20? Auf jeden Fall ein paar Jahre älter als ich.

Die U-Bahn-Stationen rauschten am Fenster vorbei, doch ich nahm sie gar nicht richtig wahr. Insgeheim fragte ich mich, ob er in dem Moment, als das Foto entstand, glücklich gewesen war. Wie konnte es sein, dass ich gar nichts von ihm wusste? Wie konnte es sein, dass man seinen eigenen Vater nicht kannte? Fragen über Fragen schossen mir durch den Kopf. Was war aus ihm geworden? Sollte ich wirklich nach ihm suchen? Und wenn ja, wo? Auch wenn mir dieser eine Hinweis den Beweis geliefert hatte, dass Jonathan mein Vater war, und ich nun endlich wusste, wie er aussah, so brachte er mich doch keinen Schritt weiter. Wo steckte er bloß?

Es war heiß und stickig in der Bahn. Offenbar war die Klimaanlage ausgefallen. Unruhig rutschte ich auf meinem Sitz hin und her und merkte, dass meine Oberschenkel unangenehm am Sitz klebten und sich meine luftige Bluse eng an meinen verschwitzten Rücken schmiegte. Vorsichtig legte ich das Foto auf meinen kurzen Jeansshorts ab, damit es durch meine schwitzigen Hände nicht gewellt wurde.

Ich dachte darüber nach, was ich soeben von Michael Berry erfahren hatte. Offenbar war mein Vater eine Sportskanone, eine Sache, die wir dann wohl nicht gemeinsam hatten. Sport war tatsächlich nicht das, was mich antrieb. Ich war schon immer recht schlank gewesen, aber das alleine bedeutete leider noch nicht, dass ich auch sportlich war – eine Tatsache, die mich im Sportunterricht leider schon des Öfteren in peinliche Situationen gebracht hatte.

Doch mir fiel noch etwas ein, das Michael Berry erzählt hatte. Nat war ein Eigenbrötler und nicht besonders kontaktfreudig. Das wiederum passte total zu mir. Ich hatte nie viele Freunde gehabt und, dass ich so gut mit Tessa befreundet war, war ganz allein ihr Verdienst und vielleicht der unserer Erzieherin Andrea im Kindergarten, die mich eines Morgens an einen Tisch setzte, an dem ein Mädchen saß, das gerade mit seiner Familie hergezogen war – Tessa. Seit diesem Tag waren wir die besten Freundinnen.

Plötzlich wurde ich aus meinen Gedanken gerissen, denn auf einmal hörte ich mitten in der U-Bahn jemanden Gitarre spielen. Irritiert runzelte ich die Stirn und sah mich um. Doch die Bahn war voll, überall standen Fahrgäste, die sich ebenfalls neugierig umblickten. Ich versuchte an den Leuten vorbeizusehen, setzte mich auf, beugte mich vor, versuchte es weiter links oder rechts, konnte aber nichts entdecken. Also lehnte ich mich einfach an das kühle Fenster und horchte auf die schönen Gitarrenklänge. Dann stimmte auf einmal irgendwo hinter mir jemand mit einem Cajón ein, einer Kistentrommel, und gab einen Rhythmus vor, der mir seltsam bekannt vorkam. Doch als ich gerade die Augen schließen und das Stück einfach nur genießen wollte, begann ein Musiker, nur etwas älter als ich, mit strubbeligen Haaren und ernstem Blick im Gang direkt neben mir ebenfalls Gitarre zu spielen. Erschrocken riss ich die Augen auf und sah ihn an. Und als er schließlich zu singen begann, schossen mir Tränen in die Augen. Denn mit einem Mal begriff ich, dass ich mitten in einem Flashmob saß, einem Flashmob, der *Fields of Gold* von Sting spielte, den Lieblingssong meiner Mutter, die vor zwei Wochen gestorben war.

Immer mehr Musiker erhoben sich von ihren Plätzen und stimmten mit ein – per Instrument oder Gesang, bis nach ein paar Takten ein ganzes Orchester von einem Chor begleitet in dem engen und überfüllten U-Bahn-Abteil Mamas Lied spielte. Die anderen Fahrgäste blickten überrascht und verwundert um sich, beobachteten die Künstler, lauschten diesem wunderschönen Song und genossen die Fahrt.

Ich dagegen blickte nur auf das Bild auf meinem Schoß und konnte meine Tränen nicht mehr zurückhalten. Ob Mama einverstanden gewesen wäre mit meiner Reise? Damit, dass ich mich ganz allein auf den Weg gemacht hatte, um nach ihrem Tod nach meinem Vater zu suchen? Damit ich nicht mehr das Gefühl hatte, unter Millionen von Menschen alleine auf der Welt zu sein? Damit dieses riesige Loch, das ihr Tod gerissen hatte, wenigstens etwas gekittet wurde? In diesem Moment, als ich dieses wunderschöne, traurige, melancholische Lied hörte, vermisste ich Mama so sehr, dass es weh tat. Ich würde nie wieder mit ihr sprechen können, nie wieder ihre Stimme hören, nie wieder mit ihr darüber diskutieren, dass wir Sting jetzt nicht schon wieder hören mussten. Dabei hätte ich alles dafür gegeben, wenn sie jetzt hier bei mir gewesen wäre! Aber sie würde nie wieder neben mir sitzen, mich nie wieder anlächeln und mir auch nie wieder über den Rücken streicheln, mich in den Arm nehmen oder mir einen Kuss auf die Stirn geben. Mein Magen zog sich zusammen und ich schluchzte laut auf.

Die Fahrgäste um mich herum warfen mir irritierte Blicke zu, und mit einem Mal wollte ich nur noch raus. Es war hier alles viel zu laut, zu eng, zu stickig. Ich bekam keine Luft mehr. Nicht schon wieder! Wie atmete man nochmal? Ich versuchte mich zu erinnern. Einatmen, ausatmen, einatmen, einatmen … nein, stopp! Das war falsch! Panik stieg in mir auf.

Die Bahn hielt, die Türen öffneten sich und ich sah auf dem Bahnsteig, dass noch mehr Menschen einsteigen wollten. Ohne darüber nachzudenken sprang ich auf, quetschte mich durch die Menge, rempelte Leute an, schob andere aus dem Weg, bis die Tür endlich in Sicht kam. Ich stolperte auf den Bahnsteig, taumelte durchs Drehkreuz und spurtete die Treppe nach oben, immer zwei Stufen auf einmal nehmend ohne sie zu zählen. Ich hoffte, von der frischen Luft wieder einen klaren Kopf zu bekommen, doch als ich ins Freie trat, traf mich die sengende Sommerhitze wie ein Schlag ins Gesicht. Der Asphalt glühte, es roch nach Müll und Abgasen und die heiße Luft hing zwischen den Hochhäusern fest und ließ keine Abkühlung zu. Völlig benommen taumelte ich über den Bürgersteig zur nächsten Hauswand, die halbwegs im Schatten lag, setzte mich mit angewinkelten Beinen auf den Boden, legte meinen Kopf auf die Knie und schloss die Augen. Dann versuchte ich mich zu beruhigen. Ich spürte, wie Menschen an mir vorbeiliefen, doch niemanden kümmerte dieses 17jährige Mädchen, das dort auf der Erde hockte. Sie hatten vermutlich alle genügend eigene Probleme mit sich herumzutragen.

Als mein Atem endlich wieder etwas gleichmäßiger wurde, richtete ich mich auf und lehnte mich an die Hauswand. Meine ganze Konzentration richtete ich darauf gleichmäßig ein- und auszuatmen ... bis mir plötzlich einfiel, dass ich in meiner Panik meine Tasche in der Bahn gelassen hatte. Die konnte ich vergessen! Als wäre jemand so ehrlich, sie irgendwo abzugeben! Geld, Pass, Handy, alles weg!

„Scheiße!" entfuhr es mir und die Leute, die an mir vorbeiliefen, warfen mir skeptische Blicke zu.

Das Einzige, was ich aus der Bahn mitgenommen hatte, war das Foto meines Vaters, doch als ich es jetzt näher betrachtete, hatte es einen großen Knick und sah ziemlich lädiert aus. Resigniert lehnte ich meinen Kopf wieder an die Hauswand und seufzte, als ich bemerkte, dass ich beobachtet wurde. Nicht nur flüchtig, wie es die Passanten machten, nein, mich musterte jemand irgendwie unschlüssig. Der Typ aus der Bahn, der eben noch neben mir gesungen hatte, stand an der Treppe und sah zu mir herüber. Über der Schulter hing seine Gitarre und in der Hand hielt er – ich konnte es nicht fassen – meine Tasche.

Als sich unsere Blicke erneut trafen, kam er vorsichtig zu mir herüber und musterte mich stirnrunzelnd.

„Ist alles in Ordnung?"

Die Stimme, mit der er mich auf Englisch ansprach, war tiefer, als ich gedacht hatte. Doch da ich ihn nicht anlügen, ihm aber auch nicht meine ganze traurige Geschichte erzählen wollte, zuckte ich nur mit den Schultern. Statt mir daraufhin einfach meine Tasche zurückzugeben und weiterzuziehen, lehnte er seine Gitarre an die Hauswand und setzte sich neben mich.

„Scheißtag gehabt?"

Ich schnaubte und wischte mir über die tränennassen Wangen.

„Scheißwochen würde wohl eher passen!"

„Ich nehme nicht an, dass du darüber sprechen möchtest?"

Mit hochgezogenen Augenbrauen sah ich zu ihm herüber.

„Dachte ich mir schon", fuhr er fort. Er sah lässig aus in seinem karierten Hemd über den zerschlissenen Cargoshorts und uralten schwarzen Adidas-Sneakers. An seiner Oberlippe hatte er eine Narbe, die ihm einen verwegenen Ausdruck verlieh, und mit seinen seltsamen, grauen Augen sah er mich so intensiv an, dass ich seinem Blick nicht lange standhalten konnte. Er war ein paar Jahre älter als ich und ich fragte mich, ob er wohl eigentlich studierte.

„Okay, ich bin übrigens Tom." Mit den Worten streckte er mir herzlich seine Hand entgegen.

„Lucie", erwiderte ich und ergriff seine. Sie fühlte sich trocken und rau an, gar nicht so, wie ich es bei dieser Hitze erwartet hätte.

„Was machst du hier?" fragte er schließlich. Doch ich schüttelte nur den Kopf.

„Hat mit den Scheißwochen zu tun?"

Ich nickte. Nun musste er wirklich überlegen. „Soll ich dir was vorspielen?" Mit den Worten deutete er auf seine Gitarre, doch ich schüttelte schnell den Kopf.

„Bitte keine Musik mehr heute."

Tom nickte verständnisvoll, sah mich aber schließlich zerknirscht an. „Dann fällt mir nichts mehr ein, um dich abzulenken."

„Schon gut. Das musst du nicht."

„He", beschwerte er sich nicht ganz ernst gemeint. „Ich hab dich gefunden. Jetzt bin ich auch für dich verantwortlich. Besagen das nicht die Regeln?"

Skeptisch blickte ich ihn an und Tom zog sofort zerknirscht die Nase kraus. „Okay, das klang jetzt seltsam." Und mit einem Blick auf die Uhr stellte er fest: „Oh, tut mir leid, ich muss los." Er stand auf, reichte mir meine Tasche, schwang sich seine Gitarre über die Schulter und fuhr fort: „Aber morgen ab 12 Uhr spiele ich im Central Park bei der *Mall* vor der *Bethesda Terrace*. Komm vorbei! Danach kann ich dir New York zeigen, wenn du willst … also, mein New York, nicht das Touristen-New York … und kein Sting. Versprochen!"

Er winkte mir noch einmal zu, dann verschwand er wieder in der U-Bahn-Station. Hätte ich es nicht besser gewusst, hätte ich geglaubt, Tom wäre nie dagewesen.

5.

... Gestern gab's mal wieder einen Riesenstreit mit Dad. Ich weiß, ich sollte das nicht sagen, aber ich verstehe einfach nicht, warum Mum mit ihm zusammen ist. Sicher, er hat auch gute Seiten, aber die meiste Zeit ist er kompliziert und schlecht gelaunt. Nichts kann ich ihm Recht machen, gar nichts. Das hat er mir dann gestern mal wieder deutlich zu verstehen gegeben. Ich sollte mir mal überlegen, wo mein Platz im Leben ist und was von mir erwartet wird. Nie hört er mir zu, immer muss alles nach seinem Willen laufen. Noch nie in meinem ganzen Leben hat er mich gefragt, was ich eigentlich möchte, was meine Ziele, meine Träume sind. Er geht einfach davon aus, dass ich alles so mache wie er. Dabei vergisst er nur eine Kleinigkeit: Ich bin nicht wie er! ...

Sarah war zum Malen zu Hause, als ich wiederkam, und wollte sofort alles wissen. Auch wenn sie mir meinen Heulkrampf mit Sicherheit ansah, verlor sie kein Wort darüber und auch ich erwähnte ihn nicht. Stattdessen machte sie sich mit den neuen Informationen sofort mit mir auf die Suche. Wenig später hatten wir den Namen Jonathan Green gegoogelt, um dann festzustellen, dass einem dabei so viele unnütze Seiten angezeigt wurden, dass wir die Suche eingrenzen mussten. Also suchten wir nach Jonathan Green, New York und fanden zumindest drei: Der Erste war Anwalt in einer bekannten Kanzlei und Ende 50, womit er direkt ausschied. Den Zweiten fanden wir über einen Online-Artikel der *New York Times*. Offenbar hatte er geheiratet, worüber berichtet wurde, da seine Frau eine Adelige war. Das Alter passte tatsächlich und mein Herz klopfte wie wild, als ich den Artikel las, bis ich schließlich am Ende der Seite ein Foto der beiden entdeckte. Das war nicht Nat, zumindest nicht der Nat, den ich suchte. Schließlich wurde uns noch ein dritter Jonathan Green angezeigt … auf dem *New Calvary Cemetery* in Queens, beerdigt am 6. Juni 2011. Völlig entsetzt starrte ich auf den Bildschirm. Konnte das wirklich sein? War er das? War nicht nur meine Mutter, sondern auch schon mein Vater tot? Das durfte einfach nicht passiert sein! Tränen traten mir in die Augen, doch ich konnte meinen Blick nicht von dieser Seite abwenden.

„Wir wissen gar nicht, ob er das ist."

Sarahs Stimme drang nur langsam in mein Bewusstsein. Wir saßen in der offenen Küche an dem runden Tisch, den Laptop vor uns, und recherchierten.

Das durfte einfach nicht sein, das durfte einfach nicht er sein! War unsere Suche jetzt, wo sie langsam in Gang kam, etwa schon wieder beendet?

„Lucie!" kam es da erneut von Sarah. „Hey!"

Schließlich drehte ich mich zu ihr um.

„Er ist es vielleicht nicht", wiederholte sie.

Wenig überzeugt nickte ich. Da zog Sarah den Laptop zu sich herüber, öffnete ein neues Fenster und suchte den Friedhof, auf dem Jonathan Green lag. Kaum hatte sie ihn gefunden, fuhr sie den Laptop herunter, packte meine Hand und zog mich hoch.

„Okay, je schneller wir das aus der Welt haben, desto besser. Der Friedhof ist nicht weit."

Mittlerweile war Nachmittag und es hatte sich zugezogen. Die schwüle Hitze war beinahe unerträglich und der Himmel sah aus, als würde es bis zum nächsten Gewitter nicht mehr lange dauern.

In der Bahn nach Queens erwarteten uns dieses Mal weder Flashmob noch Musik. Mir gefiel es, dass Sarah direkt klären wollte, ob es sich bei dem Verstorbenen wirklich um Nat handelte, aber es machte mir auch Angst. Solange ich keine Gewissheit über seinen Tod hatte, konnte ich mir einreden, dass es ihn noch irgendwo gab. Aber was, wenn er es doch war, wenn er tot war? Wenn mein Vater tot war? Dann war ich eine Vollwaise. Bei dem Gedanken bekam ich Gänsehaut, die mich kurz frösteln ließ. Sarah, die das bemerkte, drehte sich besorgt zu mir herum.

„Hey!"

Mehr sagte sie nicht. Das musste sie auch gar nicht, denn in ihrem Blick lag alles, was sie sagen wollte. Dann nahm sie meine Hand. Sie fühlte sich warm und etwas verschwitzt, aber trotzdem angenehm an.

„Einfach drücken, wenn's nicht mehr geht."

Ich nickte dankbar, atmete einmal bewusst durch den Mund aus und versuchte mich zu beruhigen. Sarahs Hand hielt ich dabei die ganze Zeit wie einen Anker fest.

Der Friedhof war riesengroß und als ich das sah, verlor ich sofort jegliche Hoffnung, hier Jonathan Greens Grab zu finden. Sofern man das über einen Friedhof sagen konnte, war dieser außergewöhnlich schön, wie eine ruhige, grüne Insel in dem Trubel New Yorks. Alle Geräusche wurden hier gedämpft, es waren kaum Menschen unterwegs und die, die wir sahen, unterhielten sich, wenn überhaupt, dann flüsternd. Die Gräber waren nicht wie bei uns eingegrenzt und individuell bepflanzt, sondern bestanden aus einem grauen Grabstein auf einer riesigen, grünen Wiese mit unzähligen weiteren Grabsteinen. Überall entdeckte ich große, steinerne Grüfte, manchmal eine neben der anderen mit beeindruckenden Verzierungen, und unzählige steinerne Statuen, Kreuze und andere Denkmäler, die teilweise über asphaltierte Wege erreicht werden konnten. Immer wieder wurde diese unglaubliche Weite durch Büsche und Bäume unterbrochen. Wenn es mich nicht persönlich so betroffen hätte, hätte ich all das auf jeden Fall im Bild festgehalten. Doch daran dachte ich nicht eine Sekunde. Stattdessen schoss mir ein anderer Gedanke immer wieder durch den Kopf: Hier werden wir ihn niemals finden!

Sarah hatte sich vorher angesehen, wo sich das Büro der Verwaltung befand. Als wir das Backsteingebäude betraten, kam uns direkt eine nette ältere Dame mit Dauerwelle und Lesebrille auf der Nase zu Hilfe. Wir gaben ihr an, wessen Grab wir suchten – wir hatten ja zumindest auch das Datum der Beerdigung – und sie suchte uns heraus, wo wir hinmussten.

Je näher wir dem Grab schließlich kamen, desto angespannter wurde ich. Was würde mich dort erwarten? Würde ich hier an diesem traurigen Ort Antworten finden? Sarah lief die ganze Zeit schweigend neben mir her. Es gab gerade nichts zu sagen. Worüber hätten wir uns auch unterhalten sollen? Doch ihre Hand hielt ich nach wie vor.

Und dann waren wir da. Der Grabstein war klein und unscheinbar, doch davor lagen frische Blumen. Offenbar war erst kürzlich jemand hier gewesen. Ich sah auf die Inschrift, sie war schlicht und einfach: Jonathan Green, 12.09.1990 – 31.05.2011.

„Oh mein Gott!" entfuhr es mir und ich schlug mir die freie Hand vor den Mund. „Er ist es nicht!" Erleichtert drehte ich mich zu Sarah um, die meinen Blick lächelnd erwiderte. „Er ist zu jung!"

Ich hatte direkt ein schlechtes Gewissen mich darüber so zu freuen, obwohl es mit Sicherheit Menschen gab, die der Tod dieses Jonathan Green sehr traurig machte. Aber ich war einfach nur erleichtert, dass die Suche nach meinem Vater hier noch nicht beendet war, dass ich den Gedanken weiter träumen durfte, dass es ihn noch irgendwo da draußen gab. Aber wenn mein Vater noch in New York war, hatte er sich verdammt gut versteckt.

„Wo könnte er nach seinem Auszug nur hingegangen sein?" überlegte Sarah laut, als wir wieder in ihrer Wohnung angekommen waren und die Suche erneut aufgenommen hatten. Da ich ihre Überlegung als Frage auffasste, erwiderte ich: „Ich hab keine Ahnung. Es gibt keine weiteren Hinweise."
„Auch nicht den allerkleinsten?"
Doch dann fiel mir etwas ein. „Michael Berry hat heute Morgen erzählt, dass Nat ein großer Sportfan war und in der Schule wohl auch Football gespielt hat. Vielleicht finden wir ihn darüber."
„Na dann los!"
Sarah setzte sich an den Laptop und googelte ‚Jonathan Green, football'. Gespannt stellte ich mich hinter sie, um zu sehen, was der Computer anzeigte. Und tatsächlich: er hatte jemanden gefunden. Sofort klickte Sarah auf den angezeigten Link. Ich wurde unglaublich aufgeregt. War er das? Hatten wir ihn gefunden? Dann öffnete sich die Seite und ich überflog hektisch alle Daten. Da! Das Geburtsdatum! Meine Aufregung verpuffte direkt wie eine Seifenblase. Dieser Jonathan Green

war 1993 geboren, also viel zu jung! Enttäuscht richteten wir uns wieder auf.

„Sonst noch Ideen?" fragte Sarah.

Doch ich schüttelte den Kopf. „Ich hab alle Briefe gelesen. Da steht nicht, was er gemacht hat. Er schreibt entweder von der Zeit mit Mama oder darüber, wie sehr er sie vermisst. Es gibt auch nie einen Absender. Der einzige Anhaltspunkt war die Adresse in New York."

„Und die Poststempel?"

Doch wieder musste ich den Kopf schütteln. „Alle unleserlich."

„Das gibt es doch nicht", rief Sarah frustriert aus. „Lucie, denk nochmal nach! Vielleicht fällt dir noch irgendwas ein. Es kann doch nicht sein, dass die Suche jetzt hier zu Ende sein soll."

Mit einem Mal stand ich auf. „Ich hab die Briefe mit. Du kannst ja selbst einen Blick darauf werfen. Vielleicht hab ich was übersehen."

Damit lief ich zu meinem Rucksack, den ich als Handgepäck mitgenommen hatte, und kramte die verzierte, schmale Holzkiste hervor, die Tessa beim Ausmisten in der Vase gefunden und in der Mama Jonathans Briefe aufbewahrt hatte. Sarah bewunderte zunächst die schönen Verzierungen, dann öffnete sie die Kiste und nahm die Briefe heraus. Doch als sie gerade einen lesen wollte, zögerte sie, fragte schließlich: „Bist du sicher, dass das für dich okay ist?" und sah mich gespannt an. Doch ich winkte ab.

„Das ist die einzige Möglichkeit. Ich hab alle Briefe gelesen und bis auf die Adresse nichts gefunden. Jetzt bist du dran!"

Mit den Worten schnappte ich mir den Stapel, den Sarah an die Seite gelegt hatte und verteilte an jeden von uns ein paar Briefe. Dann machten wir uns daran, nach Hinweisen zu suchen.

Eine ganze Weile herrschte Schweigen, wir waren total vertieft, um in den Briefen noch irgendwelche Informationen über Nat herauszufinden. Doch auf einmal rief Sarah aus: „Deine Mutter stand auf *Grüne Tomaten*? Was für ein toller Film!"

Ich sah von meinem Brief auf und lächelte. „Ja. Ich weiß gar nicht, wie oft ich ihn mit ihr ansehen musste. Ich wollte immer so sein wie Idgie, so wild und so frech und so unglaublich mutig."

Sarah nickte. „Wer wollte das nicht? Offenbar war sogar dein Vater von ihr beeindruckt." Dann überlegte sie einen Moment, bevor sie fortfuhr. „Ich finde, ein bisschen bist du wie sie."

„Wie Idgie?" Meine Augen wurden groß und ich schüttelte den Kopf. „Niemand ist so cool wie Idgie."

Doch Sarah ließ sich davon nicht abbringen. „Du hast vielleicht nicht ihre große Klappe, aber ich finde dich ziemlich mutig. Immerhin bist du alleine hier."

Darauf wusste ich nichts zu erwidern, lächelte sie einfach nur an, was sie erwiderte. Da meine Augen schon wieder feucht wurden, räusperte ich mich schnell und sprach:

„Nat dagegen stand auf *Pulp Fiction*."

Kurz drauf fuhr Sarah fort: „Hier schreibt er, dass er gerne campen geht und sich vorstellen könnte, in der Wildnis zu leben."

„Wenn er sich dazu entschieden hat", erwiderte ich, „dann werden wir ihn nie finden."

„Und wie passt das Leben in der Natur mit dem Leben in New York zusammen?" fragte Sarah irritiert.

Ahnungslos zuckte ich mit den Schultern.

„Er schreibt auch von zwei Freunden: Stacie und Paul", fuhr sie fort.

„Ja", erwiderte ich, „von Stacie hat er auch in einem anderen Brief schon mal geschrieben. Bei ihr hat Mama offenbar gewohnt, als sie mit dem Austausch da war und auch später nochmal, als sie Nat besucht hat."

Ich suchte den Brief heraus, den ich Tessa als Erstes vorgelesen hatte, faltete ihn auseinander und las erneut.

„Hier schreibt er zumindest mal davon, wie unglücklich er mit seinem Leben ist und dass er nicht mehr bei seinen Eltern arbeiten möchte."

Sarah sah von ihrem Brief auf. „Aber kein Hinweis, wo das war?"

Ich schüttelte den Kopf. „Kein Hinweis, wo. Er schreibt: ‚Ich will nichts Mystisches, ich will etwas sehen, mir etwas Eigenes aufbauen…'"

Sarah nickte verständnisvoll. „Es ist nicht leicht, sich von den Erwartungen seiner Eltern zu lösen und eigene Wege zu gehen."

Ich musste an Tessa denken und daran, dass ihre Eltern von ihr erwarteten, dass sie Medizin studierte, obwohl das gar nicht ihr Ding war. Und dann dachte ich an Mama und ein Lächeln stahl sich vorsichtig in mein Gesicht.

„Ich glaub, Mama wollte nur, dass ich glücklich bin."

Sarah hob den Blick und lächelte mich mitfühlend an. Ein weiteres Mal füllten sich meine Augen mit Tränen.

„Dann hast du eine verdammt tolle Mutter gehabt!"

„Das kannst du laut sagen", brachte ich stockend hervor.

„DANN HAST DU EINE VERDAMMT TOLLE MUTTER GEHABT!" rief Sarah da auf einmal und versuchte damit die traurige Stimmung, die aufgekommen war, aufzulösen.

Ich sah sie an und lachte unter Tränen. „Okay, zurück zum Thema."

Dann atmete ich tief durch und beschäftigte mich demonstrativ wieder mit dem Brief in meiner Hand. Aus dem Augenwinkel sah ich, dass Sarah mich noch einen Moment beobachtete, dann aber auch wieder den Kopf senkte und weiterlas, bis sie auf einmal vorsichtig fragte: „Ob dein Vater irgendwas Verbotenes vorgehabt hat?"

Im ersten Moment war ich irritiert, doch als Sarah mir den Brief zeigte, fiel mir wieder ein, was ich dort gelesen hatte, und erwiderte: „Ich weiß auch nicht, was das zu bedeuten hat."

„Es klingt schon irgendwie, als hätte er was nicht ganz Legales vor", fuhr Sarah fort und ich nickte seufzend.

„Er deutet sowas auch in einem anderen Brief nochmal an. Es bringt uns nur leider trotzdem nicht weiter."

„Das gibt's doch nicht!" rief Sarah aus. „Wir müssen doch irgendwas übersehen haben." Sie sprang auf und holte Zettel und Stift. „Okay, lass uns nochmal überlegen, was wir alles über ihn wissen."

Und dann notierten wir alles, was uns einfiel: Name, Alter, Hobbys. Dann fiel mir noch etwas ein.

„Er hat in Manhattan als Kurierfahrer gearbeitet und auf Baustellen."

„Das ist doch was!" rief Sarah aus. Doch ich schüttelte direkt den Kopf. „Auf den Baustellen hat er ausgeholfen und die Firma, für die er als Kurierfahrer angestellt war, ist pleite gegangen."

„Die Hausmeisterstelle wird er mit dem Umzug auch aufgegeben haben", fuhr Sarah fort und seufzte. „Das gibt es doch nicht!" rief sie aus. „Irgendetwas müssen wir doch finden!"

Aber wir fanden einfach nichts mehr über meinen Vater heraus, so sehr wir uns auch bemühten und jede Zeile jedes Briefes doppelt und dreifach auseinandernahmen.

Frustriert packte ich abends alles zusammen, verstaute die Holzkiste wieder in meinem Rucksack und setzte mich entmutigt auf die rote Couch. Nach dieser ernüchternden Suche wollte Sarah mir unbedingt noch etwas Gutes tun und am frühen Abend noch einmal mit mir nach Manhattan fahren, um mir irgendeine spektakuläre Sehenswürdigkeit New Yorks zu zeigen. Doch das Gewitter, das sich vorher schon angekündigt, uns aber noch eine ganze Weile hingehalten hatte, kam uns dazwischen. Mit einem Mal schüttete es, als hätten die Wolken wochenlang für diesen Moment gesammelt, bei jedem Blitz, der durch die Wolken krachte, zuckte Sarah erschrocken zusammen und jeder Donner ließ das ganze Haus vibrieren. Ein Ausflug wurde absolut unmöglich.

So verbrachte ich den Rest des Tages damit, vor dem Wohnzimmerfenster zu stehen, das Schauspiel zu betrachten und Fotos davon zu machen. Anschließend betrachtete ich sie auf dem Display und probierte ein paar neue Einstellungen aus. Doch die Gedanken an meinen Vater und die Suche nach ihm konnte ich dabei nicht einfach beiseiteschieben. Ständig dachte ich darüber nach, was das für mich bedeutete, wenn wir ihn nicht fanden. Dann musste ich abreisen, ohne noch einmal von ihm gehört zu haben. Dann blieben mir von meinem Vater nur die Briefe, das Foto und ein Name. Insgeheim hatte ich mir erträumt, eine Lücke zu füllen. Wenn ich ihn nicht fand – und danach sah es schließlich aus –, dann würde diese Lücke bleiben, für immer. Schlimmer noch. Es hatte Hoffnung gegeben. Wenn ich die Lücke jetzt nicht füllte, wurde sie vielleicht größer als jemals zuvor. Und das machte mir Angst. Ich hatte Angst vor diesem unendlich tiefen Loch, in das ich fallen würde, wenn ich wieder nach Hause flog. Dann strömte der Alltag auf mich ein, der Alltag ohne Mama. Wie sollte ich aus diesem Loch jemals wieder herauskommen? Das durfte einfach nicht passieren! Dieses Loch durfte einfach gar nicht erst so tief werden.

Als Sarah nach einem weiteren Abend Chinesisch, weil sie am Abend zuvor viel zu viel bestellt hatte, ins Bett gegangen war, fiel mir Nats Foto wieder in die Hände. Ohne jede Vorwarnung und ohne es aufhalten zu können, begann ich hemmungslos zu weinen. Alles, was sich in den letzten Tagen aufgestaut hatte, brach einfach aus mir heraus: die Trauer um Mama, die Entdeckung der Briefe, die Anspannung wegen der Reise, das überwältigende Gefühl, Nat gefunden und die Enttäuschung darüber, ihn gleich wieder verloren zu haben, die Angst, dass er verstorben war, und schließlich die Sorge, ihn vielleicht niemals zu finden. All das brach aus mir heraus und verhinderte jede Chance, doch noch zu schlafen. Meine Uhr zeigte mittlerweile 42:15:13 h an und ich fragte mich, wie weit sie wohl zählen würde.

6.

… Ich bin so aufgeregt! In zehn Tagen landest du und ich kann dich endlich wieder in die Arme schließen. Du kannst dir nicht vorstellen, wie sehr ich mich freue! Wenn du da bist, müssen wir unbedingt campen gehen. Wir können ja Stacie und Paul mitnehmen, damit niemand was dagegen sagen kann. Immerhin wirst du wieder bei Stacie wohnen. Warum solltest du nicht mit deiner Austauschpartnerin und Freunden zelten gehen?
Die Ausrüstung haben Paul und ich neulich schon getestet. Wir zwei in der absoluten Pampa, nur wir und die Natur. Das war unbeschreiblich schön. Nicht wegen Paul … keine Sorge, sondern weil dort alles so wild und unberührt und ruhig war. Vielleicht wäre das sogar was auf Dauer für mich, aber das ist alles nur Träumerei. Hast du überhaupt schon mal gezeltet? …

„Hey, du bist gekommen!"
Ich sah von meiner Kamera auf. Tom stand mit seiner Gitarre auf dem Rücken direkt vor mir. Er trug ein verwaschenes Shirt, Cargoshorts und uralte Sneaker. Nachdenklich fuhr er sich durch die wuscheligen Haare, bevor er weitersprach.
„Lucie, richtig?"
Ich nickte, unschlüssig, ob ich ihm sagen sollte, dass ich gar nicht seinetwegen hier war.
Nach dieser durchgeweinten Nacht hatte ich am Morgen natürlich dementsprechend ausgesehen und tat es vermutlich immer noch. Wenn das überhaupt möglich war, hätte man meine Hautfarbe als grau beschreiben können. Geschwollene

Augen vom Weinen, dunkle Augenringe vom fehlenden Schlaf, ich war wirklich eine Augenweide. Und so fühlte ich mich auch. Ich war müde, völlig fertig und hatte tierische Kopfschmerzen. Am liebsten wäre ich den ganzen Tag im Bett geblieben, in meinem Bett, zu Hause, aber da war ich nicht.

Sarah hatte ein erschrockenes Gesicht gemacht, als sie mich am Morgen gesehen hatte, aber nichts gesagt. Vermutlich konnte sie sich denken, was in der Nacht passiert war, und sie bedauerte, mich nicht unterhalten zu können, da sie in die Galerie musste.

Als ich so auf dem Sofa gelegen hatte, hatte ich auf einmal Tessas Stimme im Ohr, die mich aufforderte, meinen Hintern zu bewegen und aktiv zu werden. Tessa war ein großer New-York-Fan. Wenn sie gewusst hätte, dass ich im Begriff war, meine Zeit hier zu vergeuden, hätte sie mich an den Ohren nach draußen gezogen. Selbst wenn sie nicht da war, gab sie mir also zu verstehen, was ich zu tun hatte. Das Einzige, das mir eingefallen war, war meine Kamera zu schnappen und auf Fototour zu gehen. Und das hatte ich getan.

Der Himmel war an diesem Tag wolkenverhangen und auch, wenn es drückend und schwül war, war es zumindest nicht ganz so heiß.

Mit der Linie D fuhr ich bis zum *Columbus Circle*, einem Kreisverkehr, der direkt am südwestlichen Zipfel des Central Parks liegt. Als ich die U-Bahn-Station über die 34 Stufen verließ, hatte ich das Gefühl in einer anderen Welt wieder aufzutauchen. Alles war voll von Touristen. Unzählige Taxis und andere Autos krochen ungeduldig in Zweier- und Dreierreihen im Schneckentempo um diese grüne, kreisförmige Insel und hupten mit einigem Getöse die langsamen Kutschen an, die sich mit Touristen an Bord in das Getümmel wagten. Drumherum riesige Geschäfts- und Bürogebäude, natürlich auch ein gewaltiger *Trumptower*, wie könnte es anders sein? Auf der gegenüberliegenden Seite begann der Central Park. Junge, sportliche Männer sprachen Touristen an, um sie mit ihrer Rikscha durch den Park zu fahren. Andere versuchten Kunden für Manhattan-Rundfahrten zu locken. An einigen Ständen verkauften Händler Bilder von Manhattan, Food Trucks und Getränkewagen reihten sich dicht an dicht auf dem mit Kopfsteinpflaster befestigten Platz, verteilten einen Mix aus Pommes-, Hot Dog- und Brezelgeruch in der Luft und machten bei dem feuchtwarmen Wetter das Geschäft ihres Lebens, um die ausgehungerten und vor allem durstigen Touristen durch den Tag zu bringen. Viele saßen rund um die Statuen auf den wenigen Stufen, um eine Pause zu machen. Ich ließ die Atmosphäre einen Moment auf mich wirken, drehte mich im Kreis, sah mich um, machte ein paar Fotos und betrat schließlich den Park durch einen der unzähligen Eingänge. Dann ließ ich mich treiben.

Ich hielt mich links auf den Wegen, die Kamera immer griffbereit und sog alles auf, was ich wahrnahm: Die vielen Läufer, die Spaziergänger – alleine, zu zweit, ganze Familien, Jugendliche. Überall war es grün, graue, amerikanische Eichhörnchen flitzten zwischen den Bäumen hin und her. Es gab breite, asphaltierte Wege, auf denen Kutschen und Räder fuhren und auf denen unzählige Menschen unterwegs waren. Doch ständig entdeckte ich kleine, versteckte und verschlungene Wege, die mich in entlegenere Winkel des Parks mit idyllisch gelegenen Bänken brachten. Ich schlenderte an einem Baseballfeld vorbei, auf dem ältere Herren gemeinsam ein Spielchen wagten, bemerkte die Zuschauerbänke, die tatsächlich gut gefüllt waren, obwohl die Männer im Grunde nur für sich spielten, kam an der *Sheep Meadow* vorbei, einer riesigen Wiese, auf der es sich New Yorker und Touristen mit Decken gemütlich machten und die von hohen Bäumen gesäumt wurde, hinter denen sich die imposanten Wolkenkratzer Manhattans erstreckten. Ich passierte die *Strawberry Fields* mit der Inschrift „Imagine", auf der frische Blumen lagen als Erinnerung an John Lennon, verließ den Park auf der Seite kurz, um einen Blick auf das *Dakota Building* zu werfen, in dem er mit Yoko Ono gelebt hatte und vor dem er erschossen worden war. Dann folgte ich einem der Hauptwege entlang eines Sees in Richtung der *Bethesda Terrace* mit Blick über den roten Platz, auf dem sich der berühmte Brunnen befand mit dem See dahinter, auf dem sich viele Boote tummelten.

Mittlerweile war die Wolkendecke ein wenig aufgerissen und ließ die Sonne hervorblinzeln. Doch so gerne ich sie mochte, hier in New York bedeutete das, dass neben der Schwüle, die eh schon alle Besucher plagte, jetzt auch noch die Hitze dazukam. Ich spürte, wie mir der Schweiß ausbrach. Meine Kapuzenjacke hatte ich mir längst ausgezogen und um die Hüfte gebunden. Trotzdem fühlte sich mein Rücken unter dem schwarzen Top feucht und klebrig an, was bei dem Wetter auch der Rucksack verursacht hatte.

Ich stand oberhalb des Platzes an der Balustrade und fotografierte einen Straßenkünstler, der mit einem großen Eimer Seifenlauge riesige Seifenblasen für die Kinder zauberte, die sich um ihn herum versammelt hatten. Ich beobachtete fasziniert, wie es immer wieder eine der Blasen schaffte, zwischen den Kindern aufzusteigen, und wie sich die Umgebung in ihren Regenbogenfarben spiegelte.

Als mein Magen zu knurren begann, kehrte ich dem Schauspiel den Rücken zu, kaufte mir an einem Stand eine Brezel und suchte mir auf der schattigen Allee, die ich entdeckte, eine

Bank für eine Pause. Überall waren Touristen unterwegs, Händler feilschten mit Kunden an ihren Ständen, Künstler priesen ihre Fähigkeiten beim Porträtzeichnen an und auf einmal nahm ich leise Gitarrenklänge und Gesang wahr. Und erst da fiel mir Tom wieder ein.

Und jetzt stand er vor mir und ich wusste nicht, was ich sagen sollte. Doch dann fiel mir etwas ein. „Ich hab mich noch gar nicht dafür bedankt, dass du mir gestern die Tasche wiedergebracht hast. Das war wirklich nett!"

Aber Tom winkte ab. „Es bricht nicht jedes Mal jemand so herzzerreißend in Tränen aus, wenn ich anfange zu singen."

Ich runzelte die Stirn und ging sofort in Verteidigungsposition.

„Das lag nicht an dir."

Tom sah aus, als hätte er direkt eine freche Antwort parat, biss sich aber auf die Zunge und setzte sich neben mich. Seine Gitarre lehnte er neben sich an die Bank. Dann wandte er sich wieder zu mir um und betrachtete mich stirnrunzelnd.

„Du siehst nicht aus, als wäre der Tag heute bisher besser gelaufen als der von gestern."

Erneut runzelte ich die Stirn. Sagte er mir gerade durch die Blume, dass ich scheiße aussah? Doch da hatte ich mich geirrt. Er sagte es sogar sehr direkt.

„Komm, du weißt schon, dass du ziemlich fertig aussiehst, oder?"

Wow! Er nahm wirklich kein Blatt vor den Mund. Für den Moment überlegte ich, ob ich einfach meinen Rucksack nehmen und verschwinden sollte, doch dann ruderte Tom zurück.

„Tut mir leid! Ich kann halt manchmal meine Klappe nicht halten."

Ich weiß nicht, warum, aber ich ließ den Rucksack Rucksack sein und lehnte mich seufzend zurück, so als müsste ich mich erst überwinden wieder etwas zu sagen.

„Ich hab nicht geschlafen."

Toms Augen wurden groß. „Gar nicht?"

Ich schüttelte den Kopf.

„Wegen des Scheißtags?"

Dieses Mal nickte ich nur.

„Aber du willst immer noch nicht darüber sprechen?"

Ich schwieg. Tom kannte die Antwort und wie zu meiner Bestätigung nickte er, als müsste er darüber einen Moment nachdenken. Schließlich fuhr er fort: „Versteh mich nicht falsch. Ich bin schon neugierig, was dir den Schlaf raubt, dich so herzzerreißend weinen lässt und dir solchen Kummer bereitet. Aber ich werde nicht weiter danach fragen. Ich hab aber eine Idee. Hast du Zeit?"

Ich nickte zögerlich.

„Dann komm mit."

Doch Toms Enthusiasmus überzeugte mich nicht. Er war mir völlig fremd. Als würde ich einfach so mit ihm mitkommen. Tom verstand mein Zögern offenbar, denn er stellte sich direkt vor mich.

„Okay, hör zu. Ich werde dich nicht ausrauben, dir nichts tun, dich an keinen Mädchenhändlerring übergeben und dir in keinem Fall irgendein Leid zufügen. Versprochen!"

Dann hielt er mir auffordernd die Hand hin. Doch einen Moment blieb ich skeptisch. Das konnte ja jeder sagen. Aber irgendwie sagte mir mein Gefühl, dass ich Tom trauen konnte. Also atmete ich tief durch, flüsterte ein „Okay" und schlug ein.

In der U-Bahn-Station war es nicht so stickig wie am Tag zuvor. Aber das konnte auch daran liegen, dass es an diesem Tag nicht von Anfang an so heiß gewesen war. Es waren unheimlich viele Menschen unterwegs, denn von hier fuhren Bahnen in die verschiedensten Richtungen ab. Tom war völlig in seinem Element. Er kannte einige der Musiker, an denen wir vorbeikamen, und ich kam mir vor wie ein Anhängsel.

Als wir am richtigen Gleis waren und auf die Bahn warteten, erkannte ich, in welche Richtung es gehen sollte, und war irritiert.

„Fahren wir nach Queens?"

Überrascht blickte Tom mich an. „Woher weißt du das?"

„Die Linie E fährt in dieser Richtung nach Queens."

„Hast du grad einen Blick auf den Plan geworfen?"

Ich zog peinlich berührt die Nase kraus. Doch erst als Tom nichts darauf sagte, antwortete ich: „Ich weiß es auswendig."

Tom machte große Augen. „Du kannst den U-Bahn-Plan auswendig?"

Ich nickte, während ich auf die Anzeigetafel starrte und inständig hoffte, dass die Bahn endlich kam und Tom davon ablenkte, dass ich merkwürdig war. Doch Tom konnte das nicht so einfach auf sich beruhen lassen.

„Warte, warte, warte." Er fasste mich am Arm und drehte mich zu sich um, damit ich seinem Blick nicht mehr ausweichen konnte. „Du hast den ganzen U-Bahn-Plan auswendig gelernt?"

Einen Moment sah ich ihm nur in die Augen, dann nickte ich ein weiteres Mal. Doch bevor er noch etwas sagen konnte, kam endlich die Bahn, die mir eine kleine Verschnaufpause verschaffte. Es war voll am Gleis, aber es stiegen viele Leute aus, so dass wir problemlos einen Sitzplatz ergatterten. Kaum hatten wir die Sitze berührt, ging es weiter.

„Warum?" Fragend blickte ich Tom an, der direkt erklärte: „Warum hast du das gemacht?"

Ich seufzte. Mir war klar, dass er mich für verrückt erklären würde, wenn ich ihm die Wahrheit sagte, aber nun gab es wohl kein Zurück mehr.

„Ich mache so etwas gerne?" gab ich zögerlich zurück.

Doch damit gab sich Tom nicht zufrieden. „Und warum machst du es gerne?"

Hilflos zuckte ich mit den Achseln, da ich nicht sicher war, ob ich es ihm vernünftig erklären konnte: „Ich lerne einfach gerne."

„Einfach so?"

„Einfach so."

„Ach komm", ließ sich Tom nicht so leicht abspeisen. „Da steckt doch mehr dahinter."

Ich seufzte resigniert. Nun würde ich auch noch das letzte Fitzelchen preisgeben. „Ich bin hier fremd. Den Plan zu kennen, gibt mir irgendwie ein Gefühl von Sicherheit."

Einen Moment schwieg Tom, als müsste er erst über das nachdenken, was ich ihm gerade gesagt hatte. Dann strich er gedankenverloren über seine Gitarre, die er vor sich abgestellt hatte. Eine ganze Weile sagte keiner von uns ein Wort, dann wandte sich Tom wieder zu mir um.

„Das kann ich irgendwie nachvollziehen."

„Im Ernst?" Ich konnte es gar nicht glauben.

„Ja, das hier ist für dich eine fremde Stadt, das Land, die Leute, die Sprache, alles fremd. Aber du weißt genau, wie du wohin kommst."

Einen Moment betrachtete er wieder seine Gitarre und ich fragte mich schon, ob sich das Thema jetzt erledigt hatte, und

das mit einem Ausgang, mit dem ich niemals gerechnet hätte –
mit Verständnis. Doch Tom war noch nicht fertig.

„Es könnte nur nicht jeder", murmelte er vor sich hin.

„Was meinst du?" fragte ich nach, hatte jedoch schon eine
Ahnung.

„Den Plan auswendig zu lernen. Das könnte nicht jeder und es
würde auch nicht jeder wollen."

Darauf erwiderte ich nichts. Das war auch gar nicht nötig, denn
Tom fuhr schon fort: „Bist du gut in Mathe?"

Auf diese Frage wollte ich nicht antworten und als Tom das
bemerkte, wandte er sich von seiner Gitarre ab und sah mich
neugierig an. Als ich aber auf seine hochgezogenen Augenbrauen auch nichts erwiderte, hellte sich seine Miene auf.

„Du bist sogar verdammt gut in Mathe, oder?"

Ich seufzte. Gab man sowas zu? Ja, ich war gut in Mathe, ich
war sogar ziemlich gut in Mathe. Ich war ein verdammter Ma-
the-Freak. Aber gab man das zu? Doch auch, wenn ich nichts
sagte, war Tom sichtlich beeindruckt.

„Bist du denn auch monkisch veranlagt?"

Verwirrt sah ich ihn an, weil ich keine Ahnung hatte, was er mir
sagen wollte.

„So wie der Ermittler", fuhr Tom erklärend fort. „Bist du so
zwanghaft wie er?"

Irritiert blickte ich ihn an, hatte Schwierigkeiten mit dem engli-
schen Begriff. „Zwanghaft? Ich verstehe das Wort nicht."

Tom überlegte einen Augenblick. „Kennst du den Film *As good
as it gets* mit Jack Nicholson? Er ist zwanghaft, weil er zum
Beispiel sein eigenes Besteck mit ins Restaurant nimmt und
nicht auf Fugen tritt, sondern nur auf vollständige Platten."

„Okay." Ich hatte verstanden. „Ich bin nicht zwanghaft."

Tom grinste nicht überzeugt. „Sicher?"

„Fast sicher?" fragte ich vorsichtig zurück.

Auffordernd hob Tom die Augenbrauen hoch. „Also?"

„Ich zähle", erwiderte ich leise.

„Was zählst du denn?" Tom schien ernsthaft interessiert zu sein.

„Alles mögliche", erwiderte ich vorsichtig.

Da fiel Tom etwas ein. „Stufen?"

Ich seufzte. „Ja, auch Stufen."

„Wie viele waren das vorhin runter zur Bahn?"

„34."

„Ernsthaft?"

„Ernsthaft."

Tom schien das Ganze ziemlich zu amüsieren. „Noch was?"

Doch ich war nicht bereit, noch mehr von mir preiszugeben.

„Ich finde, das reicht doch erstmal. Jetzt bist du dran."

„Okay." Tom dachte einen Moment nach, dann atmete er einmal tief durch. „Um beim Zählen zu bleiben: Ich kann die ersten zehn Nachkommastellen von Pi auswendig."

Ich sah ihn irritiert an. „Warum?"

„Warum denn nicht? Nein, im Ernst. Das hat mit einem ehemaligen Mathelehrer zu tun."

Als ich ihn immer noch skeptisch betrachtete, fuhr Tom fort: „Man durfte bei ihm keinen Taschenrechner benutzen. Auch nicht in Klassenarbeiten. Ergebnisse sollten möglichst genau sein, aber ging es um Kreisberechnungen, bei denen man Pi benötigte, sollte man mit 3,1 rechnen. Das schien mir ein Widerspruch in sich zu sein."

„Jetzt sag nicht, du hast mit den zehn Nachkommastellen gerechnet."

„Doch, genau das hab ich."

„Und?" wollte ich neugierig wissen.

„Bin nicht fertig geworden und habe eine schlechte Note kassiert. Aber die Ziffern weiß ich bis heute."

Ich lächelte ihn an. „Das ist eine ziemlich coole Geschichte."

Doch Tom schüttelte den Kopf. „Nur für jemanden, der Mathe mag." Eine Weile schwiegen wir, während die U-Bahn Station um Station Richtung Queens fuhr und unser Abteil immer leerer wurde. Dann erwiderte ich: „Ich mag Mathe ... und Zahlen. Hast du eine Lieblingszahl?"

Tom verzog das Gesicht. „Sowas wie eine Glückszahl? An sowas glaub ich nicht."

„Nein", winkte ich ab. „Nicht sowas. Ganz ohne Esoterik. Eine Lieblingszahl, eine, die dir besonders gut gefällt."

„Hab ich mir noch nie Gedanken drüber gemacht." Tom überlegte einen Moment. „Vielleicht die 13."

Skeptisch sah ich zu ihm herüber. „Wieso das denn?"

Tom blickte mich ruhig an und erwiderte ganz ernsthaft: „Die meisten Leute mögen sie nicht."

„Also stehst du auf Außenseiter? Das gefällt mir", musste ich anerkennend zugeben.

„Und welche ist deine?" wollte er wissen. Fragend blickte ich ihn an. „Deine Lieblingszahl?" klärte er mich auf.

„Ach so, die 68 ist zum Beispiel sehr schön." Als er mich fragend anblickte, erklärte ich: „Na ja, das sind nur gerade Ziffern, schön bauchig und farblich zum Beispiel sehr schön."

Einen Moment dachte Tom offenbar, dass ich mich über ihn lustig machte, doch als er merkte, dass ich es ernst meinte, runzelte er die Stirn. „Warte, warte, warte. Das mit der geraden Zahl kann ich noch nachvollziehen. Aber wieso ist sie farblich schön?"

Ich blickte ein wenig zerknirscht drein. „Ja", erwiderte ich gedehnt. „Dafür werd ich oft komisch angesehen. Meine Zahlen haben Farben oder besser gesagt meine Ziffern. Deswegen ist die 68 blau und lila. Das find ich persönlich sehr schön!"

Ein Lächeln schlich sich auf Toms Gesicht, aber er sagte nichts.

„He!", beschwerte ich mich nicht ganz ernst gemeint. „Du lachst mich aus!"

„Ach Quatsch!" rief er aus, doch sein Lächeln verschwand nicht.

„Dafür gibt es sogar einen Namen: Synästhesie", erklärte ich.

Tom beobachtete mich völlig regungslos. Fand er mich total bekloppt? Amüsierte er sich über mich? Er ließ sich nicht in die Karten sehen.

„Also die 68", erwiderte er nur und sprang plötzlich auf. „Hier müssen wir raus."

Unschlüssig blieb ich sitzen und Tom, der das bemerkte, drehte sich ungeduldig zu mir um. „Was ist?"

„Ich weiß immer noch nicht, wo du mit mir hinwillst."

„Ich hab dir doch versprochen, dass dir nichts passiert."

„Wenn du mich gleich ausrauben willst", gab ich in ernstem Ton zu bedenken, „dann gehörst du wohl weder zu denen, die die Wahrheit sagen, noch zu denen, die Versprechen halten."

Da begann Tom zu lachen. „Das stimmt. Aber ich will dir was zeigen. Etwas, das dir gefallen wird. Da bin ich sicher! Aber dafür musst du mitkommen. Bitte!"

7.

… Ich kann deine Sorge verstehen, aber es ist wirklich alles in Ordnung. Es gibt keine andere, das verspreche ich dir! Aber du musst mir jetzt vertrauen. Es ist besser, wenn du möglichst wenig von dieser ganzen Sache weißt. Bitte glaub mir! Ich liebe dich! …

Seufzend gab ich mir schließlich einen Ruck und folgte Tom aus der Bahn. Er orientierte sich kurz, dann lief er zum Ausgang. Nach wie vor skeptisch folgte ich ihm.

Oben angekommen drehte ich mich einmal um die eigene Achse, sah mich um und entschied für mich, dass es keine sehr einladende Gegend war. Um uns herum entdeckte ich nur in die Jahre gekommene Gebäude, von denen ein paar, groß wie Lagerhallen, leer zu stehen schienen. Und mir fiel auch direkt auf, dass es hier deutlich ruhiger war als in Manhattan, zumindest dort, wo wir waren. Ich lauschte einen Moment und hörte nur die wenigen Autos, die vorbeifuhren. Keine Sirenen, kein wildes Hupen. Und auch der Geruch nach Abgasen und Müll war hier nicht so schlimm. Doch obwohl ich diesen Gegensatz sehr angenehm fand, war mir das alles doch irgendwie unheimlich. War ich dämlich, weil ich mit Tom mitgegangen war? Was hatte er vor? Als ich mich nach ihm umsah, bemerkte ich, dass er mich belustigt beobachtete.

„Und?"

„Was und?" gab ich misstrauisch zurück.

„Wie viele Stufen?"

Ich seufzte. „29."

Doch zu meiner Überraschung erwiderte Tom: „Hab ich auch gezählt."

Dann drehte er sich um und lief über einen verlassenen, asphaltierten Parkplatz mit kraterartigen Schlaglöchern auf eine der heruntergekommenen Fabrikhallen zu, einen rotgeklinkerten Bau mit angelaufenen Fenstern und teilweise zersprungenen Scheiben. Was sollte das? Ich konnte mir das nicht erklären und wurde immer langsamer. Da hörte ich Tom sagen, ohne dass er sich zu mir umdrehte:

„Die anderen Hallen sind alle schon zu Apartmenthäusern mit Lofts umgebaut. Das hier ist die einzige Halle, mit der sie es noch nicht gemacht haben. Das müssen wir ausnutzen."

Als ich stehenblieb, um mich umzusehen, erkannte ich auf den zweiten Blick, dass die Hallen gar nicht so heruntergekommen aussahen, wie zunächst gedacht. Hier waren Wohnungen entstanden. Dennoch lief Tom auf diese Baracke zu und dennoch fragte ich mich, ob das eine gute Idee war. Ich war weder spontan noch abenteuerlustig, aber irgendwie war ich doch neugierig. Tom lief vom Parkplatz einmal um das Gebäude herum. Hier war es vollständig zugewuchert und wir vor lästigen Blicken geschützt. Ich war gerade um das Haus gebogen, da sah ich gerade noch, wie Tom seine Gitarre durch ein gesprungenes Fenster ins Innere hob. Als er sah, dass ich ihm folgte, kletterte er hinterher und war kurz drauf in dem baufälligen Gebäude verschwunden. Zögerlich lief ich zu dem Fenster und spähte hinein, sah aber nichts als Dunkelheit.

„Tom?" rief ich leise, doch ich bekam keine Antwort.

„Tom?" rief ich erneut. Ein bisschen lauter diesmal. Wieder nichts. Doch als ich mich gerade fragte, ob ich ihm hinterher klettern oder das Weite suchen sollte, erschien sein schelmisch grinsendes Gesicht am Fenstersims.

„Wo bleibst du denn?"

Also stieg ich auf den Stapel Holz, der daneben aufgeschichtet war und kletterte durch das Fenster in die leerstehende Fabrikhalle. Kaum hatte ich den staubigen Boden berührt, nahm Tom meine Hand und zog mich hinter sich her durch die dunkle Halle. Ich konnte nur Schemen erkennen in der Dunkelheit und, obwohl ich erkennen konnte, dass die Halle leer war, kam ich mir vor wie ein Eindringling. Das hier war falsch, es war verboten, unheimlich und mit Sicherheit gefährlich und genau aus diesem Grund fühlte ich mich seltsam lebendig. Mein Puls raste, mein Herz schlug so laut, dass ich das Gefühl hatte, es hätte nicht genug Platz in meinem Körper, und ich war voller Adrenalin. Toms Hand gab mir dabei irgendwie ein Gefühl von Sicherheit und für einen Moment schoss mir durch den Kopf, dass sie sich warm, rau und trocken anfühlte und so gar nicht wie Sarahs Hand, als wir zum Friedhof gefahren waren.

Als auf einmal etwas an meinen Füßen vorbeihuschte, schrie ich erschrocken auf. Bestimmt eine Ratte! Tom drehte sich kurz zu mir um.

„Alles in Ordnung?"

Ich nickte nur, obwohl er das mit Sicherheit nicht richtig sehen konnte. „Ja, alles in Ordnung."

Dann zog er mich weiter, bis er auf der gegenüberliegenden Seite der Halle an einem Fenster angekommen war, dass so angelaufen und verstaubt war, dass nur ein punktueller Lichtstrahl hindurchfiel wie bei einem Duschkopf, der so verkalkt ist, dass nur durch eine Düse ein Rinnsal an Wasser hindurchfloss. Kaum hatte ich das gedacht, ließ Tom meine Hand los und schob das Fenster auf, wobei er so viel Staub aufwirbelte, dass er für einen Moment in einer Wolke verschwand und husten musste.

„Tut mir leid", brachte er mühsam hervor und hustete ein weiteres Mal, bevor er weitersprach. „Das Ganze ist ein bisschen kompliziert, aber diese Seite des Gebäudes ist so zugewuchert, dass sie von außen nicht mehr zu erreichen ist."

Erst jetzt fiel mir auf, dass kaum mehr Tageslicht in die Halle fiel, obwohl das Fenster geöffnet war, so zugewuchert war diese Seite der Lagerhalle.

„Okay", fuhr Tom mit einem kurzen Blick nach draußen fort, dann reichte er mir wieder die Hand. „Und jetzt auf die Feuerleiter."

Erschrocken sah ich ihn an. „Im Ernst?"

„Klar im Ernst."

Dann zog er mich zu sich heran. Ich kletterte mit seiner Hilfe bereitwillig auf die Fensterbank und von dort auf die Feuerleiter, die dort begann. Kaum hatte ich meine Füße auf die gusseisernen Stufen gestellt, hatte ich Tom auch schon hinter mir.

„Bist du schwindelfrei?"

„Ja, schon", gab ich zögerlich zurück.

„Super", bekam ich als Antwort. „Dann nach oben!"

Also folgte ich der Feuerleiter Stufe für Stufe an der rotgeklinkerten Wand entlang. Ich sah mich nicht um, konzentrierte mich nur darauf oben anzukommen, denn so ganz geheuer war mir das nicht. Ja, ich war schwindelfrei, aber wir hatten keinerlei Sicherung und diese Treppe war vermutlich uralt und auch nicht gewartet. Niemand wartete so eine Bruchbude! Schritt für Schritt kam ich dem Dach näher. Tom sagte während der ganzen Zeit kein einziges Wort. Obwohl er direkt hinter mir war, ließ er mich völlig in Ruhe. Schließlich hatte ich die letzten Stufen erreicht und kletterte aufs Dach dieser maroden Halle. Was ich sah, ließ mir den Atem stocken. Hinter all den Sträuchern, die die Lagerhalle eingenommen hatten, erstreckte sich der East River und dahinter in ihrer ganzen Gewalt die Skyline Manhattans. Mir verschlug es völlig die Sprache. Das war gigantisch! Einen Moment stand ich einfach nur da, starrte rüber auf die andere Flussseite und war völlig fasziniert von dieser Ansicht. Die Wolken hatten sich nun verzogen und die Sonne strahlte von einem fast wolkenlosen Himmel auf uns herunter. Doch durch die Nähe zum Fluss ging hier oben auf dem Dach ein leichter Wind. Ich spreizte die Finger leicht, um ihn hindurch strömen zu lassen und genoss das Gefühl, das diese leichte Brise auf meiner Haut hinterließ. Ich atmete einmal tief durch, dann nahm ich die Kamera aus meinem Rucksack und hielt diesen fantastischen Ausblick im Bild fest. Auch wenn ich das wohl niemals vergessen würde, wollte ich diesen Anblick doch auf jeden Fall festhalten.

Erst als ich nach einigen Auslösern die Kamera sinken ließ, fiel mir Tom wieder ein, der in einiger Entfernung auf dem Dach stand mit den Händen in den Taschen seiner Shorts und mit sich und der Welt zufrieden ebenfalls über den East River sah, seine Gitarre dabei über seiner Schulter. Seine wuscheligen Haare wehten im Wind, doch er rührte sich nicht. Erst als er meinen Blick bemerkte, drehte er sich zu mir um und kam auf mich zu: „Hab ich zu viel versprochen?"

Ich schüttelte immer noch überwältigt den Kopf. „Tom, das ist der Wahnsinn! Vielen, vielen Dank!"

Doch Tom winkte ab. „Der alte Bau bietet noch einen netten Nebeneffekt, weswegen ich eigentlich mit dir hierhin wollte."

Skeptisch runzelte ich die Stirn. „Und zwar?"

„Hier kann man hervorragend seinen Frust ablassen", erklärte er.

Ich ging direkt in die Defensive. „Ich werde hier mit Sicherheit nichts demolieren."

„Das meine ich auch nicht", erwiderte Tom lächelnd.

„Sondern?"

„Schreien!"

Fragend sah ich ihn an, da fuhr er erklärend fort: „Hier ist keine Menschenseele weit und breit. Du bist gestern zusammengebrochen, als du in der U-Bahn Sting gehört hast, hast die ganze Nacht nicht geschlafen und vermutlich fast genauso lange nur geweint. Was auch immer dir passiert ist, Lucie, das dir solchen Kummer bereitet, du solltest das Universum anschreien für das, was es dir angetan hat. Und hier ist der perfekte Ort dafür."

Erschrocken sah ich zu ihm herüber und verzog das Gesicht. „Das ist nicht so mein Ding."

Aber Tom tat ganz unbeeindruckt. „Das spielt keine Rolle. Es hilft."

Davon ließ ich mich allerdings nicht überzeugen. Am Tag zuvor hatte ich ohne nachzudenken so laut in der Öffentlichkeit geflucht, dass mich Passanten seltsam angesehen hatten. Außerdem hatte mich der Ausbruch selbst überrascht. Aber auf Kommando zu schreien war wirklich nicht mein Ding. Erwartete Tom ernsthaft, dass ich mich dort auf das Dach stellte und schrie, während er neben mir stand? Das war mir zu absurd. Daher zog ich zögerlich die Nase kraus und blickte ihn entschuldigend an.

„Ich glaub nicht, dass ich das machen möchte."

„Okay", erwiderte Tom darauf und erst dachte ich, das Thema wäre damit erledigt, doch dann fuhr er fort: „Sieh's doch mal so: Kann es dir noch viel schlechter gehen? Nimm's mir nicht übel, aber so wie du aussiehst, nicht. Meinst du nicht, es ist dann einen Versuch wert?"

Er hatte Recht, das wusste ich genau, aber alles in mir sträubte sich. Da hatte Tom noch einen Tipp.

„Es ist einfacher, wenn du nicht einfach losschreist, sondern über etwas fluchst oder etwas anschreist, sowas wie: FUCKING TRUMP!!!"

Und er brüllte über den East River, dass in Manhattan die Wolkenkratzer bebten. Ich war ziemlich beeindruckt und auch nicht sicher, ob ich das so hinkriegen würde, aber mit einem Mal wollte ich es versuchen. Es gab so viele Dinge, die mir auf der Seele lagen und die herausgebrüllt werden mussten. Tom beobachtete mich gespannt. Wahrscheinlich fiel ihm auf, wie es langsam in mir brodelte. Ich holte einmal tief Luft, dann legte ich los:

„BESCHISSENER KREBS! WARUM HAST DU DIR MAMA GEHOLT? WILLST DU MICH FERTIG MACHEN? DAS KANNST DU VERGESSEN! BESCHISSENE ERINNERUNGEN! VERPISST EUCH UND LASST MICH IN RUHE!"

Mein Gesicht wurde ganz warm und ich war mit Sicherheit rot angelaufen, aber das war mir egal, denn ich nahm um mich herum nichts wahr. Ich kam gerade erst in Fahrt.

„SCHEISS NAT! DU BIST MEIN VATER! WEISST DU DAS? WEISST DU DAS??? WO ZUR HÖLLE BIST DU???"

Dann fiel mir nichts mehr ein. Völlig erschöpft, mit rasendem Puls und Tränen in den Augen, setzte ich mich im Schneidersitz auf das Dach der Fabrikhalle und sah über den East River. Tom hatte Recht gehabt. Das hatte gut getan, aber einsam, traurig und müde war ich nach wie vor.

„Wow!" Mit den Worten setzte Tom sich direkt neben mich – ebenfalls im Schneidersitz. „Das war nicht schlecht!"

„Ja?" fragte ich mit etwas heiserer Stimme.

Tom nickte langsam. „Ich hab kein Wort verstanden, aber ich denke, du hast das gut gemacht!"

Ich hatte auf Deutsch geflucht, ganz automatisch, kein Wunder also, dass er nichts verstanden hatte.

„Und? Geht's dir besser?"

Ich nickte. „Das hat gutgetan. Danke!"

„Keine Ursache."

Dann schwiegen wir beide eine Weile und hingen unseren Gedanken nach. Es war schön hier oben. Endlich mal ein Ausblick, den man ganz für sich allein hatte. Manhattan war geflutet von Touristen, aber hier war tatsächlich weit und breit niemand zu sehen und das, obwohl mit Sicherheit in einigen Reiseführern stand, was für einen tollen Blick man von Queens hatte. Aber es war eben nicht die typische Skyline, nicht mit direktem Blick auf den *Freedom Tower*, der am Standort des *World Trade Center* gebaut worden war, nicht mit den Wolkenkratzern dicht an dicht. Aber trotzdem war der Ausblick unbezahlbar und das völlig ohne Gedränge.

Als ich Gitarrenklänge hörte, wurde ich auf angenehme Weise von Tom aus meinen Gedanken geholt. Er spielte Ed Sheeran mit *Photograph* und so völlig abgesehen davon, dass er mich am Vortag mit seinem Song zum Weinen gebracht hatte, hatte Tom eine wirklich schöne Stimme. Obwohl er so spontan aus dem Nichts neben mir zu spielen begann, lag in seiner rauen, tiefen Stimme so viel Gefühl, dass ich Gänsehaut bekam. Erst hörte ich nur auf Toms Stimme, doch dann begann ich zum ersten Mal wirklich auf den Text zu hören. Und so kam es, dass mir, während Tom sang, etwas einfiel, das ich ihn unbedingt fragen wollte. Kaum hatte er den Song beendet, legte ich los.

„Singst du den Song, weil du die Melodie schön findest, oder liegt dir etwas an dem Text?"

Einen Augenblick sah Tom nach vorne und sah aus, als überlege er, was er nun antworten sollte. Schließlich entschied er sich für eine Gegenfrage: „Passt der Song nicht auf jeden, der mal nicht zu Hause bei seiner Familie ist?"

Doch das genügte mir nicht. „Bist du denn weit weg von zu Hause und hast ein Foto dabei?"

Tom war das Ganze offensichtlich unangenehm. Er sah auf die Gitarre auf seinem Schoß und brauchte einen Moment, bevor er antwortete.

„Ich bin hier zu Hause. Also brauche ich keine Fotos."

„Dann kommst du aus New York?" fragte ich weiter, doch Tom ruderte zurück.

„Das hab ich nicht gesagt."

„Und woher dann?"

„Das sind aber verdammt viele Fragen. Ich komme vom Land", wich Tom schließlich aus.

Skeptisch nickte ich, glaubte ihm nicht so richtig, ließ es aber gut sein. Ganz offensichtlich wollte er nicht darüber sprechen, was auf der einen Seite völlig in Ordnung war. Es ging mich schließlich auch nichts an. Doch auf der anderen Seite hätte es mich beruhigt, Tom ein bisschen besser zu kennen, weil ich bisher nur wusste, dass er Musiker war. Ich wusste nichtmal, ob er damit sein Geld verdiente oder eigentlich Student war oder irgendwo einen Job hatte.

Eine Weile schwiegen wir und sahen auf die Wolkenkratzer Manhattans. Irgendwann bemerkte ich aus dem Augenwinkel, dass Tom mich beobachtete, doch er sagte kein Wort, so als sei er noch nicht sicher, ob er das, was er sagen wollte, wirklich ansprechen sollte. Ein ums andere Mal erkannte ich, wie er ansetzte und dann doch abbrach.

„Jetzt frag schon!" forderte ich ihn schließlich auf und sah ihn von der Seite an.

Einen Moment zögerte Tom noch und runzelte die Stirn, doch dann stellte er endlich seine Frage. „Wer ist Nat?"

Erst war ich irritiert, schließlich hatte ich nicht auf Englisch geflucht. Doch dann fiel mir ein, dass Tom die Formulierung ‚Scheiß Nat' mit Sicherheit trotzdem verstanden hatte. Ich seufzte. Sollte ich ihm darauf wirklich antworten? Aber eigentlich gab es keinen Grund, die Geschichte, meine Geschichte, vor Tom zu verheimlichen. Schließlich hatte er mir schon mehrfach geholfen. Also beschloss ich ehrlich zu sein.

„Nat ist mein Vater." Fragend sah Tom zu mir herüber, also fuhr ich erklärend fort: „Ich bin auf der Suche nach ihm."

„Ist er abgehauen?"

Ich schüttelte den Kopf. „Ich glaube nicht, dass er von mir weiß." Und obwohl ich das ursprünglich nicht gewollt hatte, erzählte ich Tom meine ganze Geschichte. Er hörte aufmerksam zu, wirkte gleichzeitig fasziniert und betroffen. Hin und wieder stellte er ein paar Nachfragen, ansonsten ließ er mich erzählen. „Gestern in der Bahn, als ihr gespielt habt", schloss ich schließlich, doch Tom winkte ab.

„Du musst mir das nicht erklären. Da kam dann alles hoch. Ich versteh das schon."

Doch ich schüttelte den Kopf. „Dieser Song, *Fields of Gold* von Sting, war Mamas absoluter Lieblingssong."

Bei dem Gedanken traten mir wieder Tränen in die Augen, aber ich konnte sie aufhalten.

„Oh nein!" rief Tom bestürzt aus. „Das tut mir leid, Lucie! Ich hatte keine Ahnung!"

Trotz der Tränen musste ich lächeln. „Wie denn auch? Du kanntest mich doch gar nicht!"

Doch Tom blieb ganz ernst, erwiderte darauf nichts. Eine Weile sahen wir wieder schweigend über den East River. Irgendwann nahm Tom seine Gitarre und spielte scheinbar wahllos ein paar Akkorde, die aber unheimlich gut aufeinander abgestimmt waren. Nach ein paar weiteren Akkorden begann er auf einmal: „Mir fällt gerade ein Song ein, der mich irgendwie an deine Situation, an dich und deine Mutter, an deine letzten Wochen und auch daran erinnert, dass du nicht genau weißt, wie es weitergehen soll."

„Von Sting?" fragte ich leise, doch Tom schüttelte den Kopf.

„Darf ich?" Vorsichtig nickte ich, da fuhr er fort: „Ich will dich wirklich nicht zum Weinen bringen, aber der Song ist ziemlich traurig."

Ich atmete einmal tief durch, dann nickte ich ein weiteres Mal und gab damit mein Okay. Dann begann Tom und ich erkannte den Song, kaum dass er drei Töne gespielt hatte: *Speeding Cars* von Walking on Cars.

Diesen Song hatte ich in den letzten Wochen wieder und wieder gehört, unzählige Male hatte ich mir auf YouTube das Video angesehen von dieser mystischen Beerdigung vor dieser rauen Kulisse Irlands und diesem herzzerreißenden Kummer der Frau, die vermutlich ihr Kind beerdigen musste. Als Mama gestorben war und ich sie schließlich hatte gehen lassen, hatte ich mich in meinem Zimmer eingeschlossen, stundenlang diesen einen Song gehört und nur noch geweint. Und jetzt, ein paar Wochen später und Tausende Kilometer entfernt, war Tom der Ansicht, dass der Song zu meiner Situation passte, und dann sang er ihn mit dieser rauen Stimme, die der des Sängers von Walking on Cars so ähnelte, nur für mich und berührte mich damit so sehr, dass ich die Tränen nicht mehr aufhalten konnte. Ich sah über den East River, lauschte Toms angenehmer Stimme und ließ die Tränen, die sich nun nicht mehr aufhalten ließen, einfach laufen. Obwohl ich bemerkte, dass Tom mich beobachtete, reagierte ich nicht und sah einfach geradeaus. Konnte es Zufall sein, dass Tom und ich uns begegnet waren, als er Mamas Lieblingssong gespielt hatte, und er jetzt meinen Lieblingssong sang? Wollte mir das Schicksal jemanden zur Seite stellen oder wollte es mich fertig machen?

Als das Lied zu Ende war, sagte niemand von uns ein Wort. Wir saßen einfach so da und sahen übers Wasser auf Manhattan. Das alles war vollkommen unwirklich für mich. Hier zu sein, an diesem fremden Ort, mit diesem vollkommen Fremden, bei dem ich mich auf unerklärliche Weise sicher fühlte und der mich so bereitwillig durch meinen Kummer begleitete, einfach so. Gab es das wirklich?

Doch dann schaltete sich mein Kopf ein, mahnte mich zur Vorsicht und erinnerte mich daran, weswegen ich hier war: Ich war auf der Suche nach meinem Vater und dieses Ziel durfte ich nicht aus den Augen verlieren. Ich sah flüchtig auf meine Uhr, die mittlerweile 55:32:27 h anzeigte, und räusperte mich.

„Ich muss langsam zurück. Sarah macht sich sonst mit Sicherheit Sorgen."

Dann wischte ich mir schnell die Tränen vom Gesicht und stand auf. Tom stand ebenfalls auf, nahm die Gitarre und schwang sie über seine Schulter. Doch mein Verhalten schien ihn zu irritieren.

„Ist alles okay?"

„Sicher", gab ich zurück und machte mich auf den Weg zur Feuertreppe. Tom widersprach nicht und er fragte auch nicht weiter, aber ich war mir sicher, dass er mir nicht glaubte. Sarah wohnte in Brooklyn, Tom musste nach Manhattan, doch er bestand darauf mich zurückzubringen. Auf dem ganzen Weg sprachen wir nur das Nötigste miteinander, die meiste Zeit schwiegen wir uns an. Ich weiß, dass das gemein war, aber ich hatte das Gefühl, Tom viel zu nah an mich herangelassen zu haben, daher stieß ich ihn weg. Und Tom war vermutlich einfach zu irritiert wegen meines Verhaltens, denn er sagte kein Wort.

Am Fuß der Treppe zum Ausgang der U-Bahn-Station in Brooklyn wollte ich mich von Tom verabschieden. Vielleicht war ich paranoid, vielleicht auch unfreundlich, aber ich wollte nicht, dass er wusste, wo genau Sarah wohnte und wo ich schlief. Doch Tom wollte sich nicht verabschieden, bevor nicht diese seltsame Stimmung zwischen uns geklärt war.

„Hab ich irgendetwas falsch gemacht, Lucie? Bin ich zu weit gegangen? Ich wollte dich wirklich nicht zum Weinen bringen. Ich dachte nur, es tut manchmal ganz gut, seinen Kummer rauszulassen."

„Nein, ist schon gut. Das Lied war sehr schön", erwiderte ich, doch meine Stimme klang distanziert, so als wären die vergangenen fünf Stunden gar nicht passiert. Tom nickte langsam. Wieder sah ich ihm an, dass er mir nicht glaubte, aber er sagte nichts weiter dazu. Seine Bahn fuhr ein und ich bemerkte, dass Tom überlegte noch etwas zu sagen, sich dann aber dazu entschied, die Bahn zu nehmen. Er tippte sich mit Zeige- und Mittelfinger an den imaginären Hut und ging. Doch bevor er in die Bahn stieg, drehte er sich noch einmal zu mir um.

„Wenn du ein wirklich gutes Fotomotiv haben willst, solltest du morgen ganz früh, vielleicht so ab 5.30 Uhr auf der *Brooklyn Bridge* sein. Dann ist es hell, aber es sind kaum Touristen da."

Einen Moment schwieg er, dann fügte er noch an. „Viel Glück bei deiner Suche!"

Dann verschwand er in der Bahn und fuhr davon.

8.

Süße,
ich wünsche dir und deiner Familie frohe und besinnliche Weih-
nachtstage! Ich hätte dich so gerne bei mir und freue mich
schon so sehr auf unser nächstes Wiedersehen. Natürlich fehlst
du mir immer, aber gerade wenn man um die Festtage herum
zur Ruhe kommt, fällt einem doch am meisten auf, wer einem
fehlt. Und du fehlst mir – immer ...

Als ich am nächsten Morgen in aller Frühe auf die Straße trat,
war noch nicht viel los, weil es noch viel zu früh war. Trotzdem
war es schon hell und ich musste meine müden Augen ein paar
Mal zusammenkneifen, weil das Licht noch zu grell war. Es war
tatsächlich auch um diese Uhrzeit schon so drückend und
schwül, dass mein Kapuzenpulli völlig überflüssig war. Dennoch
versprach der strahlendblaue Himmel einen sonnigen Tag, was
mir für meine Fotos auf der *Brooklyn Bridge* natürlich in die
Karten spielte.
Am Vorabend hatte ich erschöpft und verheult, wie ich war,
mit Tess über Skype telefoniert. Meinen Fragen zu ihrem Mal-
taaufenthalt war sie geschickt ausgewichen, da sie gerade andere Dinge interessierten. Ich hatte von der gescheiterten Suche und so halbwegs von meinem vorherigen Tag erzählt, auch
davon, wie ich in Queens von einem verlassenen Fabrikgebäude geschrien hatte. Mit großen Augen war Tessa näher an den
Bildschirm gerückt.
„Du hast was gemacht???"

Erst da fiel mir auf, wie seltsam das geklungen haben musste, noch dazu weil Tessa mich kannte. Solche Sachen machte ich eigentlich nicht.

„Ich habe in Queens von einer Fabrikhalle herunter geschrien."

„Alleine?"

„Nein", erwiderte ich vorsichtig, denn ich wusste genau, dass sie jetzt nicht mehr locker lassen würde. Obwohl Tessa schon am Bildschirm klebte, hatte ich das Gefühl, dass sie noch ein Stück näherkam.

„Mit Sarah?"

„Nein." Wieder diese vorsichtige Antwort. Jetzt gleich würde es losgehen, das wusste ich genau.

„Hast du jemanden kennengelernt?" Als ich darauf nichts erwiderte, wurden Tessas Augen groß. „Du hast jemanden kennengelernt! Ist er süß?"

„Ist dir schonmal die Idee gekommen, dass ich mir darüber gerade keine Gedanken mache?" erwiderte ich etwas genervt, da lenkte Tessa ein.

„Das ist mir schon klar, aber deswegen kann einem doch auffallen, ob er süß ist oder nicht." Frech zwinkerte sie mir zu und ich musste feststellen, dass ich mir darüber tatsächlich noch keine Gedanken gemacht hatte. War Tom süß? Wenn ich so darüber nachdachte, war er das tatsächlich. Er war weder Modeltyp noch Muskelprotz, er war sogar recht schlaksig. Sein Blick war immer irgendwie nachdenklich, obwohl seine intensiven grauen Augen stets aussahen, als würde er etwas aushecken. Noch dazu strahlte er ein unfassbares Selbstbewusstsein aus, seine lässigen Klamotten und seine Wuschelmähne unterstrichen nur noch, wie egal ihm war, was andere über ihn dachten. Er war ein toller Musiker mit einer schönen Stimme und – warum auch immer – war er unglaublich nett zu mir.

Also fand ich ihn süß? Tessa beantwortete die Frage für mich und riss mich damit aus meinen Gedanken.

„Dir ist schon klar, dass du die ganze Zeit lächelst, seit du über ihn nachdenkst, oder?"

Um mich wieder in die Gegenwart zu holen, schüttelte ich einmal kurz den Kopf und hoffte, dass er dadurch wieder klar wurde. „Und wenn schon! Ich seh' ihn sowieso nicht wieder."

Unzufrieden runzelte Tessa die Stirn. „Wieso das denn nicht?"

Da erzählte ich ihr von meiner Begegnung mit Tom in der U-Bahn, von dem anschließenden Gespräch, von unserem Treffen im Central Park und davon, dass ich mich von ihm hatte überreden lassen, mit nach Queens zu kommen.

„Das war total leichtsinnig!" warf Tessa zwischendurch ein, wollte aber unbedingt wissen, wie es weitergegangen war. Ich erzählte ihr auch von meinen Tränen, als Tom den Song von Walking on Cars gespielt hatte, und von meiner Reaktion im Anschluss. Als ich fertig war, lehnte Tessa sich seufzend in ihrem Stuhl zurück.

„Manchmal stehst du dir echt selbst im Weg."

„Ich bin aber nicht wegen irgendeiner Romanze hier, Tess."

„Das weiß ich doch!" versuchte sie mich zu besänftigen. „Und das ist auch völlig in Ordnung. Aber dieser Typ ist ganz offensichtlich total mitfühlend und fürsorglich und das, was er gemacht hat, ist doch sogar ziemlich cool. Er hat irgendwie nicht verdient, so vor den Kopf gestoßen zu werden."

Ich seufzte resigniert. „Ich kann das aber jetzt nicht mehr ändern. Ich weiß überhaupt nichts von ihm."

Schelmisch grinsend beugte Tessa sich wieder vor und lehnte sich auf ihre Unterarme. „Aber du weißt, dass du morgen früh die Brooklyn Bridge erkunden sollst. Ich wette, er ist morgen da, wenn du kommst."

Skeptisch runzelte ich die Stirn, doch Tessa ließ sich nicht von ihrer Idee abbringen. „Ich wette, er ist da."

Als ich nun an der *High Street* die U-Bahn-Station verließ, konnte ich die *Brooklyn Bridge* schon sehen, allerdings noch nicht in ihrer ganzen Pracht, sondern einfach als beginnende Brücke, auf der sich die Autos einordneten, die über den East River nach Manhattan fahren wollten. Ansonsten war der Anblick erst einmal wenig spektakulär. Ich sah viel Beton, viel Asphalt und immer wieder Baustellen mit Construction-Schildern.
Als ich der Brücke näherkam, sah ich mit einem Mal ein Schild, das auf den Zugang für Fußgänger verwies. Ich folgte dem Hinweis, der mich unter die Brücke führte, und stieg die engen Stufen hinauf, bis ich endlich oben am Tageslicht ankam, und mit einem Mal auf der *Brooklyn Bridge* stand, auf der Brücke aller Brücken. Dieses Gefühl war unglaublich, auch wenn der Anblick es noch nicht war. Ich konnte zwar einen winzigen Blick auf Manhattans Skyline erhaschen und auch auf die Steintürme, die die Brücke erst ausmachten. Doch ich selbst befand mich auf einem schmalen asphaltierten Weg, links und rechts von einem braunlackierten Zaun begrenzt, der die Fahrbahnen für die Autos von dem Rad- und Fußweg trennte. So hatte ich mir das irgendwie nicht vorgestellt. Und auch von Tom war weit und breit nichts zu sehen. Dennoch schnappte ich mir meine Kamera und hielt ein paar Eindrücke im Bild fest. Dann machte ich mich über die Brücke auf den Weg nach Manhattan.
Mit der Zeit senkten sich die Fahrbahnen ab, so dass die Autos nach einigen Metern unterhalb der Fußgänger fuhren. Und auch der Asphalt zu meinen Füßen änderte sich und wurde durch Holzbretter ersetzt, die dem Ganzen viel mehr Charme

verliehen. Über den Fahrbahnen der Autofahrer waren riesige Stahlträger befestigt. Über einen von ihnen war Meg Ryan in dem Film *Kate & Leopold* balanciert und schließlich in den East River gesprungen, um durch die Zeit zu reisen. Nach einiger Zeit passierte ich den ersten der beiden Granittürme und starrte fasziniert nach oben. Ich war so beeindruckt, an diesem Wahrzeichen zu sein, dass ich beinahe Gänsehaut bekam. Neugierig sah ich mich um, blickte auf die Wolkenkratzer Manhattans, übers Wasser, das mir den Eindruck vermittelte, bei der Schwüle endlich wieder frische Luft atmen zu können, und auf die Brücke selbst, die beeindruckend war mit ihren zwei Türmen, die ich schon unzählige Male in Filmen gesehen hatte, und den dicken Stahlseilen, die mich wieder daran erinnerten, dass die *Brooklyn Bridge* eine Hängebrücke war.

Ich konnte gar nicht glauben, wirklich hier zu sein. In diesem Moment empfand ich ein seltsames Gefühl von Dankbarkeit, das mich durchströmte. Mitten auf der Brücke blieb ich stehen, schloss die Augen und hielt mein Gesicht in die Sonne. Dann sah ich durch die dicken Stahlseile der Brücke auf die Skyline von Manhattan und die Freiheitsstatue, die in einiger Entfernung zu sehen war. Ich war wirklich hier! Hier in Manhattan! Das war unglaublich!

Tom hatte Recht behalten, um diese Zeit waren kaum Menschen unterwegs und ich schoss ein Foto nach dem anderen. Ich war völlig in meinem Element, probierte Einstellungen aus, nutzte den blauen Himmel für fantastische Bilder der Skyline mit einem der Türme im Vordergrund. Immer wieder hielt ich inne, genoss die leichte Brise, die über den East River wehte, und die Sonnenstrahlen auf meinem Gesicht. Dann kam ich dem zweiten der Granittürme näher und damit auch Manhattan. Je näher ich kam, desto beeindruckender wurden die Fotos, doch irgendwann stellte ich mit Blick auf mein Display fest, dass meine Bilder nicht ganz ohne Touristen waren. Als ich aufsah, erkannte ich, dass jemand lässig an dem Granitturm lehnte und mich beobachtete – Tom. Er trug verwaschene, dunkle Jeans, ein weißes Shirt und alte Chucks. Als ich ihn so sah, musste ich lächeln und kaum hatten sich unsere Blicke getroffen, stieß er sich von dem Pfeiler ab und kam mir entgegen.

„Ist dir klar, wie viele Menschen hier schon drüber gelaufen sind? Was die Brücke schon alles erlebt haben muss!" begrüßte er mich. „Die könnte bestimmt unzählige Geschichten erzählen." Dann neigte er sich ein wenig zu mir herunter und fuhr fort: „Was sie wohl über uns sagen würde?"

Darauf wusste ich nichts zu erwidern. Stattdessen begann ich: „Das mit gestern …" Betreten sah ich auf meine Füße, die in meinen uralten Flip-Flops steckten. „Das tut mir echt leid."

Doch Tom winkte ab. „Du hast mir doch erzählt, was dir alles passiert ist. Der Song war da vielleicht nur der kleine Funke, der das alles ausgelöst hat. Manchmal hält man mehr einfach nicht aus."

Wieder sah ich auf meine Füße, wackelte mit meinen unlackierten Zehen, bevor ich leise antwortete: „Nach Mamas Tod hab ich mich stundenlang in meinem Zimmer eingeschlossen und immer wieder diesen Song gehört." Schließlich seufzte ich und sah Tom an. „Ich weiß nicht, wie oft ich ihn seitdem gehört habe, weil ich ihn direkt mit Mama verbinde."

Tom nickte verständnisvoll. Dann fiel ihm etwas ein. „Auf deinem Weg über die Brücke hast du nicht an sie gedacht, oder?"

Ich schüttelte den Kopf. „Wie kommst du darauf?"

„Weil man es dir angesehen hat. Für einige Zeit hat man keine Trauer in deinem Gesicht gesehen. Du warst total abgelenkt und total in deinem Element."

Damit hatte er Recht. Ich hatte einfach fotografiert, mir passende Motive gesucht und versucht, das perfekte Foto zu schießen. Wir gingen einen Moment schweigend nebeneinander her, blieben aber immer wieder stehen, um übers Wasser zu sehen.

„Darf ich deine Bilder mal sehen?" fragte Tom irgendwann. Doch was das anging, zierte ich mich. Als Tom jedoch nicht nachließ, trat ich schließlich neben ihn und zeigte ihm die Bilder, die ich an diesem Tag gemacht hatte. Tom war ziemlich beeindruckt.

„Die Perspektive ist immer besonders, als hättest du einen anderen Blick auf die Welt als andere Menschen. Die sind verdammt gut! Du solltest damit Geld verdienen!"

Stolz und ein wenig schüchtern lächelte ich ihn an. „Danke! Ich hoffe tatsächlich, irgendwann mal davon leben zu können."

Da es so viele Bilder waren, überließ ich Tom die Kamera und ging langsam weiter. Als ich ein weiteres Mal übers Wasser auf die entfernte Freiheitsstatue blickte, hörte ich es auf einmal neben mir klicken und bemerkte, dass Tom mich fotografierte. Entschuldigend blickte er mich an, drückte aber direkt noch einmal auf den Auslöser. Als er scheinbar darauf wartete, dass ich mich für ein weiteres Foto in Pose warf, schüttelte ich den Kopf.

„Kein gestelltes Foto. Auf den anderen sieht man viel natürlicher aus."

Das konnte Tom offenbar nachvollziehen, denn er ließ lächelnd die Kamera sinken.

„Zeig mal", forderte ich da neugierig und nahm ihm die Kamera ab. Doch als ich die Fotos, die er gemacht hatte, sah, erschrak ich. Nicht, weil ich so schlecht aussah – ich hatte nach wie vor Augenringe, war blass und fahl – sondern weil ich völlig unbewusst so viele Gefühle auf einmal gezeigt hatte. Ich sah traurig aus, nachdenklich, aber auch seltsam verträumt und fasziniert. Ich hatte noch nie solche Fotos von mir gesehen. Obwohl Tom im Grunde nur Fotos von mir gemacht hatte, hatte ich auf einmal wieder dieses Gefühl, ihn viel zu nah an mich heranzulassen.

Ich nahm ihm die Kamera wieder ab und steckte sie in meinen Rucksack. Dabei fiel mein Blick auf meine Uhr: 70:05:11 h. So gut die ganze Ablenkung getan hatte, es wurde Zeit irgendwie mit der Suche nach Nat weiterzukommen. Ja, ich hatte keinen weiteren Hinweis, aber so kam ich auch nicht zum Nachdenken und ich musste mir irgendetwas einfallen lassen, um meinen Vater endlich zu finden.

„Ist alles in Ordnung?"

Doch ich schüttelte den Kopf. „Ich muss irgendwie mit meiner Suche weiterkommen, sonst muss ich abreisen, ohne meinen Vater gefunden zu haben."

Tom nickte. „Ja, da hab ich auch schon drüber nachgedacht." Dann schwieg er, machte aber den Eindruck, als wollte er eigentlich noch etwas sagen.

„Und?" fragte ich daher nur. Doch Tom druckste herum, bis er schließlich vorsichtig vorschlug: „Ich hab überlegt, ob ich die Briefe mal lesen soll. Versteh mich nicht falsch", wandte er schnell ein. „Das geht mich überhaupt nichts an. Aber so gut du Englisch auch sprichst, ist Englisch meine Muttersprache. Vielleicht entdecke ich noch irgendetwas."

Einen Moment dachte ich darüber nach. Sollte ich diese persönlichen Briefe wirklich jemandem zeigen, den ich fast gar nicht kannte? Doch was hatte ich schon zu verlieren? Es war eine Chance. Also beschloss ich Tom mitzunehmen.

Sarah war etwas irritiert, als sie mittags kurz hereinsah und dann feststellte, dass ich einfach einen Wildfremden in ihre Wohnung gelassen hatte. Doch sie reagierte überraschend entspannt, als sie merkte, dass er scheinbar völlig harmlos war. Zumindest wirkte es so. Denn seit wir die Wohnung betreten hatten, saß Tom auf Sarahs roter Couch und durchforstete die Briefe. Ich hatte so lange nichts von ihm gehört, während er las, dass ich schon nicht mehr damit gerechnet hatte. Doch auf einmal murmelte er: „Ich glaube, ich hab was."
Überrascht drehten Sarah und ich uns zu ihm um.
„Wie bitte?" „Was?" fragten wir gleichzeitig.
„Ich glaube, ich hab was gefunden", wiederholte Tom, lief zu uns herüber und hielt mir den Brief hin, den er gerade gelesen hatte. Es war der Brief, in dem Nat davon erzählte, dass er seinem Vater einfach nicht gerecht werden konnte und endlich mit ihm sprechen musste. Der Brief, in dem deutlich wurde, dass er weg wollte. Aber einen Hinweis sah ich darin nicht. Achselzuckend reichte ich Tom den Brief zurück.
„Ich denke, da steht, wo er herkommt", ließ er sich nicht beirren, suchte die passende Zeile in dem Brief und zeigte sie uns. Ich verstand immer noch nicht und auch Sarah, die ebenfalls einen Blick auf den Brief warf, wusste scheinbar nicht, was Tom meinte.
„Er kommt aus Mystic."
Stirnrunzelnd sah ich ihn an. „Wie meinst du das?"

Tom wedelte wild mit dem Brief in der Hand vor unseren Augen herum. Er schien ganz aufgeregt zu sein. „Mystic ist ein kleiner Ort an der Ostküste, etwas nördlich von hier."

Offenbar hatte ich Nats Satz „I don't want Mystic" völlig falsch übersetzt, weil ich keine Ahnung von diesem Ort gehabt und daher einfach etwas Mystisches darin gesehen hatte, das man im Übrigen ganz anders schrieb. So allmählich dämmerte mir, was Tom da möglicherweise entdeckt hatte. Konnte das sein? Hatte er herausgefunden, aus welchem Ort mein Vater kam? Mit einem Mal hatte ich ein seltsames Kribbeln im Magen.

„Okay, wie komme ich von hier nach Mystic?"

Die Planung gestaltete sich allerdings schwierig. Sarah wollte nicht, dass ich alleine dorthin fuhr, sie selbst konnte aber auch nicht mit. Schließlich bot sich Tom als Fahrer an, doch auch das wollte Sarah nicht ohne Fees Erlaubnis. Und die war alles andere als begeistert, als ich sie am Telefon hatte.

„Lucie, ich glaube, ich möchte das nicht. Was weißt du denn schon über ihn?"

„Fee bitte! Ich muss fahren!"

Doch Fee ließ sich nicht erweichen. „Lucie, ich versteh das. Wirklich! Aber ich kann dich doch nicht mit einem Wildfremden allein durch die USA reisen lassen. Wenn dir was passiert... Nein, das geht nicht!"

Es war ja nicht so, dass ich Fee nicht verstehen konnte, aber ich konnte jetzt einfach nicht aufgeben. Ich konnte nicht einfach nach Hause fahren! Im Hintergrund hörte ich die Türklingel und nahm an, dass Sarah wieder Essen bestellt hatte. Einen Augenblick dachte ich nach, dann versuchte ich es anders.

„Dürfte ich alleine fahren?"

„Auf gar keinen Fall!"

Das durfte doch nicht wahr sein! Irgendeine Lösung musste es doch geben!

„Fee bitte!" rief ich verzweifelt. „Ich muss da doch irgendwie hinkommen!"

„Wie wär's mit mir?" hörte ich da auf einmal eine bekannte, raue Stimme hinter mir. Überrascht drehte ich mich um und flüsterte nur „Tess?" in den Hörer.

„Was ist mit Tessa?" fragte Fee überrascht, doch ich reagierte gar nicht, starrte meine beste Freundin nur völlig entgeistert an, die wie aus dem Nichts schelmisch grinsend vor mir stand.

„Was machst du denn hier?"

„Als könnte ich auf Malta in aller Ruhe Vokabeln lernen, während du hier das Abenteuer deines Lebens erlebst! Und Englisch sprechen kann ich hier auch."

Völlig überwältigt umarmte ich Tess, atmete den mir so bekannten Duft ihres Parfums ein, auf das sie schon seit Langem schwor, und hatte sofort das Gefühl, in dieser fremden Umgebung ein Stück Heimat bei mir zu haben.

„Lucie?" Fees Stimme drang aus dem Hörer und erinnerte mich daran, dass ich eigentlich gerade telefonierte. Wahrscheinlich hatte sie schon mehrfach nach mir gerufen.

„Tess ist hier!"

„Ich dachte, sie ist auf Malta", wandte Fee skeptisch ein.

„Das dachte ich auch. Aber jetzt ist sie hier." Dann fiel mir etwas ein. „Darf ich fahren, wenn sie mitkommt?"

Überrascht blickte Tessa mich an, schließlich hatte sie keine Ahnung, worum es ging. Doch auch das gefiel Fee nicht so gut.

„Zwei 17jährige Mädchen alleine in den USA unterwegs? Ich weiß nicht, Lucie."

„Und wenn Tom mitkommt? Jetzt wäre ich ja nicht mehr mit ihm alleine."

Fee seufzte und Tessa sah überrascht zu Tom, den sie vorher offenbar gar nicht wahrgenommen hatte. Er stand hinter Sarahs rotem Sofa und beobachtete die Szene ganz offensichtlich mit einigem Unbehagen. Kein Wunder, er verstand kein Wort.

„Ich möchte ihn sprechen", kam da schließlich aus dem Hörer. Meine Augen wurden groß. „Im Ernst?"

„Ja, im Ernst."

Ein wenig kleinlaut lief ich zum Sofa herüber und gab Tom, der mich mit großen Augen ansah, den Hörer. „Fee möchte mit dir sprechen", fügte ich erklärend hinzu, dann lächelte ich ihn vorsichtig an. Überrascht nahm Tom den Hörer entgegen.

„Hallo?"

Aus dem, was dann kam, wurden wir alle nicht ganz schlau. Niemand von uns sagte ein Wort. Alle beobachteten wir Tom, wie er mit meinem gesetzlichen Vormund telefonierte und offenbar gerade ausgefragt wurde. Er erzählte, seit wann er den Führerschein hatte und dass er ein sicherer Fahrer war. Ganz offensichtlich stellte Fee aber auch ein paar Regeln auf, denn immer wieder antwortete Tom nur mit „Ja, Ma'am."

Am liebsten wäre ich im Erdboden versunken. Aber wenn das bedeutete, dass ich nach Mystic durfte, war alles egal. Als das Verhör beendet war, reichte Tom mir erleichtert den Hörer zurück.

„Kein Ärger!" hörte ich da direkt Fees strenge Stimme.

„Was meinst du?" fragte ich sie irritiert.

„Kein Sex!" rief Fee da so laut in den Hörer, dass auch die anderen ihre Forderung hören konnten. Sarah und Tessa mussten im Hintergrund herzhaft lachen. Schnell warf ich einen Blick auf Tom, der neben ihnen stand, in der Hoffnung, dass er das nicht verstanden hatte, doch als ich in sein grinsendes Gesicht sah, war mir klar, dass er genau wusste, worum es ging, und sofort lief ich dunkelrot an.

„Fee!" zischte ich in den Hörer.

„Was denn?" erwiderte sie unschuldig.

„Das ist nicht der Grund, weswegen ich hier bin", antwortete ich genervt.

Ein weiteres Mal seufzte sie. „Okay!" Doch sie klang noch nicht überzeugt.

„Fee, wir machen keinen Blödsinn!"

Da entspannte sie sich endlich. „Versprochen?"

„Versprochen!" erwiderte ich und meinte es auch so.

Ich würde also nach Mystic fahren, um meinen Vater zu suchen. Meine Uhr zeigte jetzt 78:37:23 h.

9.

… Ich habe ein bisschen Geld gespart und könnte nächsten Sommer zu dir kommen. Was hältst du davon? Es wäre gut, hier mal herauszukommen. Denn hier ist gerade alles etwas schwierig geworden. Mit Dad ist es nur noch angespannt, er kann einfach nicht nachvollziehen, was ich tue …

Am nächsten Tag hupte es um kurz nach halb neun unten auf der Straße. Sarah war schon in die Galerie verschwunden, aber nicht ohne uns vorher zu drücken und viel Glück zu wünschen. Am Vorabend hatten wir Tessa noch auf den neuesten Stand gebracht, bevor wir mit ihrer Kreditkarte unsere Unterkunft in Mystic buchten. Sowohl Tom als auch mir war das schrecklich unangenehm, doch Tess wollte davon nichts wissen. Es war für eine gute Sache und ihrem Vater tat die Motelübernachtung schließlich nicht weh.

Als es jetzt hupte, nahmen Tessa und Ich also unsere Reisetaschen und Rucksäcke, schlossen die Wohnung ab und fuhren mit dem Aufzug nach unten. Dort warf ich den Wohnungsschlüssel wie verabredet in Sarahs innenliegenden Briefkasten, dann verließen wir das Haus. Das drückende Wetter erwischte uns direkt und ich hoffte inständig, dass Toms Auto über eine vernünftige Klimaanlage verfügte. Als ich jedoch zum Bürgersteig sah, wurde mir sofort klar, dass das nichts werden würde. Denn dort vor dem Haus parkte ein uraltes, amerikanisches Auto, rotlackiert und mit hellem Verdeck – ein 63er Buick, wie ich später erfuhr, allerdings in einem ziemlich schlechten Zustand, mit einigen rostigen Stellen und der ein oder anderen Beule. Was mich aber wirklich überraschte, war nicht dieses uralte Auto, das uns ein Stück an der Ostküste entlangführen sollte, sondern wer darin saß, denn Tom war nicht alleine. Auf dem Beifahrersitz saß ein junger Mann mit indischen Wurzeln, der uns wie selbstverständlich zuwinkte. Irritiert runzelte ich die Stirn. Was sollte das denn? Hatte dieser ungebetene Gast wirklich vor mitzukommen oder würde er uns noch in New York irgendwo verlassen? Als Tom ausstieg, um uns unser Gepäck abzunehmen und es im Kofferraum zu verstauen, sah ich seinem Gesicht an, dass dieser Beifahrer uns sehr wohl begleiten würde. Mit hochgezogenen Augenbrauen lief ich zu ihm und wollte gerade loslegen, da kam er mir zuvor.

„Es tut mir wirklich leid. Er ließ sich nicht abschütteln."

Tessa beugte sich zur Seite und sah am Kofferraum vorbei zum Beifahrerfenster, aus dem sich der ungebetene Gast gerade herauslehnte und Tessa angrinste.

„Wer ist das denn überhaupt?" wollte sie wissen.

Tom öffnete den Kofferraum, schob die zwei Reisetaschen, die schon darin lagen, ein wenig zusammen, stellte meine darauf und legte Tessas Koffer daneben.

„Das ist Jay, mein Mitbewohner. Er ist grad in einer Art Schaffenskrise und meinte, so ein Roadtrip wäre genau das Richtige für ihn."

Mit den Worten knallte er den Kofferraum wieder zu und sah mich vorsichtig an.

„Weiß er Bescheid?" war alles, was ich fragte, doch Tom schüttelte den Kopf. „Nur das Nötigste. Ich hab ihm schon gesagt, warum ich fahre, aber ich habe ihm nicht die ganzen Umstände erklärt."

Unschlüssig nickte ich. Dass einfach noch jemand dabei war, passte mir gar nicht, auch Fee wäre damit nicht einverstanden und ich wusste nicht, wie ich jetzt reagieren sollte. Da mischte sich Tessa ein.

„Ich glaube, du hast nur die Wahl entweder mit ihm nach Mystic oder gar nicht."

Prüfend blickten wir auf Tom, der entschuldigend mit den Schultern zuckte. „Ich kann ihn aus dem Auto schmeißen, aber ich denke, dann kann ich mir auch eine neue Bleibe suchen."

„He da hinten", kam es da vom Beifahrersitz. „Wird das denn heute noch was?"

„Sei froh, wenn wir dich mitnehmen", rief Tessa zurück, blickte zum Beifahrerfenster und erntete einen überraschten Blick. Dann drehte sie sich wieder zu mir um. „Also?"

Ich sah einmal von Tessa zu Tom und wieder zurück, seufzte schließlich wenig überzeugt und nickte.

„Okay."

Tom lächelte erleichtert. „Alles klar. Dann los." Er wandte sich nach vorne und rief: „Jay, ab nach hinten mit dir!"

„Wieso das denn?"

„Du spielst hier nicht die Hauptrolle, also verzieh dich!"

Maulend öffnete Jay die Beifahrertür, um auszusteigen, schob den roten Ledersitz nach vorne und krabbelte nach hinten. Mit hochgezogenen Augenbrauen drehte sich Tessa zu Tom und mir um. Ich konnte förmlich sehen, dass sie dachte: ‚Und neben dem soll ich jetzt die ganze Zeit sitzen?', doch sie sagte kein Wort, atmete einmal tief durch, schnappte sich ihren Rucksack, knubbelte ihren rostroten Maxirock mit einer Hand zusammen und stieg ein. Tom und ich folgten ihr. Das rote Leder des Sitzes war bei dem drückenden Wetter angenehm kühl, doch ich befürchtete, dass es mit der Zeit an meinen

Oberschenkeln kleben würde. Kaum hatten wir uns gesetzt, übernahm Tom die Vorstellung.

„Okay, Jay, das sind Tessa und Lucie. Wir fahren nach Mystic, weil wir auf der Suche nach Lucies Vater sind, also tu' mir bitte einen Gefallen und benimm dich!"

„Was soll das denn heißen?"

Empört richtete sich Jay in seiner grünen Shorts und dem blauweißgestreiften Shirt auf, wobei ich erkannte, dass er in seinem rechten Ohr einen dicken Brillantstecker trug, der direkt dafür sorgte, dass ich ihn für einen Aufschneider und Poser hielt.

„Das weißt du ganz genau", war alles, was Tom darauf erwiderte, bevor er sich wieder nach vorne drehte. Während ich in meiner Tasche kramte, rückte Tessa sich hinter mir zurecht, ordnete ihr helles, bauchfreies Shirt, schob sich die rote Brille wieder auf die Nase und stellte die Gitarre, die auf dem Rücksitz gelegen hatte, demonstrativ zwischen sich und Jay. Jay, der das bemerkte, drehte sich zu Tessa um und ließ seinen ganzen Charme spielen.

„Ich finde, wir sollten dafür sorgen, dass nicht von Beginn an etwas zwischen uns steht."

Dabei lächelte er Tessa so charmant an und zeigte dabei zwei Reihen blitzweißer Zähne, dass so manches Mädel in Ohnmacht gefallen wäre. Aber nicht Tessa.

„Hör zu Kleiner", begann sie in ihrer unnachahmlichen Art und ich konnte mir ein Schmunzeln nicht verkneifen. Tessa war nicht nur zwei oder drei Jahre jünger als Jay, sondern auch deutlich kleiner, immerhin schien er nur wenig kleiner zu sein als Tom. „Ich sag's dir lieber gleich. Das mit uns beiden, das wird nichts. Alles klar?"

Ein wenig kleinlaut verzog sich Jay in seine Ecke und schmollte, während Tessa ihren I-Pod aus der Tasche zog und sich mit ihren Kopfhörern von der Außenwelt abschottete. Tom blickte mich überrascht an, doch als sich unsere Blicke trafen, mussten wir beide grinsen. Das konnte ja was werden! Dann fiel Toms Blick auf meine Hände, in denen ich ein paar Zettel hielt, die ich eben aus meinem Rucksack genommen hatte.

„Was hast du da?" wollte er neugierig wissen.

„Ich hab die Strecke in den Routenplaner eingegeben und das kam dabei heraus."

Ich reichte ihm die Ausdrucke, die er zwar interessiert betrachtete, mich aber kurz drauf auch amüsiert anblickte.

„Du bist nicht so der spontane Typ, oder?"

Entschuldigend zog ich die Nase kraus und schüttelte den Kopf.

Tom blätterte den Stapel durch und stieß dabei auf einen karierten Zettel meines Collegeblocks, auf dem ich alle möglichen Rechnungen notiert hatte.

„Und was ist das?" wollte er wissen.

„Ich habe mal kalkuliert, was uns das Ganze so kosten wird. Spritkosten, Übernachtung, Essen."

Mit hochgezogenen Augenbrauen sah Tom mich an. „Hier sind schriftliche Rechnungen drauf."

Entschuldigend nickte ich. „Ich kann das nicht alles im Kopf."

Fasziniert schüttelte Tom den Kopf. „Aber dein Handy hätte das gekonnt. Stattdessen rechnest du das lieber selbst aus?"

Damit gab er mir lächelnd, aber mit einem Kopfschütteln die Zettel zurück, doch nicht ohne zu sagen: „Pack die Zettel weg, du Genie. Wir machen das schon."

Also steckte ich die Zettel wieder in die Tasche, aber nicht, ohne mir vorher die Nummern der Ausfahrten, die wir nehmen mussten, noch einmal anzusehen und zu merken. Dann ging es los.

Durch Brooklyn und Queens zu fahren, war im Grunde nach den Tagen in New York und den ersten Eindrücken der Stadt und der Umgebung wenig aufregend. Den East River zu überqueren, war da schon spektakulärer, weil wir einen erstaunlichen Blick nach links und rechts auf dieses riesige Gewässer hatten. Noch dazu verband ich mit dem Fluss einfach die Tatsache, dass ich mich tatsächlich auf eine leere Fabrikhalle gestellt hatte und von dort über den Fluss nach Manhattan geschrien hatte. Das würde ich wohl jetzt immer mit dem East River verbinden, weswegen sich ein Lächeln auf mein Gesicht stahl, als wir über die lange Brücke vom *Francis Lewis Park* zum *Old Ferry Point* fuhren. Doch erst als wir die Bronx schon fast hinter uns gelassen und den Hutchinson River überquert hatten, wurde es auf einmal grün und unser Weg führte uns mitten durch einen riesigen Golfplatz.

„Okay", begann Tessa, als wir bereits eine Weile gefahren waren. „Wenn ich schon mit euch unterwegs bin, dann will ich ein bisschen was von euch wissen! Von dir", dabei sah sie Jay ein wenig abfällig an, „wissen wir gar nichts. Und von dir, Tom, hat Lulu jetzt auch nicht so ausgiebig erzählt."

Tom runzelte die Stirn und auch Jay schien irritiert zu sein. „Wer ist denn bitte Lulu?"

Beinahe ärgerlich runzelte Tessa die Stirn. „Na Lucie!"

„Und wieso nennst du sie so?" mischte sich auch Tom ein.

„Nicht nur ich!" verteidigte sich Tessa und rutschte unruhig auf dem Ledersitz hin und her. „Lulu wird auch in der Schule so genannt."

Tom schlängelte sich konzentriert durch den Verkehr, hörte dem Gespräch aber aufmerksam zu.

„Aber nur", fügte ich an, „weil du in der fünften Klasse damit angefangen hast."

„Lucie Freitag! Willst du mir erzählen, dass du deinen Spitznamen nicht magst?"

Doch zu einer Antwort kam ich gar nicht, denn Tom legte direkt los: „Freitag? Du heißt Freitag? Also Friday?"

„Ja", erwiderte ich verunsichert, woraufhin sich Tom begeistert zu mir umdrehte. „Ich heiße Sunday, Tom Sunday."

Tom war so abgelenkt, dass er an der Ampel, an der wir standen, völlig übersah, dass bereits grün war. Begeistert rückte jetzt auch Jay nach vorne und meinte schelmisch grinsend: „Ihr könntet ein Wochenende bilden."

Tom lächelte mich an. „Ja, das könnten wir, Friday."

„Das ist ja witzig", hörte ich Tessa in meinem Rücken murmeln.

„Friday?" Stirnrunzelnd blickte ich Tom an, als plötzlich hinter uns gehupt wurde. Tom gab Gas, erklärte aber: „Wir müssen doch neue Spitznamen für dich etablieren, Lu."

„Also ehrlich, Lulu!" Jay wandte sich kopfschüttelnd zu Tessa um. „Was hast du dir denn dabei gedacht, Tessa?"

Entschuldigend zuckte sie mit den Schultern. „Da war ich zehn! Außerdem hast du mir nie gesagt, dass du den Namen so schlimm findest!"

Das war eindeutig an mich gerichtet, daher wandte ich mich halb zu ihr um. „Mit zehn fand ich den Namen ja auch witzig, Tess."

„Okay, stopp mal kurz", mischte sich jetzt auch wieder Jay ein. „Heißt du denn jetzt Tessa oder Tess?"

„Eigentlich Tessa, aber Lu…cie", rettete sie sich grinsend, „hat irgendwann mit Tess angefangen und das hat sich dann durchgesetzt."

Eine Weile schwiegen wir. Tessa und Jay sahen scheinbar aus den Fenstern, während ich aufmerksam beobachtete, wie Tom sich wie selbstverständlich ohne sich auch nur ansatzweise orientieren zu müssen, auf dem Weg nach Mystic befand. Offenbar brauchte er meine Ausdrucke vom Routenplaner wirklich nicht, denn er kannte sich hervorragend aus. Da hörte ich auf einmal Tessas raue Stimme hinter mir.

„Euch ist schon klar, dass ich jetzt immer noch nichts über euch weiß, oder?"

„Aber das, liebe Tess", erwiderte Jay und drehte dabei an seinem Ohrring. „Das macht uns so geheimnisvoll."

„Ja, oder unheimlich", murmelte Tessa, gab sich aber für den Moment damit zufrieden, dass sie keine Antwort bekam. Ich warf einen Blick auf Tom und sah, dass er lächelte, aber auch er hatte scheinbar nicht vor zu antworten. Meinte Tess das ernst? Fand sie es unheimlich mit Jay und Tom unterwegs zu sein? Eigentlich war ich mir sicher, dass ich das Richtige tat, aber es nagte mittlerweile schon auch ein klitzekleiner Zweifel an mir. Wieder sah ich von der Seite zu Tom, der meinen Blick bemerkte und mich herzlich anlächelte. Konnte es wirklich sein, dass er es nicht gut mit uns meinte? Nein, das konnte ich mir wirklich nicht vorstellen.

Wir fuhren durch Städte, Wohngegenden, Industriegebiete und kreuzten immer wieder den ein oder anderen Fluss. Doch je näher wir Mystic schließlich kamen, desto grüner und einsamer wurde es und desto öfter führte die Interstate immer wieder an der Küste entlang. Auch hier war immer weniger los. Ab und zu konnten wir aufs Wasser sehen, mal kreuzte die Strecke eine Einmündung oder einen Fluss über eine Brücke, dann fuhren wir einfach eine Zeitlang parallel zum Wasser. Der Ausblick war einfach schön, der Himmel blau, die Sonne strahlte und die

Luft wirkte so klar, als könnte man seit Tagen endlich wieder richtig atmen. Tom, der offenbar das Gleiche dachte, hielt an der nächsten Raststätte und öffnete das Verdeck seines Buick. Als wir wieder losfuhren, wehte uns der warme Wind durch die Haare und kitzelte uns im Gesicht, im Radio lief Sheryl Crow mit *Soak up the sun* und wie auf Kommando sangen wir vier lauthals mit. Ich schloss die Augen, hielt mein Gesicht in den Wind und die Sonne und fragte mich zum wiederholten Mal, was uns in Mystic wohl erwarten würde. Eins stand jedenfalls fest. Besser konnte das Abenteuer nicht beginnen.

Wir waren schon eine ganze Weile unterwegs, als Jay auf einmal ganz unruhig wurde. Bis dahin hatten wir vor allem der Musik aus dem Radio zugehört, Tom und ich hatten uns immer mal wieder kurz über den Weg ausgetauscht und auch mit Tess hatte ich darüber gesprochen, ob es irgendetwas Neues gab, wie sie das mit Malta geregelt und ihren Eltern erklärt hatte, dass sie auf einmal nach New York musste. Jay hatte sich in der ganzen Zeit recht still verhalten, doch auf einmal drehte er auf.

„Okay, ich weiß was!" rief er mit einem Mal aus und ließ mich vor Schreck zusammenzucken, denn ich hatte fast vergessen, dass er da war. Tessa stöhnte und murmelte: „Das kann ja nichts Gutes bedeuten."

Doch Jay ließ sich nicht beirren. Aufgeregt trommelte er auf der Kopfstütze von Toms Sitz. „Ach kommt schon! Ich dachte, wir sollen uns kennenlernen. Dann legen wir los. Tess, …" Er wandte sich meiner besten Freundin direkt zu, die ihn ein wenig irritiert, aber gespannt ansah. Dann fuhr er fort: „Würdest du eher einen Kaugummi essen, der unter einem Tisch klebt, oder deine Hand in eine Schlangengrube halten?"

„Was?" Vor Überraschung riss Tessa die Augen weit auf, Tom dagegen schien weniger überrascht zu sein. Er lachte kopfschüttelnd, als wäre das typisch für Jay. Gespannt hatte ich mich zu den beiden umgedreht, sah nun auf die irritierte Tess und den ernsthaft auf eine Antwort wartenden Jay, die Gitarre immer noch zwischen ihnen.

„Na los, Tess!" forderte Tom. „Was würdest du eher machen?"

Tessa überlegte einen Moment und antwortete schließlich mit voller Überzeugung: „Die Schlangengrube!"

„Im Ernst?" entfuhr es mir schockiert. „Wieso das denn?"

Doch Tessa zuckte völlig unbeeindruckt mit den Schultern. „Vielleicht passiert ja nichts. Dann ist es schnell vorbei. Aber diesen Kaugummi?" Bei dem Gedanken schüttelte es sie. „Das geht gar nicht."

„Gefällt mir, die Frau", erwiderte Jay zufrieden. Dann fuhr er an Tessa gewandt fort: „Okay, jetzt bist du dran."

„Muss ich dir die Frage stellen?"

Doch Jay schüttelte den Kopf, kramte aus seinem Rucksack eine Chipstüte hervor, riss sie auf und antwortete: „Einem von uns."

Tessa nickte und begann zu überlegen. Dann fiel ihr etwas ein. „Okay, Tom…" Ich erkannte, wie er sich neben mir gerade hinsetzte, zwar nach wie vor konzentriert den Straßenverkehr betrachtete, aber auch gespannt auf Tessas Frage wartete. Da fuhr sie fort: „Würdest du eher stinkend zu einem Date gehen oder völlig unvorbereitet ein Konzert geben?"

Sie rückte vor und sah zwischen den beiden Vordersitzen hindurch gespannt auf Tom und wartete auf seine Antwort. Auch ich war neugierig, was er antworten würde. Doch er lachte nur.

„Tatsächlich würde ich wohl stinkend zu dem Date gehen."

„Was?" riefen Tess und ich wie aus einem Mund, so dass die Jungs in schallendes Gelächter ausbrachen. Jay versuchte schließlich zu erklären.

„Wir sind Musiker! Sowas können wir uns nicht erlauben!"
Dann reichte er seine angefangene Chipstüte nach vorne.

„Und das arme Mädchen?" fragte ich besorgt und nahm die Tüte von Jay. Doch Tom zuckte mit den Achseln.

„Beim nächsten Mal wäre ich dann frischgeduscht."

„Bei mir würde es dann aber kein zweites Date geben", erwiderte ich und genoss ein paar von Jays Chips. Da wandte Tom seinen Blick für einen Moment von der Straße und sah mich an.

„Nicht?" Gespielt bedauernd schüttelte ich den Kopf. „Hm", erwiderte er da nachdenklich, „dann bist du wohl schuld an meinem Karriereende."

Beinahe hätte ich mich an meinen Chips verschluckt. Aus dem Augenwinkel bemerkte ich, wie Tessa und Jay näherrückten. Hatte er das so gemeint, wie ich es verstanden hatte?

„Du bist dran, Tom", forderte Tessa ihn auf. Ich wusste genau, warum sie das machte und schickte ihr einen bösen Blick, doch sie ignorierte mich. Tom schien das Ganze eher zu amüsieren.

„Hm, eine Frage …" Dann dachte er einen Moment nach. „Lu", sprach er mich an. Innerlich versteifte ich mich. Er würde mich doch wohl nicht ernsthaft vor den anderen nach einem Date fragen!

„Würdest du dir eher eine Glatze rasieren lassen oder alle Fotos deiner Reise verlieren?"

Unwillkürlich atmete ich aus. Ich hoffte inständig, dass Tom davon ausging, dass ich seufzte, weil ich die Frage so schwierig fand, doch in Wahrheit war ich erleichtert, dass Tom mich in keine unangenehme Situation gebracht hatte. Tessa wusste das, das war mir klar. Sie drückte einmal meine Schulter und setzte sich dann kichernd zurück und auch Jay verlor das Interesse an uns beiden, jetzt wo es doch nicht pikant wurde.

„Und?" fragte Tom da von der Seite.

„Auch das von meinem Vater?"

Tom nickte. „Auch das."

„Dann die Glatze. Ganz klar."

Lächelnd drehte sich Tom zu mir um und blickte mich herzlich an. Erklären musste ich das wohl nicht. Nun war ich dran.

„Jay", begann ich, drehte mich zu ihm um und sah gerade noch, wie er einen Schluck seiner Cola trank. Dann schenkte er mir seine volle Aufmerksamkeit.

„Würdest du eher ein halbes Jahr mit einer Papiertüte über dem Kopf herumlaufen oder für immer deinen Stecker aus dem Ohr nehmen?"

Tom neben mir brach in schallendes Gelächter aus, so dass das Auto unter großem Geschrei kurz ins Schlingern geriet. Doch er hatte sich schnell wieder im Griff. „Tut mir leid, tut mir leid, aber das war echt zu komisch."

Ein wenig beleidigt rückte Jay in seinem Sitz vor. „Was bitte war daran komisch?"

Tom konnte sich ein Grinsen nach wie vor nicht verkneifen. „Lu kennt dich seit gerademal zwei Stunden und weiß jetzt schon, dass du unfassbar eitel bist."

„Konzentrier du dich lieber wieder auf die Straße", brummte Jay und lehnte sich wieder in seinem Sitz zurück.

„Du musst noch antworten", mischte sich nun auch Tessa ein. Einen Augenblick schwieg Jay und ich dachte schon, er wäre ernsthaft beleidigt und würde nun schmollen, doch schließlich sagte er: „Tatsächlich würde ich zu euer aller Vergnügen die Papiertüte vorziehen."

Kurze Zeit später war das erste Mal Mystic ausgeschildert. Von da an waren wir alle damit beschäftigt auf den Weg zu achten. Nach zweieinhalb Stunden Fahrt fuhren wir endlich in dieses kleine Küstenstädtchen ein. Mystic war hübsch, mit vielen hellen, aus Holz gefertigten Häusern. In einigen davon befanden sich außerdem kleine Geschäfte. Schließlich kamen wir an unserem Motel an – dem *Daylights Inn*. Als wir aus dem Auto stiegen, konnten wir das Meer förmlich riechen, auch wenn wir es nicht sahen, aber es konnte nicht weit sein. Hier war es weniger schwül als in New York, deutlich kühler, aber sehr angenehm mit einer leichten Brise, die uns umfing, als würde sie uns willkommen heißen.

Unser Zimmer war einfach und zweckmäßig eingerichtet, Fee hätte bei dem Anblick wohl den Ausdruck „Eiche rustikal" verwendet, denn genauso sah es aus. Doch für unsere Zwecke war es völlig in Ordnung. Eine Sache jedoch war anders als geplant, nämlich dass es kein richtiges Doppelzimmer war. Hier stand nur ein Bett, ein riesiges King Size Bed zwar, aber es war nur eins. Für Tessa und mich kein Problem. Ob die Jungs das in ihrem Zimmer auch so sahen?

Wir stellten unsere Reisetaschen ab und inspizierten alles. Die Wände waren mit geblümter Tapete verziert, das riesige Bett war ein altes Eichenbett, genau wie die dazu passenden Nachtschränkchen aus Eichenholz waren. Der Boden war mit grauem Teppichboden ausgelegt, der bestimmt schon bessere Tage gesehen hatte, aber einigermaßen sauber war. Das angrenzende Badezimmer war so klein wie ein Wohnmobil-Bad und ich bezweifelte, dass man sich darin drehen konnte, aber auch das diente seinem Zweck. Als es für mich nichts mehr zu entdecken gab, setzte ich mich aufs Bett und wippte ein paarmal darauf herum. Tessa begutachtete ebenfalls alles. Sie sagte kein Wort zur Einrichtung, zu dem Zustand des Zimmers oder der Größe des Bads. Es war einfach nicht ihre Art sich zu beklagen. Sie hatte Teil dieses Abenteuers sein wollen, also nahm sie es, wie es kam. Aber ich wusste genau, dass das hier nicht ihrem üblichen Standard entsprach, dass sie eindeutig anderes gewohnt war. Doch darüber verlor sie kein einziges Wort. Als sie alles inspiziert hatte, verzog sie sich für kurze Zeit ins Bad, um sich frisch zu machen. Es war gerade Mittagszeit, der Tag noch lang und ich fit und vor allem aufgeregt, was die Suche nach meinem Vater in diesem Ort ergeben würde. Würden wir hier irgendjemanden finden, der sich an ihn erinnerte? Würden wir jemanden finden, der ihn kannte? Würden wir möglicherweise sogar ihn finden? War er noch hier? War es vielleicht wirklich so einfach? Ich versuchte, mir nicht zu viele Hoffnungen zu machen. Doch allein, dass wir nun wussten, wo Nat herkam, sorgte dafür, dass ich nicht mehr stillsitzen konnte. Hier in diesem Ort war er möglicherweise aufgewachsen. Hier hatte Mama Zeit verbracht, vielleicht hatten sie sich hier sogar kennengelernt. Ich war an diesem Ort völlig fremd und dennoch fühlte ich jetzt schon eine seltsame Verbundenheit hierher, denn Mystic schaffte auf welche Art auch immer eine Verbindung zwischen meinen Eltern. Und dieser Verbindung musste ich unbedingt auf den Grund gehen.

Kaum hatte ich das gedacht, klopfte es an der Tür. Auf mein „Herein" öffnete sie sich einen Spalt und Tom steckte vorsichtig seinen Kopf hindurch, als hätte er Sorge, wir könnten hier nackt durch die Gegend springen. Als er mich auf der Bettkante entdeckte, hellte sich sein Gesicht auf.

„Sollen wir los?"

10.

… Ich vermisse dich so! Valentinstag ohne dich ist einfach nicht, wie er sein sollte. Mit Dad rede ich gerade nur noch das Nötigste. Ich will nicht bei ihm einsteigen, ich will nicht bleiben. Du hast mich gefragt, wo ich mich in zehn Jahren sehe: Ein Häuschen im Grünen mit Frau und Kindern, das wäre was! Aber im Moment wäre mir alles Recht, auch die Großstadt, ohne Dad und all die Probleme hier …

„Wisst ihr schon, was ihr nehmt?" fragte Tessa, doch ich schüttelte den Kopf, genau wie Tom, der sich direkt weiter auf die Auswahl an Pizzen konzentrierte, die vor ihm lag.
„Du?"
Tessa schüttelte ebenfalls den Kopf, nur Jay hatte scheinbar schon seine Auswahl getroffen. Bei mir lag es allerdings nicht daran, dass ich mich nicht entscheiden konnte, sondern daran, dass ich mich ständig umsah und überhaupt nicht konzentrieren konnte. Tessa bemerkte das offenbar, denn sie fragte: „Sollen wir überhaupt was essen?"
Ruckartig hoben Tom und Jay die Köpfe und sahen mich gespannt an. Entschuldigend blickte ich in die Runde. „Ich hab echt keinen Hunger. Aber bestellt euch ruhig was", fügte ich noch an. Toms knurrender Magen war dabei nicht zu überhören.
Die Bedienung kam – eine Brünette mit Sommersprossen, die etwa in Toms und Jays Alter war und ein enges, schwarzes Shirt mit V-Ausschnitt trug, der einen Ansatz ihrer gepushten Ober-

weite zeigte. Sie versuchte direkt mit Tom zu flirten, was Jay stirnrunzelnd und scheinbar neidisch bemerkte, Tom jedoch völlig kalt zu lassen schien. Mir schoss der Gedanke durch den Kopf, dass Tom vielleicht zu den Jungs gehörte, denen so etwas einfach nicht auffiel. Wir gaben unsere Bestellung auf und die Bedienung verschwand, ohne dass Tom auf ihre neckische Art eingegangen war. Interessiert betrachtete ich ihn.

„Was?"

„Du hast das gar nicht bemerkt, oder?"

Tom runzelte die Stirn. „Was meinst du?"

Er wusste es wirklich nicht, daher wurde mein Lächeln nur noch breiter. Da mischte sich auch Jay ein.

„Die Kellnerin eben – die wollte dir an die Wäsche!"

„Quatsch!" sagte Tom. Doch sein Gesicht verriet Neugier.

„Man sieht genau, was in dir vorgeht", sagte Tessa und lachte.

„Tatsächlich?" Unsicher, aber neugierig blickte er sie an. „Was denn zum Beispiel?"

Belustigt knuffte Jay Tom in die Seite. „Du hoffst, dass die süße Bedienung nochmal auftaucht oder was meint ihr?"

„Ich denke auch", erwiderte Tessa zustimmend und auch ich konnte den beiden da nur beipflichten. Einen Moment schien Tom nicht zu wissen, was er antworten sollte, dann sah er sich suchend in der Pizzeria um, um einen Blick auf die Kellnerin von eben werfen zu können. Aber ich war auf der Suche nach meiner Familie und verfolgte eine heiße Spur, schließlich saßen wir nicht ohne Grund in der berühmten Pizzeria aus dem Film *Pizza, Pizza* mit Julia Roberts.

Wir hatten uns mittags nach unserer Ankunft aus New York und einer kurzen Pause, in der Tessa und ich uns nochmal frischmachten, wieder auf den Weg gemacht.

Wir hatten tierischen Hunger und einfach den Plan, durch den Ort zu der berühmten Pizzeria zu schlendern und auf dem Weg immer mal wieder jemanden nach Jonathan Green zu fragen. Zunächst liefen wir am Mystic River entlang weiter in den Ort hinein. Der Wind, der uns um die Nase wehte, war eine angenehme Abkühlung zu der Sommerhitze, die den Osten der USA nach wie vor fest im Griff hatte. Wie automatisch öffnete ich meine Finger, um den Wind hindurchströmen zu lassen. Tessa und Jay unterhielten sich leise und schienen die ganze Zeit über irgendetwas zu diskutieren. Tom lief schweigend neben mir her und schien einfach alles in sich aufzusaugen, was er sah. Ich dagegen war einfach nur angespannt und aufgeregt.

Zunächst waren wir nicht erfolgreich, die meisten Leute, die wir trafen, waren auch Touristen – genau wie wir. Doch irgendwann hatten wir auf einmal Glück. In einem Souvenirladen fragten wir eine dicke, ältere Dame mit Dauerwelle und Nickelbrille auf der Nase, die hinter dem Tresen saß und ihre Abrechnung machte. Als wir eintrafen und uns die Türklingel ankündigte, sah sie von ihrer Arbeit auf.

„Hi. Wie geht's euch?"

Die Standardfrage der Amerikaner, über die sich viele Leute so aufregten und den Amerikanern damit Oberflächlichkeit vorwarfen. Auch ich konnte damit nicht viel anfangen, aber ich wusste, dass Tessa diese scheinbare Herzlichkeit toll fand! Kaum hatte die Dame die Frage gestellt, legte sie ihre Nickelbrille ab, stand auf und kam hinter dem Tresen hervor. Während die anderen im Hintergrund blieben und sich scheinbar für all die Muscheln, Figuren, Ketten und Taschen in den Regalen interessierten, trat ich einen Schritt auf die Frau zu.

„Gut, vielen Dank", antwortete ich höflich. „Ich hab eine Frage. Wir sind auf der Suche nach jemandem."

Neugierig blickte sie mich an. „Schieß los."

„Wir suchen nach Jonathan Green und glauben, dass er aus Mystic kommt."

Der Blick der Dame hellte sich auf. „Nat? Klar kommt der von hier. Ist aber schon lange nicht mehr da. Ich weiß gar nicht, wann ich den wohl das letzte Mal gesehen hab. Ich glaub, der hat hier gar keinen Kontakt mehr hin."

Wieder jemand, der ihn kannte! Auch wenn ich ihn hier nicht fand, gab es vielleicht einen Anhaltspunkt.

„Erinnern Sie sich daran, wie er so war?" fragte ich neugierig und das Gesicht der Dame hellte sich auf.

„Nat? Der war immer unheimlich freundlich zu allen hier. Anders als sein Vater, der alte Stinkstiefel." Verschwörerisch beugte sie sich vor und fügte leiser hinzu: „Ich glaube aber, dass es Ärger gegeben hat, bevor Nat verschwunden ist."

Mehr hatte sie uns leider nicht zu sagen. Doch bevor ich über unsere nächsten Schritte nachdenken konnte, kam sie uns zuvor. „Seine Eltern sind aber noch hier, wenn euch das weiterhilft."

Für einen Augenblick setzte mein Herz aus, meine Augen wurden riesengroß und ich war unfähig zu reagieren, starrte die Frau einfach unverwandt an. Tessa trat näher an mich heran.

„Lulu, das sind deine …"

„Ich weiß", unterbrach ich sie leise. Meine Großeltern. Hier in diesem Ort lebten meine Großeltern.

„Deine was?" wollte die Dame neugierig wissen. Als ich nicht antwortete, kniff sie die Augen zusammen und beobachtete uns genauer. Dann wandte sie sich an mich.

„Sag mal, bist du mit den Greens verwandt?"

Vorsichtig nickte ich. „Ich denke, Jonathan ist mein Vater."

Vor Verblüffung riss die Dame die Augen auf. „Nats Tochter? Das gibt es ja nicht!" Dann hielt sie einen Moment inne und betrachtete mich mit gerunzelter Stirn. „Ja, stimmt", murmelte sie schließlich. „Du hast schon Ähnlichkeit mit ihm."

Dann verriet sie uns, wo wir meine Großeltern finden konnten: In genau der Pizzeria, zu der wir gerade auf dem Weg waren. Sie gehörte ihnen. Ich konnte gar nicht fassen, dass es überhaupt noch Familie von mir gab. Und jetzt das! Mit einem Schlag war ich unglaublich aufgeregt. Der eine Teil von mir konnte es nicht abwarten, dort endlich hinzugehen, und der andere Teil hatte schreckliche Angst davor. Was sie wohl sagen würden, wenn sie mich trafen?

Um das herauszufinden, waren wir nun dort, Tom mit einem Bärenhunger, ich mit einem Knoten im Magen und jeder Menge Aufregung im Bauch.

Die Pizzeria war schön gemütlich und rustikal eingerichtet. Wir hatten ein relativ einfaches, weißes Gebäude betreten, drinnen hatte ich mich aber direkt wohl gefühlt. Die Wände im Eingangsbereich waren über und über mit Fotos von Promis bei ihren Restaurantbesuchen übersät, genauso wie mit Bildern und Postern des Films *Pizza, Pizza*.

Auch im Restaurant hing alles voller Fotos. Einerseits wirkte der Raum dadurch total überladen, aber andererseits passte es auch hierher. Es war einfach gemütlich. Ich mochte den Film, seit ich ihn vor einiger Zeit zusammen mit Tess gesehen hatte, und jetzt an diesem Ort zu sein, war eigentlich etwas Besonderes, aber das alles war mir im Moment völlig egal. Diese Pizzeria gehörte meinen Großeltern. Den Großeltern, von denen ich nie etwas gewusst hatte und auch keine Ahnung hatte, ob sie auch nur das Geringste von mir wussten. Ich war unglaublich aufgeregt und wollte sie unbedingt kennenlernen.

Als die Kellnerin wieder an unseren Tisch kam, um uns unsere Getränke zu bringen, ignorierte ich, wie genau Tom sie betrachtete und wie gut ihr das in ihrer knappen schwarzen Röhrenjeans gefiel. An ihrem Shirt hing ein Namensschild mit der Aufschrift „Melissa". Aufgesetzt lachte sie über einen Spruch von Tom, den ich gar nicht richtig mitbekommen hatte. Stattdessen platzte ich heraus: „Sind die Eigentümer, die Greens, zufällig da? Ich müsste sie dringend sprechen."

Ungeduldig drehte sich Melissa zu mir um. Ihr aufgesetztes Lächeln war verschwunden, schließlich hatte ich sie gerade bei einem netten Flirt gestört. Doch ich blickte sie einfach unverwandt an und wartete auf eine Antwort.

„Worum geht's denn? Ich weiß nicht, ob sie gerade Zeit für Touristen haben."

Mit dem Ton, in dem sie das sagte, machte sie unmissverständlich klar, dass ich mit Sicherheit keine wichtige Angelegenheit war. Mein Herz rutschte mir in die Hose. Ich wusste, dass ich wohl selbstbewusst war, aber solche Mädchen schüchterten mich durchaus ein. Ich versuchte ihre unverschämte Bemerkung einfach zu ignorieren, befriedigte aber auch nicht ihre Neugier.

„Das ist privat", war alles, was ich sagte.

„Dann bin ich nicht sicher, ob ich dir helfen kann", erwiderte Melissa schnippisch und ging, bog aber nicht hinter der Theke ab, sondern verschwand um die Ecke. Kurz drauf hörte ich ein Klopfen, dann wurde eine Tür geöffnet und wieder geschlossen. Ob sie mich ernsthaft ankündigen oder eher abwimmeln oder vielleicht sogar gar nichts von mir sagen würde? Gespannt wandte ich meinen Kopf, sah zu den anderen und bemerkte, dass sie mich amüsiert betrachteten.

„Was?"

Tessa war schließlich diejenige, die nicht länger an sich halten konnte. „Die Krallen sind ausgefahren."

Dann breitete sich ein Lächeln auf ihrem Gesicht aus. Ich wollte gerade zu einer Antwort ansetzen, als Melissa wieder auftauchte.

„Sie kommt gleich."

Dann verschwand sie. Mit riesigen Augen sah ich Tessa an. Würde gleich meine Großmutter um die Ecke kommen? Ich konnte es nicht fassen! Tessa lächelte mich aufmunternd an, aber meine Gedanken rasten, da beruhigte mich auch ihr Lächeln nicht. Ich war so aufgeregt, dass mein Magen ein einziges Kribbeln war und mein Puls so schnell raste, dass ich die Befürchtung hatte, gleich zu explodieren. Jay, der bei dieser ganzen Geschichte am wenigsten beteiligt war, schien fast zu platzen vor Neugier. Tom dagegen lächelte mich herzlich an, doch plötzlich bedeutete er mir mit einer Kopfbewegung, dass ich mich umdrehen sollte. Das konnte nur eins bedeuten... Da hörte ich auch schon eine freundliche, aber fremde Stimme.

„Hallo! Ihr wolltet mich sprechen?"

Mein Herz klopfte so schnell, dass ich es richtig fühlen konnte. War das wirklich meine Großmutter? Langsam drehte ich mich zu ihr um, wobei mein Blick auf eine recht große, schlanke Frau Anfang 60 mit einem pfiffigen, grauen Kurzhaarschnitt und einer Lesebrille auf der Nase fiel. Sie trug eine blauweiß gestreifte Bluse, die sie locker in ihre Jeans gesteckt hatte, und bequeme, aber schicke, schwarze Schuhe. Offen und herzlich betrachtete sie uns.

„Also? Was kann ich für euch tun?"

Doch mit einem Mal blieb ihr Blick auf mir hängen und ihr Lächeln verschwand. Hatte sie die Ähnlichkeit zu Nat erkannt? Sie sagte nichts. Auch wenn ich einen dicken Kloß im Hals hatte, ging ich in die Offensive. Ich räusperte mich, atmete tief durch und stand auf. Dann reichte ich ihr die Hand, die sie direkt ergriff.

„Hi. Ich bin Lucie." Dann drehte ich mich um. „Und das sind Tessa, Tom und Jay. Wir sind auf der Suche nach meinem Vater."

Die Frau warf nur einen kurzen Blick auf die anderen, dann wandte sie sich direkt wieder mir zu. Sie war sichtlich aufgewühlt und fragte nur leise: „Nat?"

Vorsichtig nickte ich. Da trat sie ein paar Schritte zurück, zog sich einen Stuhl heran, ließ sich völlig überrumpelt darauf plumpsen und auch ich setzte mich wieder.

„Du bist seine Tochter? Meine Enkelin?"

Wieder nickte ich. „Ich glaube schon."

Da stahl sich ein winziges Lächeln auf ihr Gesicht.

„Tut mir leid! Das war eine blöde Frage! Daran, dass du seine Tochter bist, besteht gar kein Zweifel!"

Neugierig beugte sie sich vor und kam mir dabei so nah, dass mir ihr dezentes Parfüm in die Nase wehte.

„Sieh dich doch nur an. Du siehst aus wie er."

Darauf wusste ich nichts zu erwidern, sah sie einfach nur unverwandt an. Meine Großmutter! Vor mir saß meine Großmutter! Ich konnte meinen Blick nicht von ihr abwenden, betrachtete ein ums andere Mal diese Augen, die ich auch hatte, und dieses leicht faltige Gesicht, das so unglaublich viel Güte ausstrahlte, dass mich sofort ein Gefühl von Wärme durchströmte. Ich war nicht mehr allein auf der Welt. Ich hatte meine Oma gefunden! Was Mama wohl dazu gesagt hätte? Sofort traten mir Tränen in die Augen und auch die Augen meiner Oma wurden feucht. Doch noch lag eine gewisse Distanz zwischen uns.

„Und deine Mutter?"

Ich schluckte. „Ist Eva Lunemann."

Meine Großmutter runzelte die Stirn, dachte einen Moment nach, doch mit einem Mal hellte sich ihr Gesicht auf.

„Die Eva, die vor Jahren zum Austausch hier war?"

Ich nickte und das Gesicht meiner Oma begann zu strahlen.

„Wie schön! Ich habe Eva immer gemocht! Wie geht's ihr?"

Wieder traten mir Tränen in die Augen und der Kloß im Hals wurde so groß, dass ich nichts mehr sagen konnte. Meine Großmutter begriff.

„Wann?" fragte sie bekümmert und legte mir mitfühlend eine Hand aufs Knie. Doch ich brachte keinen Ton heraus. Tränen liefen mir über die Wangen. Ich wischte sie fort, doch es kamen sofort neue hinterher. Ich hörte, wie sich Tessa neben mir räusperte.

„Vor drei Wochen. Sie hatte Krebs."

„Oh nein!" Betroffen schlug meine Großmutter die Hand vors Gesicht. „Sie muss noch unheimlich jung gewesen sein!"

Tessa nickte. „Ende 30."

Ich schloss die Augen, um die Tränen zu stoppen, aber sie liefen und liefen. Da spürte ich auf einmal eine liebevolle Umarmung. Das Parfüm wehte mir wieder in die Nase und ich hörte, wie meine Oma immer wieder flüsterte: „Ich hatte davon keine Ahnung! Es tut mir so leid!"

Dann weinte auch sie.

So saßen wir eine ganze Weile, bis meine Tränen endlich versiegt waren. Als wir uns voneinander lösten und in unsere verheulten Gesichter sahen, mussten wir beide lachen und als Tom eine Runde Taschentücher spendierte und wir uns synchron die Nase putzten, lachten wir erneut und sofort war eine gewisse Vertrautheit da.

Da mittlerweile auch die anderen Gäste aufmerksam geworden waren, schlug Abby, meine Großmutter, vor, dass wir nach nebenan ins Büro gehen sollten, um uns dort weiter zu unterhalten. Dabei erhaschte ich bei all dem Gefühlschaos einen Blick auf die Gesichter der anderen. Tessa hatte selbst Tränen in den Augen. Natürlich, sie kannte mich in- und auswendig, sie war seit Jahren meine beste Freundin, hatte Mama gut gekannt, hatte miterlebt, wie sehr Mama gelitten und wie sehr mich ihr Tod getroffen hatte. Doch auch Tom und Jay schienen ernsthaft betroffen zu sein von dem, was sie gerade erlebten, blieben aber am Tisch sitzen.

„Wir warten hier, okay?" fragte Tom vorsichtig, als Tessa und ich aufgestanden waren, und ich nickte dankbar. Ich mochte ihn, aber ich kannte ihn und geschweige denn Jay nicht gut genug, um mit ihnen all die Emotionen und Erinnerungen zu teilen, die möglicherweise über mich kommen würden. Daher ließen wir Tom und Jay alleine und folgten meiner Großmutter ins Büro.

Dort setzten wir uns an eine kleine, runde Sitzecke, die offenbar für Kundengespräche vorgesehen war, und ich erzählte, wie ich aufgewachsen war, und von Mama und wie wir auf Nat gekommen waren, von unserer Suche bisher und von Toms Idee, Nat könnte aus Mystic stammen. Und ich schloss mit der Frage, die mich am allermeisten beschäftigte: „Wo ist Jonathan?"

Abby – meine Oma – machte ein betroffenes Gesicht.

„Es tut mir wirklich leid euch das sagen zu müssen, aber ich weiß es leider nicht."

„Sie wissen nicht, wo Ihr Sohn ist?" wollte Tessa ungläubig wissen.

Abby sah sehr bekümmert aus und schüttelte den Kopf.

„Nein, das weiß ich nicht. Und ich bedaure das jeden einzelnen Tag! Vor vielen Jahren lebte Nat noch hier bei uns und arbeitete nach der High School bei uns in der Pizzeria. Wir dachten, er würde sie eines Tages übernehmen, aber er hatte da offenbar andere Pläne. Er war hier nicht glücklich, wollte etwas anderes im Leben und fühlte sich wohl von uns unter Druck gesetzt. Es kam zu einem Riesenstreit. Und am nächsten Tag …" Sie seufzte. „Am nächsten Tag war er weg."

„Ihr habt nie wieder von ihm gehört?" Ich war völlig perplex.

„Nein, nie. Das ist jetzt fast 20 Jahre her."

Abbys Gesicht nahm einen traurigen Zug an und ich fragte mich für einen Moment, ob sie vorhin nur meinetwegen geweint hatte oder auch, weil sie durch mich endlich eine Art Lebenszeichen ihres Sohnes erhalten hatte. Tessa ließ diese Geschichte – genau wie mir – keine Ruhe.

„Haben Sie mal nach ihm gesucht?"

„Am Anfang nicht. Wir dachten, das sei nur eine Phase und wollten ihm seinen Freiraum lassen. Aber als wir nach vier Monaten immer noch nichts von ihm gehört hatten, haben wir versucht zu recherchieren und einen Detektiv angeheuert. Aber offenbar wollte er nicht gefunden werden. Wir fragen uns bis heute, was aus ihm geworden sein könnte."

Sie machte eine kurze Pause und betrachtete mich liebevoll, schien aber wieder in Gedanken versunken zu sein. Dann besann sie sich und lächelte uns an. „Jetzt wissen wir zumindest schon mal, dass er als Kurierfahrer in Manhattan gelebt hat und eine traumhaft hübsche Tochter bekommen hat."

Abbys Blick fiel auf Tessa, die verschmitzt lächelte.

„Auf jeden Fall!"

„Und wie gehörst du in diese Geschichte?" wandte Abby sich an Tessa, die mich herzlich anlächelte, bevor sie antwortete.

„Ich bin Lucies beste Freundin."

„Und die Jungs?" wollte Abby weiter wissen.

Ich seufzte. „Tom hab ich in New York kennengelernt und er hat mir in den letzten Tagen sehr geholfen."

Obwohl ich überhaupt nichts Auffälliges gesagt hatte, lächelten Abby und Tessa in sich hinein, gingen aber nicht näher darauf ein.

„Und der andere?"

Tessa stöhnte genervt auf. „Jay. Der ist Toms Mitbewohner, der sich einfach nicht abschütteln ließ."

Abby begann zu lachen – ein fröhliches und melodisches Lachen, das sehr herzlich klang. Doch ich machte mir über unsere Begleiter schon keine weiteren Gedanken mehr, da sich mir eine viel wichtigere Frage aufdrängte: Wenn Abby nicht wusste, wo Nat war, wie zum Teufel sollten wir ihn dann finden? Meine Uhr zeigte 102:42:03 h.

11.

… Ich habe es getan! Ich bin abgehauen – nach Manhattan! Es gab einen Riesenstreit mit Dad. Was er mir alles an den Kopf geworfen hat – unglaublich! Als Verbrecher lasse ich mich nicht beschimpfen! Ich kämpfe wenigstens für das, was mir wichtig ist. Auf jeden Fall habe ich jetzt eine neue Adresse …

Abby hatte in all der Aufregung völlig vergessen meinem Opa Bescheid zu sagen. Es fiel ihr ein, als wir gerade mitten im Gespräch waren, so dass sie auf einmal aufsprang und mit einem „Mist!" das Büro verließ. Durch die geöffnete Tür strömte der Geruch nach Pizza herein. Es war früher Nachmittag und das Restaurant offenbar voll von Touristen.

„Sie ist nett!" sagte Tessa da in die Stille des Büros hinein, in dem nur das Surren des Computers und das leise Gemurmel der Gäste nebenan zu hören war. Aufgeregt blickte ich sie an. „Ja, oder?"

Wenig später bog meine Großmutter auch schon wieder um die Ecke und mit ihr ein großgewachsener, braungebrannter Mann Mitte 60, mit braunen Augen, grauem Dreitagebart und kurzrasierten Haaren. Er trug Jeans, ein lässiges Poloshirt und Flip-Flops und polterte direkt los: „Abby, was zum Teufel soll ich hier? Ich hab in der Küche zu tun!"

Er sah verwirrt auf uns herab, hatte aber offenbar nicht diesen Aha-Moment, als er mich sah, den Abby gehabt hatte. Langsam trat sie zu ihrem Mann und legte ihm die Hand auf den Arm.

„Richard, das sind Lucie und Tessa. Sie suchen nach Lucies Vater."

Richard verstand nicht. „Und was suchen sie dann hier?"

Sanft streichelte Abby ihm über den Arm, als wollte sie ihn schon im Vorhinein beruhigen. „Sie hatten gehofft ihn hier zu finden." Und nach einer kurzen Pause fügte sie leise hinzu: „Sie suchen Nat."

Einen Moment war Richard wie erstarrt und ich fragte mich, ob er wirklich verstand, was Abby ihm da gesagt hatte. Schließlich runzelte er die Stirn und betrachtete mich. Ich konnte ihm ansehen, dass er begriff und dass ihn die Erkenntnis mich zur Enkelin zu haben völlig unvorbereitet traf. Doch mit seiner Reaktion hatte wohl keiner von uns gerechnet. Er schlug Abbys Hand weg, machte auf dem Absatz kehrt und verschwand mit einem Türknallen wieder aus dem Büro. Entschuldigend drehte sich Abby zu uns um.

„Ihr müsst das verstehen. Nats Verschwinden hat ihn sehr getroffen. Ich rede mit ihm."

Dann verschwand auch sie wieder, tauchte aber schon kurze Zeit später mit ihm im Schlepptau wieder auf. Für einen Moment hatte ich Angst, er würde mich vollständig ablehnen und dieses Gefühl ließ sich so schnell auch nicht vertreiben. Richard setzte sich zu uns, wandte sich an mich und legte sofort los: „Wieso glaubst du, er könnte dein Vater sein?"

Ich erzählte ihm, dass Nat vor Jahren mit meiner Mutter zusammen gewesen war, dass es Briefe von ihm gab und ich Nat scheinbar ähnlich sah.

„Und steht in den Briefen auch, dass er kriminell war?"

„Richard!" fuhr Abby dazwischen.

Meine Augen wurden groß und auch Tessa rückte unruhig auf ihrem Stuhl hin und her.

„Das meint er nicht so!" versuchte Abby die Situation zu retten, doch Richard fuhr unbeeindruckt fort: „Das meine ich genau so! Er hat die Boote der Fischer manipuliert, so dass sie nicht mehr rausfahren konnten. Das weißt du genau so gut wie ich, Abby! Sogar Freunde haben von da an die Pizzeria gemieden, weil unser Sohn deren Leben aufs Spiel gesetzt hatte, damit den armen Fischen nichts passiert."

Verwundert blickte ich Richard an. „Nat ist Umweltaktivist?"

Doch er schnaubte nur verächtlich. „Ja, die einen nennen es Umweltaktivist, die anderen kriminell."

„Und weswegen ist er abgehauen?" wollte Tessa nun wissen.

Da mischte sich schließlich Abby wieder ein.

„Wir wollten, dass er sich stellt. Es waren ja alles nur Gerüchte. Scheinbar konnte ihm nichts nachgewiesen werden. Aber davon wollte er nichts hören. Obwohl er uns gegenüber zugab, an der Aktion beteiligt gewesen zu sein, weigerte er sich, sich zu stellen. Er stand zu dem, was er getan hatte, aber bestraft werden wollte er nicht. Wir wurden gemieden. Mystic ist ein Fischerort, so viele hier sind abhängig vom Fischfang. Ich weiß es noch wie heute. Wir standen hier im Büro und haben gestritten …" Abby seufzte, bevor sie fortfuhr: „… und dann ist der Streit irgendwie eskaliert."

„Das heißt?" wollte ich ungeduldig wissen.

„Das heißt", ergriff Richard aufgebracht das Wort, „dass er uns an den Kopf geworfen hat, diese blöde Pizzeria eh niemals übernehmen zu wollen, dass wir ein völlig unnützes Leben führen würden und es ihm jetzt endgültig reichen würde."

„Dann ist er abgehauen", fuhr Abby fort. „Seitdem haben wir ihn nie wieder gesehen."

Doch Richard genügte das offenbar noch nicht. „Erzähl ruhig, was er noch gemacht hat", forderte er sie auf, aber Abby schwieg. Schließlich tat er es selbst. „Er hat uns 1500 $ gestohlen, bevor er verschwunden ist."

„Ist das wahr?" Ich konnte es nicht glauben, doch meine Großmutter nickte betroffen.

„Okay, mir reicht's mit den ganzen alten Geschichten!" rief Richard da aus. „Ich hab zu tun!" Damit verschwand er wutentbrannt aus dem Büro und knallte die Tür hinter sich zu.

Ich war fassungslos und gleichzeitig nicht sicher, auf wessen Seite ich sein sollte. Nat hatte nur an seine eigenen Interessen gedacht und nicht an die seiner Eltern. Aber Überfischung war ein großes Problem und, dass er sich dafür einsetzte, fand ich wirklich beeindruckend. Doch völlig egal, auf wessen Seite ich war, es gab gerade nur eine Frage, die mich wirklich interessierte: Wo war Nat? Ich konnte und wollte mich nicht damit begnügen, dass ich zwar meine Großeltern, nicht aber meinen Vater gefunden hatte. Die Suche durfte hier nicht enden! Schließlich holten wir auch Tom und Jay mit ins Büro und erzählten ihnen, was wir gerade erfahren hatten. Doch keiner von uns hatte eine Idee. In Manhattan war Nat scheinbar nicht mehr und mehr Anhaltspunkte hatten wir nicht.

Als wir uns abends von Abby verabschiedeten, die uns zurück zum Motel fuhr, nahm sie uns das Versprechen ab, dass wir vier am nächsten Morgen zum Frühstück vorbeikommen würden. Sie war nicht begeistert davon, dass wir Mädchen mit den Jungs zusammen im Motel schliefen, und sie hatte uns angeboten, bei ihnen zu übernachten, doch das ging mir alles zu schnell. Und als ich das Angebot schließlich dankend abgelehnt hatte, mischte sie sich auch nicht weiter ein. Richard bekamen wir seit seinem Ausbruch an diesem Tag nicht mehr zu Gesicht. Auf der einen Seite war ich traurig und enttäuscht, meinen Vater immer noch nicht gefunden zu haben und auch nach wie vor keine Ahnung zu haben, wo er stecken und was mit ihm passiert sein könnte. Auf der anderen Seite war ich total euphorisch und verwirrt. Ich hatte gerade meine Großeltern gefunden! Sie kannten Nat, sie waren mit mir verwandt, ich hatte wieder eine Familie! Abby war großartig, Richard dagegen schien schwierig zu sein und ich konnte mir lebhaft vorstellen, dass Nat mit ihm Probleme gehabt hatte.

Am Motel angekommen legte Tessa sich direkt hin. Sie war nach der Anreise am Vortag und dem langen Tag heute ziemlich fertig und ich gönnte ihr die Auszeit nach all der Aufregung von Herzen. Jay hatte sich an einen ruhigen Ort ans Wasser verzogen, um zu schreiben, während Tom sich nach draußen auf die Stufe vor den Zimmern, die zum Parkplatz führte, gesetzt hatte und sich mit dem Rücken am Geländer anlehnte, um die letzten Sonnenstrahlen des Tages mit geschlossenen Augen zu genießen. Nur ich wusste nichts mit mir anzufangen und lief unruhig vor unserem Zimmer auf und ab.

„Lu, ich weiß, ich bin nicht Tess, aber bitte hör auf hier herumzustromern und rede mit mir!"

Abrupt blieb ich stehen und wandte mich zu Tom um.

„Uns fällt schon noch was ein, um ihn zu finden!", fuhr er fort.

„Meinst du das ernst oder sagst du das nur, weil du nett sein willst?"

Tom lächelte, als ich mich zu ihm setzte. „Vielleicht auch nur, damit du nicht mehr so wild herumtigerst und ich endlich meine Ruhe hab."

„He."

Nicht ganz ernst gemeint boxte ich ihm in die Seite. Da grinste er und fuhr auch schon fort: „Okay, Lu, würdest du lieber …"

Doch dann musste er einen Moment überlegen, bevor ihm einfiel: „…fliegen oder unter Wasser atmen können?"

„Oh, das ist schwierig." Einen Moment dachte ich nach. „Ich denke, ich würde lieber fliegen."

Neugierig blickte Tom mich an. „Warum?"

Ich überlegte, wie ich das erklären sollte, hob einen kleinen Stein vom Boden auf und spielte damit herum.

„Vielleicht, weil man beim Fliegen über allem schwebt. Es bedeutet Freiheit pur und man hat alles im Blick. Das mit dem Atmen unter Wasser fänd ich im Meer fantastisch, diese teilweise noch unerforschte Welt zu entdecken, mit Walen und Haien zu schwimmen. Das hätte schon was! Aber so grundsätzlich ist mir das Meer zu unheimlich!"

Verständnisvoll und auch irgendwie bewundernd nickte Tom. Scheinbar beeindruckte ihn meine Antwort, doch er sagte dazu kein Wort. Stattdessen erwiderte er: „Okay, jetzt du."

„Also gut", gab ich zurück. „Würdest du lieber mit einem deiner eigenen Songs unsterblich werden oder hättest du lieber für immer ausgesorgt?"

„Ganz klar der Song!" erwiderte Tom. „Das wär das Größte, wenn ich einen Hit landen könnte. Und dass Geld allein nicht glücklich macht, ist sowieso absolut wahr."

Für einen Moment lehnte er seinen Kopf an das Geländer, schloss die Augen und schien davon zu träumen, diesen einen Hit zu schreiben.

„Bist du deswegen in New York? Um mit deiner Musik den Durchbruch zu schaffen?"

Neugierig betrachtete ich ihn, betrachtete seine wuscheligen Haare, eine kleine Narbe, die durch seine Augenbraue verlief und ihn ein wenig verwegen aussehen ließ, und dachte an seine klaren grauen Augen, die zwar zu einem Träumer gehörten, aber zu einem mit messerscharfem Verstand. Schließlich öffnete er sie wieder, lächelte mich schelmisch an, schüttelte dann aber den Kopf.

„So läuft das nicht, Friday. Erst bin ich dran."

Ich seufzte. Bekam ich denn nie irgendwelche Antworten? Mittlerweile war die Sonne untergegangen und es wurde langsam dunkel und auch merklich kühler. Ein paar andere Motelbewohner kamen von ihren Ausflügen oder vom Essen zurück und parkten auf dem Parkplatz, der direkt an die Veranda grenzte, auf deren Stufe wir saßen. Dann wappnete ich mich für die nächste Frage.

„Würdest du lieber Mathematikerin oder lieber Fotografin werden?"

Einen Moment überlegte ich, aber ich wusste darauf keine Antwort. „Kann ich nicht fotografierende Mathematikerin oder Mathe begeisterte Fotografin werden?"

Tom betrachtete mich ohne zu antworten, so als wüsste er, dass ich eigentlich noch etwas hatte sagen wollen. Daher fuhr ich fort: „Na ja, ich hab mir in der letzten Zeit wenig Gedanken über meine Pläne gemacht."

Dann schwieg ich und sah auf meine Füße. Tom saß neben mir und beobachtete mich, immer noch seitlich an den Pfosten des Verandageländers gelehnt.

„Warum?"

Ich atmete einmal tief durch, um die Tränen, die kommen wollten, zu vertreiben. Meiner Stimme traute ich auch nicht so richtig, daher war alles, was ich sagte, nur ein Flüstern. „Alle meine Pläne sind Pläne ohne Mama und darüber wollte ich bisher einfach nicht nachdenken."

Ich wusste, dass Toms Blick jetzt mit Sicherheit voller Mitgefühl war, doch wenn ich ihn jetzt angesehen hätte, hätte ich die

Tränen nicht mehr zurückhalten können. Da stieß Tom mich vorsichtig mit seinem Bein an.

„He, tut mir leid, ich wollte dich doch ablenken!"

Ich lachte kurz auf. „Das hat ja geklappt!" Dann drehte ich mich zu Tom um. „Aber du hast ja Recht. Wenn ich wieder zu Hause bin, muss ich das definitiv in Angriff nehmen." Und nach einer kurzen Pause fuhr ich fort: „Meinst du, wir finden Nat?"

Mitfühlend betrachtete Tom mich. „Bestimmt!" Doch überzeugend klang das nicht.

„Du willst nur nicht, dass ich wieder in Tränen ausbreche."

Wieder dieser mitfühlende Blick. „Ich weiß nicht, ob wir ihn finden, Lu. Aber ich wünsche es dir von Herzen."

Dankbar lächelte ich ihn an. „Was denkst du, was aus ihm geworden ist?"

Einen Moment dachte Tom über meine Frage nach. Seine Lippen hatte er dabei fest aufeinander gedrückt.

„Ich stelle mir vor, wie er irgendwo am Meer vor seinem kleinen Häuschen am Strand mit direktem Blick aufs Wasser sitzt und in aller Ruhe sein Leben genießt."

Bei dem Gedanken lächelte ich und warf kurz einen Blick auf meine Uhr. Neugierig rückte Tom näher an mich heran.

„Was ist das eigentlich? Das ist keine richtige Uhr, oder?"

Ich schüttelte den Kopf und hielt sie ihm hin.

„Eine Stoppuhr? Wow, sie läuft schon ziemlich lange. Was zeigt sie an?"

Einen Moment beobachtete ich, wie die Sekunden weiterzählten, dann erwiderte ich: „Sie läuft, seit ich in Deutschland das Haus verlassen habe."

„Und sie läuft, bis du deinen Vater gefunden hast?"

Ich nickte. „Das war der Gedanke."

„Na dann müssen wir ihn ja finden", war Toms Reaktion und er lächelte mich aufmunternd an. Eine Weile sagten wir nichts. Ich wollte noch nicht ins Bett, da kamen die Gedanken, die Träume, die Aufregung, die Euphorie, die Enttäuschung und ließen mich nicht vernünftig schlafen. Doch als hätte mein Körper darauf nur gewartet, musste ich mit einem Mal herzhaft gähnen.

„Okay", überlegte ich laut. „Vielleicht sollte ich ins Bett gehen." Dann stand ich auf, wollte Tom noch eine gute Nacht wünschen, doch er stand ebenfalls auf und begleitete mich zur Tür.

„Schlaf gut, Friday."

Ich hatte den Türgriff schon in der Hand, da drehte ich mich noch einmal zu ihm um.

„Tom?" fragte ich leise, um Tessa nicht zu wecken.

„Ja?"

„Würdest du lieber mit deinem Vater streiten oder mit deiner Mutter lachen?"

Tom lächelte mich an, erwiderte aber zunächst nichts, so dass ich schon fürchtete, wieder keine Antwort zu bekommen. Doch schließlich sagte er: „Definitiv mit meinem Vater streiten."

Er versuchte fröhlich zu klingen, aber in seinem Gesicht lag mit einem Mal ein so trauriger Ausdruck, dass ich mich fragte, ob er seinen Vater vor einiger Zeit verloren hatte. Ich hätte ihn gerne gefragt, doch Tom kam mir zuvor. Er lächelte mich vorsichtig an, trat einen Schritt auf mich zu, legte seine Hand an meine Wange und küsste mir auf die Stirn.

„Irgendwann erzähl ich's dir, Friday."

Dann ließ er mich stehen und verschwand – ohne sich noch einmal umzusehen – in seinem Zimmer.

12.

... Manhattan ist der Hammer! Ich kann verstehen, dass du jetzt lieber hierhin kommen würdest, aber ich habe doch das Ticket nach Deutschland schon. Ich habe mich hier ganz gut eingelebt, habe zwar mehrere Jobs, aber das geht schon. Mein ganzes Leben möchte ich hier allerdings nicht verbringen. Mir war nicht klar, dass man sich in einer Stadt, in der so viele Menschen leben, so einsam fühlen kann ...

Am nächsten Morgen waren im Restaurant noch keine Gäste, so dass es ungewöhnlich still war, trotzdem fand ich es gemütlich dort, vor allem weil sich die Sonne draußen nicht zeigte und der Himmel wolkenverhangen war. Es war wirklich ein grauer Tag. Obwohl mit Sicherheit gelüftet worden war, hing noch immer der Geruch von Pizza in der Luft vermischt mit dem Duft unseres herrlichen Frühstücks: Toast mit ganz viel verschiedenem Obst bedeckt mit Puderzucker. Dazu gab es Orangensaft und Kaffee. Wir genossen unser Essen und sprachen über dies und das. Schließlich wollte ich einfach so viel wie möglich über meinen Vater wissen.

„Hat Nat Geschwister?"

Abby lächelte mich an. „Eine jüngere Schwester. Mary. Sie lebt mit ihrer Familie in Toronto, daher sehen wir sie leider nicht so oft, aber wir telefonieren viel miteinander." Und nach einer kurzen Pause fuhr sie fort: „Sie wird sich so freuen, von dir zu erfahren. Mary hat in all den Jahren auch nichts von Nat gehört. Sie war erst zwölf, als er ging, aber sie vermisst ihn."

Es war schön zu wissen, dass ich noch mehr Familie hatte, und ich fühlte mich immer weniger alleine. Abby gab mir bereitwillig Auskunft, während Richard in Ruhe seinen Kaffee trank. Und auch Tom, der neben mir saß, Tessa und Jay lauschten dem Gespräch interessiert. Es dauerte aber nicht lange, bis wir wieder bei DEM Thema ankamen, na ja, bis ich wieder dort ankam.

„Und ihr habt keine Idee, wo Nat jetzt sein könnte?"

Meine Großmutter schüttelte den Kopf.

„Ich habe gestern noch lange darüber nachgedacht, aber ich habe wirklich keine Idee."

Sie klang beinahe, als sei sie deswegen wütend auf sich und mache sich Vorwürfe. Tessa schluckte ihren letzten Bissen Toast hinunter und fragte: „Hat er irgendwelche Hobbys gehabt, die wichtig sein könnten? Irgendwas, was er jetzt beruflich machen könnte? Gab es einen Ort, an den er immer schon wollte?"

Mitfühlend schüttelte Abby den Kopf. „Er wollte immer in die Natur, aber wie soll man das verfolgen? Stattdessen hat es ihn nach New York verschlagen, aber dort scheint er nicht mehr zu sein. Da seid ihr schon weitergekommen, als wir jemals waren."

„Habt ihr denn einfach so die Suche nach ihm aufgegeben?" fragte ich etwas vorwurfsvoll.

Richard sah vor sich hin und schwieg, doch Abby betrachtete mich einen Moment, bevor sie erklärte: „Er ist freiwillig gegangen, als er 19 Jahre alt war. Offenbar wollte er nicht gefunden werden. Er weiß, wo er uns findet. Wir sind immer noch hier, in seinem Zuhause. Er kann jederzeit zurückkommen, aber irgendwann muss man aufhören, der Vergangenheit hinterher zu trauern und nach vorn blicken."

Mitfühlend blickte ich von ihr zu Richard und wieder zurück.

„Und? Könnt ihr das auch?"

„Du nimmst kein Blatt vor den Mund, was?" Abby lächelte. „So ist Nat auch immer gewesen. Das habt ihr von Richard."

Da mischte er sich zum ersten Mal wirklich ein. „Ihr solltet mit Stacie und Paul reden", murmelte er. Bei dem Namen klingelte es bei mir und meine Augen wurden groß.

„Sind Stacie und Paul hier in Mystic? Die Freunde von damals, mit denen Nat campen war? Und die Stacie, bei der Mama gewohnt hat?"

Meine Großeltern nickten, doch Abby machte sofort ein betrübtes Gesicht und blickte Richard an. „Aber wir haben so oft mit ihnen gesprochen. Sie wissen nicht, wo Nat ist."

Richard ließ sich jedoch nicht von seiner Idee abbringen.

„Sie waren damals auf Nats Seite. Vielleicht haben sie uns nicht alles gesagt oder sie haben eine Idee, was er gemacht haben könnte."

Abby nickte. „Einen Versuch ist es wert. Ich ruf Stacie gleich mal an."

Stacie Robinson arbeitete in der Verwaltung des *Mystic Seaport Museum* als Sekretärin und war bereit gewesen, sich nach der Arbeit mit Abby zu treffen. Abby hatte ihr nicht direkt gesagt, worum es ging, hatte sie nur gefragt, ob sie sich noch einmal treffen könnten, um über Nat zu sprechen. Und da Stacie laut meiner Großmutter eine sehr herzliche, nette Frau war, hatte sie zugestimmt.

Nun standen Tessa, Tom, Jay und ich also am frühen Nachmittag vor ihrer Haustür und klopften. Im Laufe des Vormittages hatte es sich noch mehr zugezogen und seit ein paar Stunden regnete es unaufhörlich. Für den kurzen Weg von der Pizzeria hierher hatte Abby uns zwei Schirme mitgegeben, aber da Tessa und ich in Flip-Flops waren, hatten wir beide nasse Füße. Ich weiß nicht, wie es ihr ging, aber mir war in meiner Shorts und der Kapuzenjacke ganz schön frisch.

Während wir vier vor der Tür warteten, sah ich mich ein wenig um. Das rotgestrichene Holzhaus hatte schon bessere Tage gesehen, was vermutlich nicht an der fehlenden Pflege, sondern an der Witterung lag, der das Haus, so nah am Meer, ständig ausgesetzt war. Auf der Veranda hing eine Schaukel und buntbepflanzte Blumenkübel standen in den Ecken. Die weißgestrichene Haustür hatte eine Vordertür, die als Fliegen- gittertür diente, wie ich das schon oft in amerikanischen Fil- men gesehen hatte. Obwohl ich Stacie nicht kannte, war mein erster Eindruck, dass sie eine Frau war, die Wert auf Gemüt- lichkeit mit Liebe zum Detail legte. Als sie uns dann die Tür öffnete, bestätigte sich dieser Eindruck. Sie war etwas kleiner als ich, trug Jeans, T-Shirt und Flip-Flops und hatte sich ihre braunen Haare locker hochgesteckt. Auffällig aber waren ihre großen, neugierigen Augen, mit denen sie uns herzlich, aber mit einer Spur Verwirrung anstrahlte, und ihre bunte Schürze, die sie um die Hüften gebunden hatte.

„Oh, hallo", rief sie aus, als sie unsere kleine Gruppe sah. „Ich hatte jemand anderen erwartet."

Ich nickte. „Ja, ich weiß. Das sind Tessa, Tom und Jay. Ich bin Lucie. Abby hat Sie angerufen, weil wir gerne mit Ihnen über Nat sprechen würden … und über meine Mutter", fügte ich leise hinzu. Stacie runzelte die Stirn, da sie unser Erscheinen offenbar irritierte. „Und wer ist deine Mutter?" fragte sie da- her.

„Eva", erwiderte ich. „Eva Lunemann."

Stacies Augen wurden groß. „Oh mein Gott! Du bist Evas Toch- ter? Wie geht es ihr?"

Tess und ich warfen uns einen kurzen Blick zu, doch ich wollte Stacie die Sache mit Mama nicht auf der Veranda erzählen, da mischte sich Tom ein.

„Dürfen wir vielleicht reinkommen?"

Auch wenn wir unter einem Abdach standen und vor dem Regen geschützt waren, pfiff der Wind um unsere Beine. Erst jetzt fiel Stacie offenbar wirklich auf, wie ungemütlich es draußen war.

„Natürlich. Entschuldigt. Kommt rein!"

Wir ließen unsere nassen Flip-Flops, Sneakers und die Schirme auf der Veranda zurück und betraten den alten Holzfußboden. Doch bevor wir weitergehen konnten, rief Stacie:

„Wartet kurz! Ich hole euch Handtücher."

Ich glaube nicht, dass sie sich Sorgen um ihren Fußboden, sondern eher um unser Wohlbefinden machte, denn wenig später kam sie mit ein paar Handtüchern und dicken Socken wieder, die sie uns reichte. Trocken und mit warmen Füßen betrachtete ich schließlich das Haus. Wir standen direkt im Wohnraum, denn ich erkannte ein gemütliches Wohnzimmer mit einem dunklen Ecksofa, einem Essbereich auf der anderen Seite und dahinter eine offene Küche mit Tresen. Geradeaus führte hinten im Raum eine Holztreppe nach oben. Überall standen frische Blumen, nach denen es duftete, und auch das viele Holz hatte seinen ganz eigenen Geruch. Und da Stacie offenbar gerade Essen kochte, duftete es herrlich nach Chili con Carne, weswegen sie auch direkt wieder zum Herd lief und uns aufforderte mitzukommen. Wir setzten uns an den Tresen, genossen die Cola, die Stacie uns hinstellte, und beobachteten sie, während sie sich weiter um ihr Essen kümmerte.

„Okay, nochmal." Stacie wischte sich ihre nassen Hände an ihrer Schürze ab und wandte sich wieder zu uns um. „Wie geht es Eva?"

Ich atmete einmal tief durch. „Sie ist vor ein paar Wochen gestorben."

Erschrocken schlug Stacie die Hand vor den Mund. „Oh, mein Gott. Das tut mir leid. Sie war noch so jung."

Ich nickte mit einem Kloß im Hals.

„Was ist passiert?" fragte sie weiter.

„Sie hatte Krebs."

Stacie machte ein wütendes Gesicht, bevor sie grummelte: „Wie ich diese Krankheit hasse!" Sie blickte mich mitfühlend an. „Das tut mir schrecklich leid. Niemand sollte so früh seine Mutter verlieren. Außerdem war Eva eine tolle Frau und Nat hat sie total den Kopf verdreht. Was ist aus den beiden geworden?"

Wieder zerplatzte eine Hoffnung. Das durfte doch nicht wahr sein! „Sie wissen nicht, wo er ist?"

Entschuldigend schüttelte sie den Kopf. „Ich schwöre, dann hätte ich es Abby und Richard erzählt. Haben sie gedacht, ich würde euch mehr erzählen als ihnen?"

Ich zuckte mit den Schultern, doch Tessa war die, die schließlich antwortete: „Sie hatten es wohl gehofft. Offenbar sind die drei im Streit auseinandergegangen. Sie dachten, Paul und Sie wären damals auf Nats Seite gewesen und hätten daher vielleicht nicht alles erzählt."

Doch Stacie schüttelte ein weiteres Mal den Kopf. „Das tut mir leid. Natürlich haben wir von den Umständen damals gewusst und auch von dem ganzen Ärger. Paul war ja selbst involviert. Aber Nat ist für uns genauso plötzlich verschwunden wie für alle anderen."

„Haben die beiden wirklich Fischerboote manipuliert, um die Fischer daran zu hindern, rauszufahren?" wollte Jay wissen.

„Ja, das stimmt. Was für eine bescheuerte Aktion! Aber Paul und Nat waren eine Zeit lang ziemliche Umweltaktivisten. Ich habe damals versucht sie davon abzuhalten, weil ich Angst hatte, dass sie ins Gefängnis müssten, wenn sie erwischt würden, aber vermutlich nicht genug. Zum Glück entstand nur Sachschaden, für den die beiden angezeigt wurden. Ich weiß nicht, ob Nat zur Zeit der Aktion schon wusste, dass er abhauen würde, aber Paul hat seine Strafe erhalten, sein Verhalten wirklich bereut und dann war die Sache erledigt. Er engagiert sich nach wie vor für den Umweltschutz, aber nicht mehr so radikal." Mit einem Mal runzelte Stacie die Stirn. „Wieso interessiert euch das alles überhaupt?"

Ich lächelte und wollte es gerade erklären, als Stacie erschrocken die Hand vor den Mund schlug. „Natürlich! Bin ich blöd! Du hast doch sogar Ähnlichkeit mit ihm. Nat ist dein Vater, richtig?"

Und als ich nickte, wollte sie alles über Evas und Nats weiteres Leben wissen, von dem ich ihr aber gar nichts erzählen konnte, außer von den Briefen, die Tessa gefunden hatte. Ich erzählte ihr von Mamas Tod, vom Ausmisten der Wohnung und von meiner Suche nach Nat. Die ganze Zeit hörte Stacie stillschweigend zu, betrachtete mich mitfühlend, nickte, um zu sagen, dass sie verstand, und rührte immer mal wieder in ihrem Chili. Als ich fertig war, schwieg sie eine Weile, bevor sie schließlich sprach.

„Ich würde dir so gerne helfen, aber ich weiß nicht, wo er ist. Aber vielleicht hat Paul …"

Weiter kam sie nicht, denn schon schwang die Haustür auf und zwei von oben bis unten klitschnasse Jungs stürzten herein.

Der Ältere konnte höchstens zwölf Jahre alt sein. Stacie hatte alle Hände voll mit ihnen zu tun, bis sie die beiden schließlich nach oben unter die Dusche schickte und sich entschuldigend zu uns umdrehte. „Hier ist einfach immer was los."

Wenig später öffnete sich die Haustür ein weiteres Mal und ein Mann trat ein. Das musste Paul sein. Er war groß und breit mit einem dunkelbraunen Pferdeschwanz, der bereits mit grauen Strähnen durchzogen war.

„Hallo!" begrüßte er uns überrascht. „Ich wusste gar nicht, dass wir Besuch haben."

Ich bemerkte, dass er uns stirnrunzelnd betrachtete und wie mit einem Mal sein Blick auf mir hängenblieb. Hatte er meine Ähnlichkeit zu Nat erkannt? Stacie war offenbar der gleichen Ansicht.

„Wow", durchbrach sie das Schweigen. „Du hast es wesentlich schneller begriffen als ich."

Da löste sich Paul von der Türschwelle und kam langsam auf mich zu.

„Mein Gott! Du siehst aus wie er." Und nach einer kurzen Pause fuhr er fort: „Wo ist Nat? Geht es ihm gut?"

Eigentlich war ich doch diejenige, die diese Frage stellte.

„Das wollte ich gerne von Ihnen wissen. Aber das wird wohl nichts."

„Und deine Mutter?" fragte Paul weiter. Er machte ein Gesicht, als hätte er einen Geist gesehen. Doch bevor ich antworten konnte, kam Stacie dazwischen.

„Geh doch erstmal nach oben und zieh die Arbeitsklamotten aus. Ich sehe nach den Jungs und auf dem Weg erklär ich dir alles. Dann wird gegessen. Ihr bleibt doch bestimmt, oder?"

Da konnten wir ja schon fast nicht mehr „nein" sagen. Noch dazu duftete es herrlich.

Kaum waren die Jungs nach dem Essen nach oben verschwunden, griff Paul den eigentlichen Grund unseres Auftauchens wieder auf.

„Das mit deiner Mutter tut mir wirklich leid."

Ich lächelte ihn an. „Danke! Haben Sie sie gut gekannt?"

Paul nickte. „Eigentlich schon. Ich war damals schon mit Stacie zusammen und Eva hat ja zweimal bei ihr gewohnt." Dann schmunzelte er und fuhr fort: „Im Grunde haben wir Nat und Eva ja verkuppelt."

Auch Stacie lächelte bei der Erinnerung. „Das stimmt. Eva war mir von meiner Englischlehrerin zugewiesen worden. Ich weiß noch, dass ich damals ihren Steckbrief bekam und total skeptisch war, weil sie scheinbar so eine Leseratte war. Ich war eher ein Wildfang, immer draußen, immer unterwegs. Dann haben wir uns gesehen und waren sofort ein Herz und eine Seele. Wir haben uns wirklich gut verstanden."

Sie stand auf, nahm das restliche Geschirr mit in die Küche und begann zu spülen.

„Und wie hat Eva Nat kennengelernt?" wollte Tessa wissen und folgte Stacie, um ihr zu helfen.

„In der Schule", erwiderte sie. „Es war ja vorgesehen, dass Eva mich in die Schule begleitet. Da sind sie sich zum ersten Mal über den Weg gelaufen."

„Ich glaube, dass sie sich da schon ziemlich gut fanden", mischte sich Paul wieder ein. „Zumindest hat mich Nat mal nach ihr gefragt, da hatten wir sie einander noch gar nicht vorgestellt. Und als es dann so weit war, war es irgendwie sofort um die beiden geschehen."

Stacie nickte. „Von da an waren sie unzertrennlich. Der Football-Spieler und der Bücherwurm. Irgendwie passten sie gar nicht richtig zusammen, aber sie waren definitiv unsterblich ineinander verliebt."

Bei der Vorstellung musste ich lächeln. Nicht nur mein Bild von Nat wurde durch all die Geschichten klarer, auch von Mama lernte ich noch einmal neue Seiten kennen, was wirklich schön war. Schließlich hatte ich nur noch Erinnerungen an sie.

„Wieso ist der Kontakt zu Eva abgebrochen?" fragte Tom, während ich so in Gedanken versunken war. Stacie lehnte sich seufzend gegen den Tresen der offenen Küche und zuckte ratlos mit den Schultern.

„Wie das so ist. Man verliert sich im Alltag, lebt vor sich hin, ist in seinem eigenen Trott, sieht und hört sich selten, dann wird der Kontakt weniger und schläft schließlich ein. Bei Eva und mir war das leider so und das tut mir sehr leid." Stacie sah mich über den Tresen hinweg mitfühlend an. „Deswegen weiß ich auch leider nicht, was mit ihr und Nat passiert ist. Zu Eva ist irgendwann der Kontakt abgebrochen und Nat war plötzlich verschwunden."

„Was genau ist damals denn passiert?" wollte Jay wissen.

„Nat war unglücklich", erwiderte Paul. „Er vermisste Eva, wollte nicht sein Leben lang in der Pizzeria schuften, sondern etwas anderes mit seinem Leben anfangen. Aber Richard … Na ja, ihr kennt Richard mittlerweile. Er ist nicht so ganz einfach und Nat hatte immer einen schweren Stand bei ihm. Richard ist in Mystic verwurzelt, hält an alten Traditionen fest und sah Nat bereits in der Pizzeria. Ich denke, dass Nat das alles zu viel wurde. Er wollte die Verantwortung nicht und sich nicht in ein Leben stürzen, dass ihn nicht glücklich machen würde."

„Und dann war da noch die Sache mit den Booten", erinnerte ihn Stacie.

„Ja", fuhr Paul gedehnt fort. „Das stimmt. Nat und ich waren immer draußen, gingen zelten, saßen am Lagerfeuer. Wir liebten die Natur und waren uns irgendwann einig, dass es Zeit war sich auch dafür einzusetzen: gegen die Rodung der Wälder, gegen die Überfischung der Meere, einfach für unser natürliches Gleichgewicht. Nur die Art, wie wir das gemacht haben, war wohl ziemlich unüberlegt und ungestüm … und auch leichtsinnig. Wir hatten Glück, dass nicht mehr passiert ist."

„Hattet ihr keine Angst erwischt zu werden?" wollte Tom wissen und Paul lachte.

„Ich schon, Nat irgendwie nicht. Vielleicht wollte er damit auch Richard eins auswischen, weil er wusste, dass er ausflippen würde, wenn er davon hörte."

„Richard nennt ihn kriminell", unterbrach Tessa ihn, der wissend nickte.

„Er hat Recht. Was wir gemacht haben, war kriminell. Ich hätte nur nicht gedacht, dass Nat im Anschluss verschwinden würde."

„Laut der Briefe", erklärte ich, „hat es deswegen einen Riesenstreit mit Richard gegeben. Danach ist Nat scheinbar nach Manhattan abgehauen."

„Was ich ziemlich geschickt finde", entfuhr es Tom. Doch ich hatte da meine Zweifel.

„Aber Manhattan ist unheimlich teuer."

„Aber man findet vielleicht schneller einen Job, weil es so viele Möglichkeiten gibt", sprang Stacie Tom zur Seite und Paul fuhr fort: „Und man kann besser abtauchen, wenn man gerade angezeigt wurde und vor Familie und Polizei flieht."

Darauf wusste ich nichts zu erwidern und eine Weile herrschte Schweigen. Ich konnte mir nicht erklären, was das alles über Nat aussagte. War er feige, weil er sich aus der Verantwortung stahl? Sogar durchtrieben, weil er etwas Kriminelles tat, seine Eltern bestahl und dann verschwand? Oder war er mutig und setzte sich für die Dinge ein, die ihm wichtig waren? Ich wusste es einfach nicht. Das alles war ein einziges Durcheinander und der einzige, der es auflösen konnte, war Nat. Ich musste ihn finden!

„Habt ihr keine Ahnung, wo er nach seinem Aufenthalt in Manhattan hingegangen sein könnte? Was er gemacht haben könnte?"

Paul schüttelte bedauernd den Kopf. „Manhattan war schon eine Überraschung für mich. Nat wollte nie in die Großstadt."

„Aber gibt es denn irgendetwas, das er immer schon machen wollte?" mischte sich Jay ein, doch Paul zuckte nur mit den Schultern. Da hörte ich auf einmal, dass Stacie irgendetwas murmelte und drehte mich zu ihr um. Sie räumte gerade die Teller wieder in den Schrank und hatte mitten in der Bewegung innegehalten. Wieder murmelte sie etwas und erst als sie sich zu uns umwandte, verstand ich endlich, was sie sagte.

„Tour Guide. Nat wollte immer schon Tour Guide für Rundreisen werden."

Mit großen Augen sah ich von ihr zu Paul, der das aufgeregt bestätigte.

„Das stimmt! Da hat er ein paar Mal von gesprochen!"

Von der Idee angestachelt sprang er auf und holte den Laptop, damit wir recherchieren konnten.

Kurz drauf saßen Tom und ich vor dem Computer und googelten Reiseveranstalter: es gab unzählige. Wie sollte man da die richtige Organisation finden? Noch dazu, ohne dass wir wussten, ob die Idee überhaupt richtig war? So saß ich also mit Tom vor dem Laptop, während Tessa sich – natürlich mit Stacies Erlaubnis – die Zeit damit vertrieb, in der Küche nach Zutaten für eine neue Kreation zu suchen, bei der Jay ihr helfen wollte. Die Stimmung zwischen Tom und mir war seit dem gestrigen Abend irgendwie anders als die Tage zuvor, so als wären wir ein wenig näher zusammengerückt. Paul und Stacie ließen uns immer mal wieder alleine, um Dinge zu erledigen, waren aber nie lange weg, dafür waren sie selbst viel zu neugierig.

Schließlich blieben neun Organisationen übrig, von denen wir uns möglicherweise mehr versprachen. Mit Pauls und Stacies Erlaubnis rief ich eine nach der anderen an, doch ein paar wollten und konnten zunächst gar keine Auskunft geben, schließlich waren die Nummern für interessierte Touristen bestimmt. Ich kam von einer Warteschleife in die nächste, von einem furchtbaren Klingelton zum anderen und gelangte schließlich wieder an jemanden, der mir nicht weiterhelfen konnte. Es war wirklich frustrierend. Das eine Mal durfte uns am Telefon keine Auskunft gegeben werden, ein anderes Mal konnte gar nicht erst eine Auskunft über Mitarbeiter erteilt werden und wieder wann anders war ein Jonathan Green einfach nicht in einer der Mitarbeiterdateien zu finden. Ich hatte das Gefühl die Nadel im Heuhaufen zu suchen, ohne zu wissen, ob die Nadel überhaupt im Heuhaufen war. Aber wenn es Nat gab – und es gab ihn irgendwo da draußen, da war ich sicher – musste er zu finden sein!

Mittlerweile war Tessas neue Cupcake-Kreation fertig – es waren Erdnussbutter-Cupcakes, die einfach fantastisch schmeckten. Doch ich hatte nicht die Ruhe, sie wirklich zu genießen, während die anderen am Esstisch saßen und Tessa, die in der Küche ihr Chaos beseitigte, mit Lob überschütteten.

Voller Hoffnung rief ich die nächste Nummer an – und wurde wieder enttäuscht. Das durfte doch nicht wahr sein! Zwei Nummern blieben noch übrig. Ich wählte erneut und wartete.

„Sandman Tours. Sie sprechen mit Zoey. Was kann ich für Sie tun?"

Ich atmete tief durch, dann betete ich meinen Spruch herunter, den ich mittlerweile auswendig konnte. Doch nach einigem Hin und Her reagierte Zoey anders als die anderen.

„Weißt du was? Gib mir doch den Namen. Ich werde meinen Boss anrufen und sehen, was ich tun kann. Dann melde ich mich wieder. In Ordnung?"

In der Zwischenzeit rief ich bei der letzten Nummer an – wieder eine Sackgasse. Zoey war nun meine einzige Hoffnung.

Nach einer gefühlten Ewigkeit klingelte es endlich. Ich stürzte zum Telefon und erkannte die Nummer, die ich vorhin selbst gewählt hatte.

„Bei Davis?"

„Lucie? Hier ist wieder Zoey von *Sandman Tours*."

„Hi", erwiderte ich voller Hoffnung. „Haben Sie Neuigkeiten?"

Zoey klang zumindest fröhlich, daher hoffte ich, dass sie gute Nachrichten hatte. Was sie dann sagte, hatte ich so allerdings nicht erwartet.

„Ich habe gerade mit meinem Boss gesprochen, ihm den Fall geschildert und auch den Namen deines Vaters genannt. Er hat gemeint, dass ich seine Nummer weitergeben soll, damit du ihn anrufen kannst."

„Und warum soll ich ihn anrufen?" Ich war ein wenig irritiert.

„Oh, richtig", fiel es Zoey ein. „Das habe ich noch gar nicht gesagt. Du sollst ihn anrufen, weil er einen Jonathan Green kennt. Möglicherweise kennt er deinen Vater!"

Vor Schreck ließ ich den Hörer fallen.

„Hallo? Hallo?"

Zoeys Stimme drang aus dem Hörer, doch ich war wie erstarrt und konnte nicht reagieren. Die anderen drei beobachteten mich mit einer Mischung aus Sorge, Ratlosigkeit und Schock. Tessa kam aus der Küche gerannt, doch es war Tom, der schließlich aufsprang und den Hörer vom Boden nahm.

„Hi, hier ist Tom, ein Freund von Lucie."

Dann hörte ich nur noch, wie er sagte: „Ja, okay, alles klar."

Er schrieb etwas auf, wiederholte eine Nummer und dankte Zoey herzlich. „Vielen Dank! Sie haben uns sehr geholfen ... Ja, ihr geht es gut. Sie ist nur gerade etwas überwältigt von dieser Information. Danke! Ihnen auch noch einen schönen Tag!"

Dann legte er auf.

13.

... Es war total schön bei dir, versteh mich bitte nicht falsch. Ich habe mich unheimlich gefreut dich zu sehen, aber deine Eltern sind gegen uns und wir sind noch so jung. Willst du das? Willst du das mit uns so sehr, dass du dich gegen sie stellen würdest?...

Dave Nichols, Zoeys Chef bei *Sandman Tours*, lebte in Provincetown, etwa 250 Kilometer von Mystic entfernt. Es hatte ein wenig Überzeugungsarbeit gekostet, doch schließlich hatten Abby und Richard der Reise dorthin zugestimmt. Während wir ein kleines Cottage für vier Personen bei airbnb buchten, warf ich einen Blick auf meine Uhr: 130:13:17 h.

Am nächsten Morgen besorgten wir noch ein wenig Proviant. Doch bevor Abby uns losfahren ließ, drückte sie mir mit einem Mal ein Foto in die Hand. Zuerst dachte ich, sie wollte mir einfach ein Foto von Nat mitgeben, doch als ich es mir genauer ansah, stockte mir der Atem. Es zeigte den jungen Nat, wie er liebevoll den Arm um die Schultern eines Mädchens gelegt hatte und stolz in die Kamera lächelte, während das Mädchen sich verliebt an seine Schulter schmiegte. Wie jung und glücklich Mama aussah! Vorsichtig strich ich über das Bild und flüsterte: „Meine Eltern."

Ich war unheimlich aufgeregt. Dave Nichols kannte scheinbar meinen Vater. Würde ich ihn also tatsächlich finden? Wie würde er reagieren, wenn er von mir erfuhr? Oder wusste er vielleicht sogar, dass es mich gab?

Dann ging es auch schon los. Um uns herum war alles grün, nur Felder und Wald – die pure Idylle. Aber der Himmel hing nach wie vor voll grauer Wolken, die Straßen waren nass, auch wenn es gerade nicht regnete, und meine Gedanken kreisten wieder einmal nur um die Suche.

„Seid ihr gestern weitergekommen mit eurer Musik? Das hörte sich schon ziemlich gut an", wollte Tessa wissen, kaum dass wir losgefahren waren, und riss mich damit aus meinen Gedanken. Tom und Jay hatten sich am vorherigen Tag, als alles geplant war, mit Jays Gitarre zurückgezogen und ein wenig drauflos gespielt.

„Ja", erwiderte Jay nun. „Es lief ganz gut. Ein Song ist fast fertig. Wollt ihr ihn hören?"

„Klar", antworteten Tess und ich gleichzeitig. Das ließ sich Jay nicht zweimal sagen. Er nahm sich die Gitarre, die wieder zwischen ihm und Tess lag, konzentrierte sich kurz und begann. Tom drehte das Radio ab und hörte Jay zu, der so ganz anders klang als Tom. Er hatte eine höhere, glasklare Stimme. Die traurige Melodie, in der aber irgendwie auch Hoffnung mitschwang, erzeugte bei mir Gänsehaut und als ich auf den Text hörte, erkannte ich, dass Jay zwar von meiner Geschichte inspiriert wurde, aber nicht von mir sang. Sein Song handelte von Einsamkeit, so allgemein, dass sich jeder Einzelne von diesem Song angesprochen fühlen konnte, aber auch mit so konkreten Situationen ausgeschmückt, dass sich auch jeder in irgendeiner davon wiederfinden konnte. Ich warf einen Blick auf Tom und sah, dass er den Song sichtlich genoss, doch obwohl er Jay dabei geholfen hatte, machte er keine Anstalten mit einzusteigen, sondern überließ Jay diesen Moment. Als der Schlussakkord gespielt war, herrschte einen Moment Schweigen. Durch das geschlossene Verdeck – schließlich war es draußen grau

148

und nass – hatte Jay uns mit seinem Song auf engstem Raum gepackt und mit auf seine Reise genommen. Und jetzt waren wir zu perplex, um zu reagieren. Doch Jay verstand unser Schweigen völlig falsch.

„Ihr mögt ihn nicht?"

Tessa blickte ihn ungläubig an. „Bist du irre?" rief sie aus. „Der Song ist genial! Womit verdienst du nochmal dein Geld?"

Ich sah aus dem Augenwinkel, wie Tom lächelte, und auch Jay war anzusehen, wie stolz er auf dieses Lob war.

„Ich bin Musiker und verdiene damit auch mein Geld, aber nicht so, wie ich es gerne würde."

„Bist du Straßenmusiker wie Tom?" wollte ich wissen, doch Jay schüttelte den Kopf.

„Tom und ich versuchen den Durchbruch auf verschiedenen Wegen. Ich bin Pianist in einer Bar in Manhattan und verdiene mir so meine Miete und mein Essen." Bei den Worten riss Tessa vor Bewunderung die Augen auf, doch Jay fuhr bereits fort: „Ich hab einen YouTube-Kanal und werde in Kürze mein erstes Album produzieren, in der Hoffnung, dass ich damit vielleicht den Durchbruch schaffe."

„Wenn du ein Video mit diesem Song veröffentlichst, kann das mit dem Durchbruch nicht mehr lange dauern", erwiderte Tess beeindruckt, doch mir schoss eine andere Frage durch den Kopf.

„Und welcher ist Toms Weg, um den Durchbruch zu schaffen?"

Ich hatte die Frage mit Absicht Jay gestellt, weil ich von Tom keine Antwort erwartete, warf ihm aber trotzdem einen kurzen Seitenblick zu, um zu sehen, ob er reagierte. Und das tat er – mit einem milden Lächeln, einem Kopfschütteln und der leisen Frage: „Du kannst es nicht lassen, was?"

Doch Jay hatte offenbar nicht vor, die Frage unbeantwortet zu lassen. Er lehnte sich vor und klopfte Tom von hinten auf die Schultern. „Unser Tom hier versucht es auf die altmodische Art. Er spielt sich seine Finger wund in den Straßen und Parks von New York …"

„… und in der U-Bahn", ergänzte ich schnell und lächelte Tom vorsichtig an.

„Und in der U-Bahn", wiederholte er und schenkte mir einen seltsamen Blick. Da fuhr Jay bereits fort: „Er wartet darauf entdeckt zu werden. Aber vielleicht dauert das gar nicht mehr so lange. Er hat nämlich in drei Wochen einen bezahlten Auftritt in einer Bar in Manhattan."

Fasziniert blickte ich ihn an. „Ist das wahr? Warum hast du das nicht erzählt?"

Tom zuckte entschuldigend mit den Schultern. „Du hast gerade andere Sorgen", war alles, was er als Erklärung anfügte, dann wandte er seinen Blick wieder auf die Straße. Einen Augenblick sah ich ihn weiterhin an, doch er reagierte nicht mehr. Stattdessen fragte Tessa an Jay gewandt: „Und wie finanzierst du dein Album?"

Wieder legte sich dieser stolze Ausdruck auf Jays Gesicht, als er antwortete: „Ich habe ein bisschen was gespart. Aber der Großteil passiert tatsächlich mit Hilfe von Fans über Crowdfunding, also im Grunde über Spenden."

„Und dadurch kommt genug zusammen?" wollte Tess weiter wissen und Jay nickte bestätigend. „Wenn ich mich zusammenreiße, was die Kosten angeht."

„Wobei zum Beispiel?"

„Zum Beispiel beim Layout. Natürlich soll das gut aussehen, aber ich glaube, mittlerweile kann man ja doch vieles selbst

machen. Einen professionellen Fotografen kann ich mir jedenfalls nicht erlauben."

Tessa und ich sahen uns irritiert an. Hatte er das eben wirklich
gesagt? Ich blickte von Tessa zu Jay, um zu sehen, ob irgendein
Funkeln in seiner Miene verriet, dass er Hintergedanken hatte.
Doch er sah völlig ahnungslos aus, runzelte sogar die Stirn, weil
Tessa und ich uns so seltsam verhielten. Tom dagegen hielt
sich aus allem raus. Ich räusperte mich einmal, dann beugte ich
mich ein Stück nach hinten.

„Tom hat dir nicht viel von mir erzählt, oder?"

Jays Stirnrunzeln verstärkte sich nur noch. Mit einem Blick auf
Tom sah ich, dass er still vor sich hin schmunzelte.

„Was meinst du?" wollte Jay irritiert wissen und legte die Gitarre wieder zwischen Tessa und sich.

„Was sie meint?" ließ mir Tessa keine Chance zur Erklärung.
„Lulu hier …" Bei dem alten Spitznamen, der ihr aus Gewohn-
heit über die Lippen gekommen war, sah sie mich kurz entschuldigend an. „… ist eine fantastische Fotografin! Das meint
sie!"

„Im Ernst?" Jays Augen wurden groß, doch was sollte ich darauf sagen? Zustimmen? Abstreiten? Ich überlegte einen Moment, so dass Tom mir schließlich zur Seite sprang.

„Tess hat Recht, Jay. Lu macht fantastische Fotos."

Dankbar blickte ich ihn an und fing dabei wieder diesen seltsamen Blick auf, bevor Tom wieder auf die nasse und wenig
befahrene Interstate sah.

„Und würdest du mir helfen?" fragte Jay hoffnungsvoll.

„Sicher. Aber vielleicht siehst du dir erstmal an, wie ich fotografiere."

Mit den Worten öffnete ich den Rucksack zu meinen Füßen,
um meine Kamera herauszuholen, als mein Blick auf die Kiste

mit Mamas Briefen fiel. Den Briefen, die mich genau hierherge-
führt hatten und die ich seit New York nicht mehr angerührt
hatte. Vorsichtig nahm ich die Kamera heraus, startete sie,
damit Jay die Fotos ansehen konnte und reichte sie zu ihm
herüber. Tess, die die Bilder auch noch nicht gesehen hatte,
nahm Jays Gitarre und legte sie auf ihre andere Seite, während
sie in die Mitte rückte. Da die beiden nun erst einmal beschäftigt waren, drehte ich mich wieder nach vorne.

„Warum hast du nichts gesagt?" fragte ich leise.

Tom drehte sich mit fragendem Blick zu mir um. „Was meinst
du?" Er wusste genau, was ich meinte.

„Warum hast du ihm nichts von meinen Fotos gesagt, wenn er
jemanden sucht?"

Allmählich zweifelte ich an Toms Kompliment, das er mir wegen meiner Bilder gemacht hatte. Unschlüssig zuckte Tom mit
den Schultern und antwortete schließlich so leise, dass Tessa
und Jay es mit Sicherheit nicht hören konnten: „Vielleicht wollte ich dich ganz für mich haben."

Je näher wir Provincetown kamen, desto aufgeregter wurde
ich. Wir fuhren eine schmale Landzunge entlang, an deren äu-
ßerstem Zipfel unser Ziel lag. Immer wieder konnten wir einen
winzigen Blick auf das Meer erhaschen, ab und zu schaffte es
sogar die Sonne sich durch die dicken Wolken zu kämpfen und
die Baumwipfel anzustrahlen. Auf der Straße war kaum etwas
los und so hing ich meinen Gedanken nach und fragte mich, ob
Dave Nichols mir gleich tatsächlich sagen würde, wo mein Vater war. Es kribbelte in meinem Bauch, ich konnte nicht mehr
stillsitzen und mich auch auf nichts anderes mehr konzentrieren. Gedankenverloren seufzte ich, so dass Tom seinen Blick
von der Straße abwandte und mich ansah, jedoch nichts sagte.

Doch ich sah weiter aus dem Fenster. Tessa und Jay waren auf der Rückbank immer noch in ihre Planungen vertieft.

Kurze Zeit später kamen wir in Provincetown an und steuerten erst einmal das Cottage an, das wir bei airbnb gefunden hatten. Als wir auf dem unbefestigten Weg ausstiegen, fiel mir als Erstes auf, wie warm es geworden war, so dass ich direkt meine Kapuzenjacke auszog. Die Wolken verzogen sich allmählich und zeigten uns kleine Flecken blauen Himmel und es wehte ein angenehmer Wind. Alles war hier grün und blühte und wirkte so, als würden sich die Besitzer gut um ihre Gärten kümmern. Ich atmete ein und roch die vielen bunten Blumen … und das Meer.

Für den Preis war das Cottage erstaunlich gepflegt und gemütlich und stand in einem Wohngebiet in einer Reihe mit weiteren Cottages, die allesamt schäbiger aussahen als unseres. Zwar wirkte unseres auf den ersten Blick wie die Gartenhütten in Deutschland, aber es war alles da, neu renoviert und sehr sauber.

Als wir vier mit all unserem Gepäck das kleine, weißgestrichene Holzhaus betraten, bemerkte ich direkt den neuen dunkelbraunen Holzfußboden und seinen intensiven Geruch. Die Wände waren beige gestrichen mit einem weißen Rand oben an der Decke und an der fensterlosen Wand versteckten ein paar Schiebegardinen ein hochgeklapptes Doppelbett. Links davon stand ein großes Sofa, das vermutlich eine Ausziehcouch war, von der man auf der gegenüberliegenden Seite auf eine kleine Nische guckte, in der sich eine kleine Küche befand. Davor standen ein kleiner Tisch und vier Stühle. Eine kleine Tür führte ins Bad. Doch als ich es inspizieren wollte, musste ich feststellen, dass etwas Entscheidendes fehlte.

Neben der Kochnische befand sich eine schmale Tür nach draußen, die auf eine kleine Terrasse führte. Tessa trat hindurch und ich folgte ihr. Sie wollte gerade einen der bequem wirkenden Holzstühle ansteuern, die in einer Sitzgruppe auf der Terrasse standen, als sie irritiert stehenblieb und sich zur Seite drehte.

„Ähm, Leute?" rief sie mit Skepsis in der Stimme. „Ich glaub, ich hab die Dusche gefunden."

Die Outdoordusche, die sich direkt vor Tess und mir befand, sah neu aus, war geräumig und mit Holz eingefasst, so dass man keine Beobachter hatte.

„Hm", war Toms ganzer Kommentar, der uns hinterher gekommen war. „Sieht interessant aus."

Während Tom, Jay und ich unsere Sachen aus dem Wagen luden, das Bett umklappten und ich die Schlafsäcke für Tess und mich darauf warf, die Abby und Richard uns mitgegeben hatte, versuchte Tess ihren Freund Lars in Deutschland zu erreichen. Tom und Jay hatten ihre eigenen Schlafsäcke dabei und legten sie neben das Sofa. Als Tess nach einer ganzen Weile noch nicht wieder aufgetaucht war, ging ich nach draußen auf die kleine Terrasse, auf der Tessa auf einem der Holzstühle saß und offenbar eine ziemliche Schimpftirade über sich ergehen ließ. Kurz drauf gab es noch eine kurze Verabschiedung, dann legte sie auf.

„Was ist los?" wollte ich von ihr wissen.

Ich war überrascht gewesen, als Tessa mir vor ein paar Monaten erzählt hatte, dass sie mit Lars zusammen war. Er war in unserer Stufe und ich hätte niemals gedacht, dass er Tessas Typ sein und sie sich so jemanden aussuchen könnte. In meinen Augen war er jemand, der sich großartig fand und seine Freundinnen nicht besonders gut behandelte. Ihm war alles egal, sogar sein Abschluss. Daher machte er auch nichts für die Schule und war zum Ende des Schuljahres beinahe das zweite Mal sitzen geblieben. Er rauchte, kiffte, nahm jede Party mit und zeigte Erwachsenen gegenüber keinerlei Respekt. Zumindest war das mein Eindruck. Aber irgendetwas Gutes musste er an sich haben, denn Tessa hing scheinbar an ihm. Warum hatte sich mir noch nicht erschlossen und wir hatten – so traurig das klang – bei all den Problemen, mit denen ich in den letzten Wochen und Monaten zu kämpfen hatte, keine Zeit gehabt, uns wirklich mal in Ruhe darüber zu unterhalten. Auf meine Frage zuckte Tess mit den Achseln.

„Er ist sauer, weil ich mit zwei älteren, wildfremden Typen unterwegs bin."

Überrascht sah ich sie an. „Das hat er nicht gewusst? Was hat er denn die letzten Tage gedacht, was du machst?"

Zerknirscht blickte Tess zu mir herüber. „Dass wir nach deinem Vater suchen, deine Großeltern gefunden haben, aber eben nicht, mit wem ich so unterwegs bin."

„Und jetzt wunderst du dich ernsthaft, dass er sauer ist?"

Tessa seufzte. „Nein, eigentlich nicht." Dann schloss sie die Augen und schüttelte kurz den Kopf. „Okay, das muss ich später klären. Bist du bereit?"

Ich nickte. Dann schnappte ich mir mein Handy und wählte die Nummer von Dave Nichols. Es war gerade Mittagszeit und ich wollte mich so schnell wie möglich mit ihm treffen. Tess und ich machten uns zunächst alleine auf den Weg, so dass uns die anderen beiden viel Glück wünschten, dann ging es los.

Es schien nicht weit zu Dave Nichols zu sein und ich war schrecklich aufgeregt, denn mein Gefühl sagte mir, dass ich gleich nicht nur jemanden traf, der meinen Vater kannte, sondern auch jemanden, der wusste, wo er war. Das war unglaublich! Diese lange Suche, die mit der Kiste voller Briefe angefangen hatte, die Tessa in einer Vase gefunden hatte, der Kiste, die ich die ganze Reise über bei mir trug, auch weil sie mir das Gefühl gab, meine Mutter bei mir zu haben, diese lange Suche endete vielleicht bald. Durch Dave Nichols würde sich alles ändern, das spürte ich.

Als er nach unserem Klingeln die Tür von seinem hellen Holzhaus öffnete, wurde mir mit einem Schlag bewusst, warum draußen eine Regenbogenfahne hing: Dave Nichols war schwul. Im Grunde war es nur durch Kleinigkeiten zu erkennen, aber in der Summe wurde es dann offensichtlich: die dunklen Haare eine Spur zu perfekt geföhnt, die Augenbrauen eine Spur zu akkurat gezupft, die Haut eine Spur zu gepflegt, die Hände eine Spur zu zart und die Bewegungen eine Spur zu weich.
„Lucie und Tessa?" fragte er sicherheitshalber.
Als wir nickten, begrüßte er uns herzlich. „Willkommen in Provincetown! Habt ihr gut hergefunden?"
„Ja, vielen Dank!" erwiderte ich.
Dave wandte sich mir zu. „Ich habe die ganze Zeit darüber nachgedacht, wie ich mir von dir beweisen lasse, dass du wirklich Nats Tochter bist. Aber wenn ich dich so ansehe, wird das wohl nicht nötig sein. Kommt rein!"
Das Haus war geräumiger, als ich vermutet hatte, und Tess und ich nahmen auf dem großen, grauen Sofa Platz, das wie in einem IKEA-Katalog mitten im Raum stand. Dave war geschmackvoll eingerichtet, hell und modern und dennoch gemütlich, so dass ich mich sofort wohlfühlte. Er lebte hier mit seinem Lebensgefährten Matthew, der aber arbeiten musste.

Nach einigen Schlucken Cola und ein wenig höflichem Geplänkel kam Dave endlich zum Wesentlichen, als er sich mir zuwandte.

„Und ich hab das richtig verstanden: du suchst Nat?"

Ich nickte, plötzlich wieder schrecklich nervös. Jetzt ging es los.

„Wieso weißt du nicht, wo er ist? Ich mein', versteh mich nicht falsch, aber ich wusste nichts von dir und kenne Nat gut."

„Ich", begann ich zögerlich. „Ich bin nicht sicher, ob er von mir weiß."

Dave nickte, als hätte er verstanden, müsste das alles aber einen Moment sacken lassen. „Und woher weißt du von ihm?"

Ich erzählte Dave die Kurzform, ließ aber weder das Auftauchen der Briefe noch unsere Stationen New York und Mystic aus, so dass er sich ein Bild machen konnte. Ich schloss mit den Worten: „... und ich hoffe so sehr, dass Sie wissen, wo er ist."

Dave nickte wieder gedankenverloren und sagte dann die entscheidenden Worte: „Ich weiß tatsächlich, wo er ist."

Überrascht riss ich die Augen auf. Ich hatte es so sehr gehofft, aber wirklich geglaubt? Nein. „Wo?" platzte es aus mir heraus. „Wo ist er?"

Dave atmete einmal tief durch. Dann erwiderte er: „Auf einem Campingplatz im Acadia-Nationalpark."

Überrascht blickte ich ihn an und auch Tessa schien verwundert, als sie fragte: „Macht er dort Urlaub?"

Auf Daves Gesicht stahl sich ein Lächeln und zum ersten Mal schüttelte er den Kopf. „Nein, ihm gehört einer der Campingplätze dort, er betreibt ihn. In den wärmeren Monaten lebt er mit seiner Familie dort, in den kälteren Monaten hier in Provincetown."

„Mit seiner Familie?" fragte ich leise.

„Ja", antwortete Dave unbedarft. „Er hat eine Frau und eine Tochter, mit denen er dort lebt."

„Ich hab eine Schwester?" Erschrocken riss ich die Augen auf, mein Atem ging mit einem Mal nur noch stoßweise und meine Augen füllten sich mit Tränen.

„Oh mein Gott, entschuldige!" rief Dave aus. „Daran habe ich gar nicht gedacht." Mitfühlend blickte er mich an.

„Ich hab eine Schwester!" Überwältigt schlug ich mir die Hand vor den Mund und konnte meine Tränen nicht mehr zurückhalten. Ich war nicht alleine! Ich hatte eine Großmutter und einen Großvater, einen Vater und sogar eine Schwester! Ich hatte eine Familie!

„Woher kennen Sie Nat? Sind Sie sein Boss?" fragte Tessa in das Schweigen hinein, streichelte mir dabei aber liebevoll über den Rücken, und gab mir damit die Möglichkeit, mich kurz zu sammeln nach dieser Information. Da antwortete Dave auch schon.

„Nat hat sich vor Jahren bei *Sandman Tours* gemeldet, um Tour Guide zu werden. Dadurch haben wir uns kennengelernt. Erst war ich sein Boss, dann hat er nach einiger Zeit bemerkt, dass dieses unstete Leben auch nicht das ist, was er dauerhaft möchte. Dann ergab sich eher zufällig die Möglichkeit den Campingplatz zu übernehmen und da hat er bemerkt, dass er sich das tatsächlich dauerhaft vorstellen könnte. Der Kontakt ist nie abgebrochen und wir sind seit Jahren gute Freunde."

Verstohlen warf ich einen Blick auf meine Uhr: 146:42:05h.

„Ist er immer noch Umweltaktivist?" beteiligte ich mich schließlich wieder am Gespräch, doch Dave schüttelte den Kopf.

„Soweit ich weiß, nicht. Ich weiß von der Aktion damals in Mystic. Da ist er mir gegenüber sehr offen mit umgegangen, aber ansonsten engagiert er sich zwar für den Umweltschutz, macht sich vor allem für die Erhaltung des Acadia-Nationalparks stark, aber nicht radikal."

„Und wie kommen wir da hin?" war alles, was ich wissen wollte.

Um diese neuen Entwicklungen zu feiern, gingen wir abends mit den Jungs, mit Dave und seinem Freund Matthew Burger essen und etwas trinken. Wie sich herausstellte, hing die Regenbogenflagge nicht nur an Daves Haustür, sondern überall in Provincetown. Das kleine Städtchen war nicht nur zu einer Touristenhochburg, sondern auch zu einem beliebten Treffpunkt von Lesben und Schwulen geworden.

In dem Burgerladen war es gemütlich, er war recht schmal mit der Theke an der einen und den kleinen Tischen vor schmalen Bänken in einer Reihe an der anderen Wand. Wir setzten uns an den hintersten Tisch und wurden direkt sehr herzlich von dem Kellner begrüßt, der in schwarzem Unterhemd, rasiertem Schädel, langem Ohrring und dem tätowierten rechten Unterarm eher wie ein Seebär als ein Kellner aussah. Aber er kannte Dave und Matt und schien sehr freundlich zu sein.

Auch die Jungs, Tess und ich durften trinken, da Matt und Dave das mit dem Alkoholverbot bis 21 in den USA offenbar nicht so eng sahen – sehr zu meiner Freude.

Wir hatten viel Spaß, es wurde gegessen und gelacht und erzählt und getrunken, selbst der Kellner – er hieß Marcus – saß irgendwann an unserem Tisch. Dann wurde noch mehr gelacht, erzählt und getrunken … viel zu viel getrunken. Es dauerte nicht allzu lange, da war ich voll, wirklich total abgefüllt. Aber nicht nur ich, auch Tessa hatte offenbar zu viel getrunken. Als dann auch noch die Musik aus der Jukebox aufgedreht wurde und *Walking on sunshine* erklang, gab es für Tessa kein Halten mehr. Sie sprang auf – sofern das möglich war – und fing an im Gang zwischen Tisch und Theke zu tanzen. Erst wurde sie dafür belächelt, doch dann gesellte sich Jay zu ihr und nach und nach schlossen sich die übriggebliebenen Gäste an, auch Dave und Matt legten los und genossen einfach den Moment. Irgendwann sprang auch ich auf und begann neben Tess und Jay zu tanzen. Nur Tom blieb auf der Bank sitzen, trank sein Bier und beobachtete uns. Ein Klassiker nach dem anderen wurde gespielt und in dem Lokal herrschte ausgelassene Stimmung. Tessa konnte irgendwann nicht mehr und legte sich auf eine der Bänke. Ich kannte das schon von anderen Partys. Es konnte nicht mehr lange dauern, bis sie eingeschlafen war. Jay nahm das einfach so hin und wandte sich anderen Tanzwütigen zu. Als ich noch einmal in Tessas Richtung sah und erkannte, dass sie bereits die Augen geschlossen hatte, musste ich lächeln. Dabei fiel mein Blick auf Tom, der mich beobachtete.

„Los!" forderte ich ihn auf. „Komm tanzen!"

Doch Tom schüttelte den Kopf und trank noch einen Schluck aus seinem Glas. „Nee, lass mal."

„Komm schon, Sunday. Willst du das wirklich ablehnen?"

Es war deutlich zu erkennen, dass er wirklich keine Lust hatte, aber als er mich so sah und sich ein Lächeln auf sein Gesicht schlich, hatte er verloren.

„Wer kann da schon ‚Nein' sagen?"

Also stand er auf, nahm meine ausgestreckte Hand und ließ sich von mir auf die Tanzfläche führen. In dem Moment verstummte der letzte Song, wurde von *Wake me up before you go-go* abgelöst und wir tanzten los. Na ja, eigentlich tanzte wohl eher ich los und um Tom herum, doch er bewegte sich im Takt und hatte sichtlich Spaß.

Und auf einmal war es so weit. Eine dieser Situationen, in der wir eng voreinander standen und uns ansahen. Diese grauen Augen machten mich noch verrückt! Und ohne lange darüber nachzudenken, was das für Konsequenzen haben könnte, küsste ich ihn einfach. Erst ganz vorsichtig, doch als ich merkte, dass er den Kuss erwiderte, wurde ich mutiger. Und dann knutschten wir, halb tanzend, sehr betrunken, mitten unter völlig Fremden, aber wir knutschten, und es war toll: seine rauen Hände an meinen Wangen, sein leichter Duft nach Aftershave in meiner Nase und ein leichtes Kribbeln in meinem Bauch.

Das alles hätte so schön sein können, wenn mir direkt nach unserem Kuss nicht unheimlich schlecht geworden wäre. Ich wollte es verhindern. Wirklich! Aber ich konnte es einfach nicht zurückhalten … und kotzte Tom mit Schwung auf die Schuhe. Erschrocken starrte ich ihn an, doch da kam schon die nächste Welle. Eine Entschuldigung murmelnd lief ich zum Klo und kam von dort auch eine ganze Weile nicht wieder. Ich hing über der Kloschüssel und konnte mich gar nicht mehr beruhigen, denn mein Magen rebellierte, bis ich wirklich nichts mehr in mir hatte. Dann sank ich erschöpft auf den Boden.

Irgendwann klopfte es an der Tür.

„Lucie?" Es war Tom.

„Komm nicht rein!" rief ich gequält, doch da hatte er die Damentoilette schon betreten. Kreidebleich hockte ich auf den kalten Fliesen und wartete auf den nächsten Anfall. Ich wollte wirklich nicht, dass Tom mich so sah, doch er machte kommentarlos ein Tuch nass, hockte sich neben mich und hielt es mir an die schwitzende Stirn. Die Kühle tat gut und ich hatte den Eindruck wieder ein wenig nüchterner zu werden, aber es ging mir einfach hundeelend.

Liebevoll legte Tom den Arm um mich, woraufhin ich erschöpft meinen Kopf an seine Schulter schmiegte und die Augen schloss.

„Oh man", seufzte Tom. „Von der Reaktion hatte ich geträumt, wenn ich dich küsse."

„Tut mir leid", erwiderte ich zerknirscht.

Erst später begriff ich, was seine Worte wirklich bedeuteten.

„Ach was", winkte er ab. „Ist alles gut." Und nach einer kurzen Pause fügte er hinzu: „Komm, ich bring dich nach Hause."

Ich lächelte … und merkte direkt, dass ich das dringend sein lassen sollte, so sehr stachen die Kopfschmerzen. Auf Toms Vorschlag hin nickte ich daher nur, dann half er mir auf. Das alles war mir unendlich peinlich. Im Lokal nahmen wir Jay das Versprechen ab, Tessa sicher zurück zu bringen, dann gingen wir los.

Der Weg zum Cottage war nicht weit, aber mir kam er endlos vor. Ständig musste ich anhalten, weil ich dachte, mich wieder übergeben zu müssen, aber mein Magen war leer. Tom und ich sprachen kein Wort, ich musste mich ganz auf mich konzentrieren. Aber im Cottage übernahm Tom das Kommando.

„Du setzt dich aufs Bett, ich mach den Rest."

„Welchen Rest?" fragte ich, gehorchte aber bereitwillig und legte mich schonmal aufs Bett. Schlechte Idee! Direkt begann sich alles um mich herum zu drehen.

„Stell einen Fuß auf die Erde", kam es von Tom, der gerade in der Kochnische hantierte.

Ich versuchte wirklich zu tun, was er gesagt hatte, aber die Matratze war so hoch, dass ich den Boden nur so eben mit den Zehen berührte. Das nützte also gar nichts.

„Das geht nicht", jammerte ich.

Ich kam mir vor, als wäre ich noch nie in meinem Leben betrunken gewesen, fühlte mich jämmerlich und mir war hundeelend, aber vermutlich war ich auch noch nie in meinem Leben so betrunken gewesen. Tom blickte aus der Küche zu mir herüber und lachte, als er mich so sah.

„Richtig, ich hatte vergessen, dass du ein Zwerg bist, genau wie Tess."

„He", erwiderte ich empört, wollte mich aufsetzen, ließ es dann aber direkt bleiben. „Ich bin ein ganzes Stück größer als Tess", protestierte ich im Liegen. „Und ich bin kein Zwerg!"

„Das stimmt", beschwichtigte Tom und kam schließlich zu mir mit einer Schüssel in der einen Hand, die er auf mein Nachtschränkchen stellte, und einem Glas mit einer etwas milchigen Flüssigkeit in der anderen, das er daneben stellte. Dann half er mir dabei mich aufzusetzen.

Vorsichtig nahm ich das Glas und trank ein paar Schlucke, bevor mein Magen erneut rebellierte. So schnell ich konnte, schnappte ich mir die Schüssel und erbrach die Flüssigkeit direkt wieder.

„Okay", war Toms Reaktion, „dann ohne Aspirin."

Ich quälte mich ins Bad, spülte notdürftig die Schüssel aus und putzte mir die Zähne. Alles fühlte sich besser an mit geputzten Zähnen. Dann schlurfte ich zurück, nahm mir einfach Toms Shirt vom Stuhl, zog meins aus und seins drüber. Für den Moment war mir sowas von egal, dass Tom mich soeben im BH gesehen hatte. Auf taumelnden Beinen und mit halb zugekniffenen Augen zog ich mir meine Shorts aus. Dann wollte ich den BH unter dem Shirt ausziehen, bekam in meinem Zustand aber den Verschluss nicht mehr auf und beschloss einfach mit BH zu schlafen.

Ich legte mich auf meine Seite des Bettes unter den Schlafsack, als Tom mich gerade in Ruhe schlafen lassen wollte. Doch das wollte ich nicht.

„Warte!" bat ich ihn, so dass Tom sich wieder zu mir umdrehte.

„Kannst du nicht hierbleiben?"

Tom sagte kein Wort, legte sich aber neben mich, so dass ich mich an ihn kuscheln konnte und er den Arm um mich legte. Wie ein frischverliebtes Pärchen schliefen wir ein und in genau dieser Position wachte ich wenige Stunden später wieder auf – mit mörderischen Kopfschmerzen und einem gigantischen Filmriss.

14.

… Und wieder ein Weihnachten ohne dich. Schlimmer ist nur Silvester, wenn sich um Mitternacht alle zu ihrem Partner um- drehen und sich küssen und ich in dem Moment immer schmerzlich daran erinnert werde, wie unendlich weit weg du bist …

Kaum hatte ich mich gerührt, wurde auch Tom wach.
„Guten Morgen!" sagte er leise und wandte sich mir zu. „Wie geht's dir?"
„Hmpf", grummelte ich nur und stellte irritiert fest, dass Tom seine Hand sehr vertraut auf meiner Seite liegenließ. Was zur Hölle war letzte Nacht passiert? Diese Kopfschmerzen brachten mich um und ich konnte mich einfach nicht erinnern. Das Letz- te, das ich wusste, war, dass wir alle zusammen essen gegan- gen waren. Ich hatte einen fantastischen Burger gegessen und unglaublich viel gelacht. Dann wusste ich nichts mehr – nada, ein großes, schwarzes Nichts. Und jetzt lag Toms Hand auf meiner Seite. Was hatte das zu bedeuten?
„Kopfschmerzen?" fragte Tom leicht besorgt.
„Mmhh, tierisch", bestätigte ich und deutete an aufstehen zu wollen. Sofort nahm Tom seine Hand weg, so dass ich ins Bad tapern konnte, um mich ein wenig auf Vordermann zu bringen, um überhaupt wieder in der Welt der Lebenden anzukommen. Ich warf einen Blick in den Spiegel und erschrak: Meine Wim- perntusche war verschmiert und ließ meine Augen wie die eines Pandas aussehen, meine langen, blonden Haare waren

strubbelig und standen in alle Richtungen und mir fiel auf, dass ich Toms Shirt trug. War zwischen uns etwa was gelaufen? Und wenn ja, was? Oder war alles ganz harmlos gewesen? Ich brachte mich ein wenig auf Vordermann, wusch mir das Gesicht, kämmte meine Haare und schlich zurück. Als ich aus dem Bad trat, sah ich geradeaus auf die Ausziehcouch, auf der ich Tessa erkannte, die offenbar noch im Tiefschlaf war. Offenbar war sie irgendwann nach uns wiedergekommen und hatte es sich dort gemütlich gemacht. Von Jay keine Spur. Dann nahm ich mir das Glas vom Nachttisch, füllte es in der Kochnische mit Wasser und ließ eine Aspirin hinein fallen.

„So schlimm?" Tom setzte sich im Bett auf. Um ihm nicht zu nahe zu kommen und eine gewisse Distanz zwischen uns zu wahren, zog ich mir einen Stuhl von dem kleinen Esstisch und setzte mich vorsichtig darauf.

„Schlimmer", war meine ganze Antwort, woraufhin Tom lächelnd erwiderte: „Du bist ja auch mächtig abgegangen."

Überrascht hob ich den Kopf und fragte ohne nachzudenken: „Bin ich?"

Skeptisch und ein wenig enttäuscht blickte Tom mich an, bevor er zurückfragte: „Weißt du das nicht mehr?"

Ein wenig zerknirscht sah ich ihn an und schüttelte vorsichtig den Kopf.

„Gar nichts mehr?" fragte er weiter.

Wieder sah ich ihn zerknirscht an und zuckte dabei entschuldigend die Achseln. „Totaler Filmriss."

Tom nickte langsam, als müsste er nachdenken, und erwiderte dann gedehnt: „Okay."

Ich ging einfach in die Offensive. „War ich peinlich?"

Doch Tom schüttelte den Kopf. „Nur gut drauf und irgendwann ziemlich betrunken."

Nun war ich diejenige, die langsam nickte. „Genau so fühlt es sich an."

„Willst du heute trotzdem fahren?"

Ich schüttelte den Kopf. „Besser nicht. Ist das okay?"

„Sicher", erwiderte Tom kurz ab und verschwand im Bad. Unseren Kuss erwähnte er mit keinem Wort und auch mir fiel er erst sehr viel später wieder ein.

Als Tom wiederkam, nahm er sich auch eine Aspirin aus der Packung, warf sie in ein Glas mit Wasser und setzte sich zu mir. „Du auch?" fragte ich nur und Tom nickte. Er wartete, bis sich die Tablette aufgelöst hatte, und sah dabei durch die Rollos aus dem Fenster. Ich betrachtete ihn und stellte fest, dass er tatsächlich schlecht aussah. Seine sonst so gesunde Gesichtsfarbe, die zeigte, dass er viel Zeit an der frischen Luft verbrachte, wirkte grau und fahl, und unter seinen Augen zeichneten sich dunkle Ringe ab. Offenbar hatte auch er ordentlich gefeiert. Dann trank er das Glas in einem Zug leer. Doch mit einem Mal runzelte er die Stirn und deutete mit dem Kopf nach draußen. Irritiert lief ich zur Terrassentür und sah durch das kleine Fenster. Auf der Terrasse eingezwängt auf zwei Holzstühlen lag Jay unter seinem Schlafsack und schlief. Bei dem Anblick musste ich trotz meines Zustandes lächeln. Dann rührte sich auch Tessa auf der Schlafcouch. Sie knurrte beim Aufwachen, rieb sich die Augen und öffnete sie verkniffen. Dann versuchte sie sich aufzusetzen, entschied sich aber mit einem leisen „Schlechte Idee!" dagegen. Offenbar ging es auch ihr nicht besonders. Sie legte sich zurück und versuchte noch einen Moment sich zu sammeln. Jay dagegen schlief nach wie vor tief und fest auf der Terrasse.

Trotz unseres gemeinschaftlichen Katers war die Stimmung zwischen Tom und mir seltsam. Tom wirkte irgendwie angefressen. Schließlich stand er auf, nahm sich einen Kapuzenpulli aus seiner Tasche, zog seine Cargoshorts über seine Boxershorts und schlüpfte in seine Schuhe. Dann wandte er sich an mich.

„Ich geh ein bisschen raus."

Ich wartete noch einen Moment, doch er fragte nicht, ob ich mitwollte. Wow! Ich musste wirklich Mist gebaut haben! Bevor Tom durch die Tür verschwinden konnte, sprang ich auf, lief ihm hinterher und rief: „Nimmst du mich mit?"

Tom zog die Schultern hoch, steckte die Hände in seine Shorts und murmelte nur: „Klar, wenn du willst."

„Gib mir eine Minute!"

Ich warf die Tür zu, während Tom draußen wartete, zog mir meine Jeans-Shorts und ein gestreiftes Longsleeve an, schlüpfte in meine Flip-Flops, nahm im Vorbeigehen noch ein Haarband vom Nachttisch und verließ mit einem „Bis später!" an Tess das Cottage.

Draußen war unheimlich schöne Luft. Der Himmel war blau, über uns kreisten ein Paar Möwen, es war warm, aber nicht heiß, ein laues Lüftchen wehte durch die kleinen Sträßchen und wir konnten das Meer riechen. Ohne dass es wirklich unsere Absicht war, zog es uns auch automatisch dorthin. Wo bitte schön sollte man seinen Kater denn besser loswerden als dort? Auf dem Weg zum Wasser sagten wir kein Wort und schlurften nur angeschlagen nebeneinander her. Doch diese Stimmung konnte ich nicht lange aushalten. Was auch immer zwischen uns passiert war, das musste jetzt geklärt werden. Sofort! Ich band mir die Haare zu einem unordentlichen Dutt und wandte mich ihm zu.

„Tom?"

„Hm?"

Er drehte sich ein wenig zu mir um, sah mich aber nicht direkt an.

„Was ist gestern Abend passiert?"

Tom seufzte und dachte offenbar darüber nach, was er als Nächstes sagen sollte. Doch seine Antwort klärte bei mir gar nichts auf.

„Mach dir keine Gedanken. Es ist nichts weiter gewesen."

Skeptisch runzelte ich die Stirn und blieb stehen. „Bist du sicher?"

Nun sah er mich doch an, nahm die Hände aus den Taschen und sagte mit fester Stimme: „Ja!"

Ich glaubte ihm nicht, ließ es aber dabei bewenden. Ich hatte nur noch eine Frage, bevor ich ihn in Ruhe lassen konnte.

„Ist alles gut zwischen uns?"

„Sicher."

Dann ging er weiter am Wasser entlang in Richtung Zentrum. Ich glaubte ihm kein Wort. Als wir der belebten Einkaufsstraße näher kamen, mit einem Steg, der ins Wasser führte und vielen Booten, die dort anlegten, wurden wir auf einmal von einem Typen Mitte zwanzig angesprochen, der seine langen Haare in einem Zopf zurückgebunden hatte und aussah wie ein Skater in seinen lässigen Klamotten. Er war Tour Guide und hatte zwei Whale-Watching-Tickets übrig, weil zwei seiner Gäste abgesprungen waren. Er wollte nichts dafür haben, war froh, sie loszuwerden und wir nahmen sie dankend an.

Wenig später ging es auch schon los. Wir hatten uns auf dem Boot an einigen Menschen vorbeigekämpft und uns auf dem Oberdeck auf eine Bank an der Seite in die Sonne gesetzt. Eine Weile hingen wir beide unseren Gedanken nach, genossen die Aussicht und hielten einfach unsere Gesichter in die Sonne. Es war schön hier auf dem Boot zu sitzen, aber meine Gedanken schweiften immer wieder zu meinem Vater. Ich wusste, wo er war. Er lebte und wir hatten ihn gefunden! Das war alles so unwirklich. Für einen Moment, während wir so friedlich da saßen und übers Wasser sahen, den Wind und die Sonne im Gesicht, kamen mir Zweifel, ob ich wirklich dazu bereit war. Er hatte eine Tochter, ich eine Schwester! Damit hatte ich nicht gerechnet. Ob sie mir ähnlich sah? Ob sie von mir wusste, wir uns verstehen würden? Was, wenn sie nichts von mir wissen wollte? Wenn er nichts von mir wissen wollte? Er brauchte mich nicht und er brauchte vermutlich vor allem niemanden aus der Vergangenheit, der Staub aufwirbelte. Was würde er sagen, wenn er mich traf? Was sollte ich sagen, wenn ich ihn traf? Fragen über Fragen wirbelten durch meinen Kopf und ich atmete einmal tief durch, um sie zu bremsen.

Mittlerweile waren wir schon weit rausgefahren. Die frische Meeresluft tat gut und auch der Wind, der uns um die Nase wehte, von dem ich aber auch eine Gänsehaut bekam, denn auf dem offenen Meer war es frisch und ich war dafür eindeutig zu dünn angezogen.

„Willst du meinen Pulli haben?" fragte Tom da unvermittelt, doch ich schüttelte den Kopf. „Ach was. Es geht schon. Danke!" Tom runzelte die Stirn und betrachtete mich. „War das ein ‚Eigentlich möchte ich deinen Pulli, weil ich mir den Arsch abfriere, aber dann könntest du frieren' oder war das ein ‚Ich friere nicht. Das, was du für Gänsehaut hältst, ist eine allergische Reaktion auf die Vorstellung deinen Pulli zu tragen'?"

Er fragte das ohne die Miene zu verziehen, aber in seinen Augen blitzte ein freches Funkeln auf, dann verzog sich sein Mund zu einem verschmitzten Lächeln. Ich begann zu lachen und merkte direkt, wie sich die angespannte Stimmung zwischen uns in Luft auflöste. Dann gab ich zu: „Das Erste."

Tom hob die Augenbrauen. „Also möchtest du meinen Pulli?"

Ich nickte schnell, bevor er es sich anders überlegen konnte. Doch da zog er sich schon den dunklen Kapuzenpulli über den Kopf und hielt ihn mir hin. Dankbar zog ich ihn über, auch wenn er ein paar Nummern zu groß war, er war gemütlich, er war warm und er roch nach Tom. Ich fühlte mich sofort wohl, was mich stutzen ließ. Amüsiert beobachtete Tom mich und mir fiel auf, dass seine Haare durch das Ausziehen ganz strubbelig geworden waren, noch mehr als sonst, und dass eine Strähne seltsam von seinem Kopf abstand. Ich musste mich förmlich zwingen, ihm nicht in die Haare zu fahren, um sie zu ordnen.

„Alles okay?" fragte Tom irritiert. Offenbar waren mir meine wirren Gedanken anzusehen, daher nickte ich schnell und sah aufs Wasser.

Zum Glück wurden meine Gedanken unterbrochen, als das Boot auf einmal langsamer wurde und die Leute um uns herum unruhig aufstanden. Von der allgemeinen Aufregung gepackt standen auch wir auf, stellten uns an die Reling und sahen übers Meer. Statt der Fontäne in einiger Entfernung bemerkte ich zuerst, wie nah Tom neben mir stand und dass sich unsere Arme berührten. Er hatte sich nach vorn gebeugt, mit den Unterarmen auf die Reling gestützt und blickte aufs Wasser. Mir fiel auf, dass er wirklich gut aussah.

„Da vorne! Lucie, da!"

Aufgeregt zeigte Tom aufs Wasser und riss mich aus meinen Gedanken. Die Fontäne war nähergekommen und mit einem Mal erhob sich ein riesiger Buckelwal aus dem Wasser.

„Oh mein Gott!" entfuhr es mir überrascht. „Das gibt's doch nicht!"

„Und wie es das gibt!" Tom war total aufgeregt und auch ich hatte die Gedanken, über die ich wenige Augenblicke zuvor noch gegrübelt hatte, für den Moment vergessen. Vor uns schwamm ein Buckelwal! Das war der Hammer! Dieser riesige, majestätische Wal schwamm direkt vor uns her, er tauchte ab, verschwand mit seiner Fluke, schoss in einiger Entfernung wieder aus dem Wasser und platschte mit unglaublichem Getöse auf die Oberfläche, bevor er wieder in den Fluten verschwand und ganz woanders, völlig unvermittelt wieder auftauchte.

„Hast du dein Handy mit?" fragte ich schnell, doch Tom schüttelte den Kopf. Nach einem ersten Moment des Bedauerns, dass ich diesen unfassbaren Moment nicht für alle Ewigkeiten festhalten konnte, beschloss ich den Moment zu genießen und keine Sekunde zu verpassen, damit ich mich für immer daran erinnern konnte. Denn das hier, das war besonders. Ein magischer Moment!

Wir beobachteten den Wal noch eine Weile, während er uns begleitete, dann tauchte er wieder ab in die Fluten. Ich war völlig aus dem Häuschen. Was für ein Moment! Was für ein Erlebnis! Daran würde ich mich mein Leben lang erinnern, ganz egal, wie diese Reise ausging, ganz egal, was noch passierte. Diese Erinnerung, die würde für immer bleiben.

Zurück am Cottage legte Tom sich hin, um ein wenig zu schlafen, in der Hoffnung, dass es ihm dann wieder besser gehen würde, denn Toms Kater war noch nicht verflogen. Mir hatte die frische Luft so gutgetan, dass von Katerstimmung keine Spur mehr war. Ich fand Tessa und Jay draußen auf der Terrasse und setzte mich zu ihnen in die Sonne auf eine der Holzbänke. Sie sahen immer noch ein wenig angeschlagen aus, hatten sich aber scheinbar einen Tee gemacht, der ein bisschen geholfen hatte. Jays Gitarre lehnte neben ihm am Stuhl. Eine Weile saßen wir so da und genossen das schöne Wetter, lauschten dem Gezwitscher der Vögel, spürten den leichten Wind, der um unsere Nasen wehte, und rochen den Duft nach Blumen und nach Meer.

Irgendwann nahm Jay seine Gitarre und begann leise ein paar Akkorde zu spielen. Er sang nicht dazu, sondern spielte einfach und Tess und ich hörten ihm zu.

„Ist alles okay?" fragte sie mich nach einer Weile auf Deutsch.

Ich blickte zu ihr und nickte. „Klar, alles gut!"

Tess sah mich jedoch eine Weile schweigend an und ich bemerkte wieder einmal, dass ich ihr nichts vormachen konnte. Dann erwiderte sie: „Sicher?"

Ich nickte, beugte mich dann aber weiter vor und erwiderte leise: „Es ist gerade etwas angespannt."

Tessa lächelte. „Ist doch klar, dass es ein bisschen angespannt zwischen euch ist, wenn ihr Zeit miteinander verbringt. Ihr kennt euch einfach nicht gut!"

Ich schüttelte den Kopf. „Das ist keine angespannte Stimmung, weil wir uns fremd sind."

Es dauerte einen Moment, bis diese Information bei Tess angekommen war, dann wurden ihre Augen groß.

„Oh, du meinst … Ist irgendwas passiert zwischen euch?"

Ich schüttelte den Kopf, doch dann zuckte ich mit den Schultern. Sofort beugte sich Tessa neugierig zu mir herüber. „Was soll das denn bedeuten?"

Wieder zuckte ich mit den Schultern. „Ich weiß es einfach nicht. Hast du denn gestern in dem Burgerladen nichts mitgekriegt? Ich hab einen Filmriss, bin in seinem Shirt neben ihm aufgewacht. Er sagt, es wär nichts passiert. Aber irgendwie glaub ich ihm nicht."

Tessas Augen wurden groß. „Süße, ich bin total betrunken auf der Bank eingeschlafen. Ich hab gar nichts mehr mitgekriegt. Und du meinst, ihr habt vielleicht miteinander geschlafen?"

Hilflos seufzte ich und blickte in Tessas gespanntes Gesicht. „Ich weiß es einfach nicht. Ich glaub nicht. Aber irgendwas ist scheinbar passiert."

„Dann frag ihn!"

„Hab ich doch!"

„Dann frag ihn nochmal!"

Doch ich schüttelte den Kopf.

„Dann frag Jay."

Mit einem schnellen Seitenblick auf Jay erkannte ich, dass er völlig in seine Akkorde versunken war und unserem Gespräch nicht folgte, auch wenn er uns vermutlich nicht verstand. Dann blickte ich stirnrunzelnd zu Tess. „Wieso das denn?"

„Weil er gestern Abend auch da war?" fragte sie genervt zurück. „Vielleicht kann er dir sagen, was passiert ist."

Doch ich schüttelte stur den Kopf. „Nee, das ist mir zu blöd. Er ist doch eh auf Toms Seite. Der mischt sich bestimmt nicht ein."

Nun war es Tessa, die den Kopf schüttelte. „Dann kann ich euch auch nicht helfen."

Skeptisch sah ich zu ihr herüber. „Es gibt kein ,wir' in dieser ganzen, verzwickten Situation. Lass uns das Thema wechseln."

„Okay", seufzte Tessa.

„Was ist mit Lars? Hast du nochmal mit ihm gesprochen?"

Wieder schüttelte sie den Kopf. „Nur geschrieben. Er ist echt sauer."

„Und das wundert dich?"

„Ja", versuchte sie sich zu verteidigen. „So eine Art von Beziehung haben wir nicht."

Ungläubig verdrehte ich die Augen und stöhnte auf. „Oh, man. Darf ich dir mal ganz ehrlich was sagen? Wirklich ganz direkt?"

„Klar, raus damit", erwiderte sie.

Ich atmete einmal tief durch. „Das, was du da machst, ist so nah am Klischee, dass es mich wundert, dass du nicht längst selbst drauf gekommen bist."

„Mama?" fragte Tessa nur und ich nickte.

„Wir sind so verschieden, Tess, aber in dieser einen Sache ticken wir absolut gleich. Auf der einen Seite willst du deine Mutter mit Lars bestrafen, weil sie niemals mit ihm einverstanden wäre, und auf der anderen Seite bedeutet er dir auch gar nichts, weil du dich nämlich nie auf jemanden wirklich einlassen würdest aus Angst, dass du dein Herz an jemanden hängst, den du verlieren könntest, wie damals bei Finn."

Einen Moment erwiderte Tessa nichts. Tränen stiegen ihr in die Augen und sie sah verletzt aus, aber ich wusste, dass das nicht mir galt, sondern dem, was ich da angesprochen hatte.

„Wow", flüsterte sie schließlich. „Das war heftig."

Eine ganze Weile sagten wir nichts, hörten nur Jays Gitarrenklängen zu. Irgendwann fuhr Tessa leise fort: „Ich glaub, darüber muss ich nachdenken."

Ich blickte sie lächelnd an, als plötzlich die Terrassentür aufging und Tom herauskam mit zwei dampfenden Tassen Tee in der Hand. Tess, nach diesem Augenblick wieder ganz die Alte, sah von Tom zu mir und sagte auf Englisch: „Vielleicht solltet ihr euch mal über euer Liebesleben unterhalten!"

Vor Schreck riss ich die Augen auf, konnte aber nichts erwidern. Tom stellte eine der Teetassen bei mir ab, blickte stirnrunzelnd zu Tessa und fragte: „Welches Liebesleben?"

„Frag doch mal Lucie!" kam es da nur zurück. Blitzschnell schoss Toms Kopf zu mir herum und er blickte mich überrascht an.

„Tess!" rief ich empört, doch Tessa bereute ihren Ausbruch offenbar nicht, sondern bekräftigte ihn sogar noch.

„Ist doch wahr!" Dann nahm sie ihre Tasse und verschwand nach drinnen. Jay hatte aufgehört zu spielen und uns verwundert zugehört. Als Tess ins Cottage lief, sprang er auf, murmelte: „Ich geh dann wohl auch besser." und war kurz drauf auch schon verschwunden. Fassungslos starrte ich auf die geschlossene Terrassentür, durch die die beiden verschwunden waren, konnte einfach nicht glauben, dass sie das gerade getan hatte. Ich spürte förmlich Toms Blick auf mir, versuchte ihn zu ignorieren, doch Tom ließ sich nicht so einfach abschütteln.

„Was hat sie damit gemeint?"

Ich zuckte mit den Schultern, aber Tom blickte mich nur mit hochgezogenen Augenbrauen an, da knickte ich ein.

„Ich hab erzählt, dass ich Mist gebaut hab ... na ja, oder dass ich glaube, dass ich Mist gebaut habe."

Erwartungsvoll sah ich ihn an, aber Tom ließ sich nicht in die Karten sehen. „Mach dir keinen Kopf. Es ist alles gut."

Doch jetzt war es zu spät für einen Rückzug und ich wollte endlich Klarheit haben. „Tom, was ist gestern Abend passiert?"

Er blickte mich an, eine Weile sagte niemand etwas, dann seufzte er und antwortete in lockerem Tonfall: „Wir haben getrunken, sehr viel getrunken, wir haben gelacht und getanzt und dann ..." Er stockte.

„Dann?" drängte ich weiter.

Da begann Tom mit einem Mal zu grinsen. Ich war mir jedoch nicht sicher, ob dieses Grinsen wirklich echt war, da fuhr er auch schon fort: „Dann hast du mich angekotzt."

Meine Augen wurden groß. „Ich hab was?"

Tom nickte bestätigend. „Du hast mich angekotzt."

Ich spürte förmlich, wie ich knallrot im Gesicht wurde. „Bitte sag mir, dass das nicht wahr ist."

Aber Tom lächelte mich an. „Doch, das ist wahr."

Ich vergrub mein Gesicht in meinen Händen, schüttelte den Kopf und murmelte immer wieder. „Oh Gott, wie peinlich! Ist das peinlich!"

„Mach dir nichts draus. Es war auch mein erstes Mal und eine interessante Erfahrung."

Frech grinste er mich an, doch ich war noch nicht überzeugt.

„Und das war wirklich alles?"

„Reicht das nicht fürs Erste?"

15.

… Gestern war ich mal wieder bei einem U2-Konzert. Was für eine großartige Show! Ich musste daran denken, wie wir letztes Jahr auch auf einem waren. Wir haben so weit vorne gestanden, dass wir Wasser und Schweiß abbekamen. Ich habe dich noch nie so ausgelassen erlebt, du hast getanzt, du hast gesungen und gegrölt. Und ich war verliebter als jemals zuvor …

Es war dunkel und regnete. Alles roch irgendwie klamm und muffig. In der Ferne entdeckte ich eine Hütte, sie hatte ein Wellblechdach und ich dachte, es müsste sich dabei um die Anmeldung des Campingplatzes handeln. Daher lief ich langsam darauf zu. Mit einem Mal war ich alleine, von den anderen dreien war keine Spur mehr. Ich trat auf die Hütte zu und erkannte, dass sie heruntergekommen war. Die Fenster waren dreckig und teilweise zersprungen und die Tür hing windschief in den Angeln. Einen Augenblick überlegte ich, ob ich wirklich weitergehen sollte, doch es ging um Nat. Es ging um meinen Vater. Also lief ich weiter und erkannte in einem Schaukelstuhl vor der Hütte einen Mann, der mich beobachtete. Er hatte weißes Haar, eingefallene Wangen und trug einen zerschlissenen Trainingsanzug. Seine ungepflegten Füße steckten in Flip-Flops, die aussahen, als hätte er sie aus einer Mülltonne gefischt, und er roch schon von Weitem nach Schweiß und Urin. Das konnte er nicht sein! Das durfte er einfach nicht sein! Als ich bei ihm ankam, schenkte er mir ein zahnloses Lächeln und sagte: „Lucie, wie schön! So viele Jahre habe ich auf dich gewartet. Und nun bist du da – meine Tochter."

Vor Schreck riss ich die Augen auf und war wieder in Toms Buick auf der Interstate. Mein Puls raste und ich brauchte einen Moment, um zu realisieren, dass ich eingeschlafen war.

„Hast du geträumt?" fragte Tom da von der Seite.

Ich nickte. „Ich habe geträumt, wie es ist, Nat zu treffen."

„Und? Wie war's?"

„Gruselig. Er war uralt, ungepflegt und total heruntergekommen, hat in einer maroden Waldhütte gelebt und war irgendwie unheimlich."

Tom schwieg einen Moment, bevor er antwortete. „Es gibt bestimmt Väter, die so leben, aber ich glaube nicht, dass du Nat so antreffen wirst. Sonst hätte Dave dich doch vorgewarnt." Nachdenklich sah ich aus dem Fenster. Die grüne Landschaft zog an uns vorbei, kleine, helle Wolken überzogen den blauen Himmel und folgten alle dem gleichen Strom, Vögel flogen durch die Lüfte und ließen sich auf der leichten Brise treiben, die auch die Baumkronen durchkämmte und zusammen mit dem Fahrtwind durch unsere Haare fuhr. Ich schloss die Augen und ließ meine Gedanken treiben. Im Hintergrund lief leise Countrymusik aus dem Radio und immer wieder wurden die Stimmen von Tessa und Jay nach vorne getragen, so dass ich einzelne Diskussionsfetzen mitbekam.

Frustriert seufzte ich auf. Ich hatte keine Lust mehr, mich immer und immer wieder mit meinen Gedanken im Kreis zu drehen. Es wurde wirklich Zeit, dass ich Nat traf und endlich Antworten auf meine unzähligen Fragen bekam.

Als wir ein gutes Stück der Strecke zum Acadia-Nationalpark geschafft hatten, löste Jay Tom am Steuer ab, so dass ich mich nach hinten zu Tessa setzte.

„Ich hab übrigens über das nachgedacht, was du mir wegen Lars an den Kopf geworfen hast", begann sie. Aufmerksam blickte ich sie an, damit sie fortfuhr. „Ich weiß auch nicht. Vielleicht hast du Recht."

Vor Überraschung riss ich die Augen auf. „Du sagst das jetzt aber nicht nur, damit ich abgelenkt bin, oder?"

Tessa schüttelte den Kopf und holte ihr Smartphone hervor. Dann zeigte sie mir bei Whatsapp die Liste ihrer letzten Nachrichten. Sie musste ein gutes Stück herunterscrollen, bevor der Chat mit Lars zu sehen war.

„Wir vermissen uns irgendwie nicht. Sollte das nicht eigentlich anders laufen?"

Ich verzog das Gesicht. „Ich denke schon. Aber jede Beziehung ist doch anders."

„Jetzt ruder nicht zurück!" forderte Tess mich auf und verstaute ihr Smartphone wieder in ihrer Tasche. „Du hast doch damit angefangen! Deinetwegen hab ich mir überhaupt erst Gedanken darüber gemacht."

Nun wurden auch Jay und Tom auf unser Gespräch aufmerksam.

„Ist alles okay dahinten?" wollte Jay wissen und Tom drehte sich vom Beifahrersitz neugierig zu uns um. Schließlich hatten sie Tessas hitzige Antworten sehr wohl mitbekommen, auch wenn sie sie nicht verstanden hatten. Doch die ließ sich nicht in die Karten sehen und winkte ab.

„Ja, ja, alles gut." Erst als die Jungs sich wieder in ihr Gespräch vertieft hatten, wandte sie sich wieder zu mir um. „Morgen ist Finns Todestag."

Betroffen blickte ich in das Gesicht meiner besten Freundin. Sie versuchte es zu verbergen, aber ich konnte sehen, wie traurig sie war. So zeigte sie sich nur selten und auch nur wenige Personen bekamen sie so zu Gesicht. Auch wenn ich natürlich nicht wollte, dass sie traurig war, machte es mich doch jedes Mal stolz, wenn sie sich mir öffnete, weil ich genau wusste, wie schwer sie sich damit tat. Ich war mir sicher, dass Lars seine Freundin so nicht kannte.

„Wie lange ist es her? Fünf Jahre?"

„Sechs." Tessa seufzte. „Ich werde mich nie daran gewöhnen, auf einmal zu Hause die Jüngste zu sein, obwohl ich eigentlich ein Sandwichkind war."

Es tat mir weh, sie so zu sehen und zu erkennen, dass es Kummer gab, den man niemals wieder los wurde, und ich fragte mich, ob es mit dem Schmerz, den Mamas Tod verursacht hatte, genau so sein würde. Als ich Tessa über den Arm streichelte, füllten sich ihre Augen mit Tränen und auch ich hatte einen Kloß im Hals. Doch auf mehr ließ sich Tessa nicht ein. Sie atmete einmal tief durch, schloss für einen Moment die Augen und schüttelte den Kopf, um die Tränen loszuwerden, dann war der Moment auch schon wieder vorbei.

„Ich werde wohl nie verstehen, warum Menschen ihr Herz an andere Menschen hängen", sagte sie flapsig und lächelte mich an. Einen Moment blickte ich Tessa in ihr fröhlich aufgesetztes Gesicht und überlegte, ob ich dazu etwas sagen sollte, dazu, dass es so offensichtlich war, wie unecht ihre Fröhlichkeit war, doch ich entschied mich dagegen. Stattdessen lächelte ich sie an und erwiderte nur: „Doch, ich glaube, das wirst du."

Ich konnte das Meer schon vom Auto aus riechen, kaum dass wir den Park erreicht hatten. Die salzige Luft und der Duft nach

Freiheit hatten immer eine beruhigende Wirkung auf mich, aber dieses Mal bedeutete es auch eine entscheidende Wende in meinem Leben und das ließ mich alles andere als ruhig bleiben. Ich hob die Arme über den Kopf und hielt meine Hände mit gespreizten Fingern in den Wind, um zu spüren, wie die kühle, salzige Luft hindurchstrich. Kaum hatten wir den Nationalpark erreicht und folgten immer wieder Serpentinen über die hügelige Landschaft, klebten wir an der Scheibe und sahen hinaus. Ich konnte auf das in der Sonne glitzernde Meer hinuntersehen, entdeckte Felsen an der Küste und überall grüne Wälder, die davon zeugten, dass wir Glück mit dem Wetter hatten, weil es hier offensichtlich viel regnete. Trotz meiner Aufregung war ich von dieser atemberaubenden Landschaft fasziniert und stellte fest, dass ich Nat – obwohl ich ihn nicht kannte – durchaus verstehen konnte. Hier hätte ich mich auch niedergelassen, wenn sich die Gelegenheit ergeben hätte.

Abends saßen wir in der Dämmerung am Lagerfeuer vor unserer Cabin mit den vier Stockbetten und der Holzschaukel vor der Tür, um Stockbrot zu machen, und warteten auf Jay, der die Gitarre aus der Hütte holen wollte, als er auf einmal neben uns auftauchte – ohne Gitarre, dafür mit zerzausten Haaren, einem entsetzten Gesichtsausdruck und seinem Smartphone in der Hand, auf das er unentwegt starrte. Tom sprang sofort auf. „Was ist los?"

„Es wird nichts." Dann sah er auf und blickte in die Runde. „Das mit der CD. Das wird nichts. Die Produktion soll teurer werden, als erwartet. Das Geld reicht hinten und vorne nicht."

„Scheiße!" rief Tessa aus und auch Tom fluchte ordentlich. So aufgebracht Jay auch war, konnte Tom ihn dennoch dazu bringen, sich zu uns zu setzen. Seine Laune war allerdings mehr als schlecht und weder Tessa noch Tom konnten ihn aufheitern.

Erst als Tessa davon anfing, dass dann eben das neue Video ein Hit werden musste, damit vielleicht eine Produktionsfirma auf Jay aufmerksam wurde, bekam er wieder bessere Laune.

Jay tat mir schrecklich leid, und das sagte ich ihm auch, aber ich hatte gerade ganz andere Probleme und war nicht in der Lage, mich auf irgendetwas anderes zu konzentrieren. Immer wieder bemerkte ich, wie Tom mich beobachtete, doch bis auf ein mattes Lächeln reagierte ich nicht darauf. Stattdessen wartete ich einfach ab, wie die Zeit verstrich. Verstohlen blickte ich auf meine Uhr und ihre Anzeige: 200:24:32 h. Würde ich sie morgen wirklich anhalten können?

Als wir nach der langen Fahrt schließlich ins Bett gingen, war mir völlig klar, dass ich nicht würde schlafen können. Trotzdem wollte ich es wenigstens probieren. Doch kaum hatte ich mich ins Bett gelegt und Tessa das Licht gelöscht, wurde das Kribbeln in meinem Bauch noch viel stärker. Am nächsten Tag würde ich Nat treffen, meinen Vater, und ich hatte keine Ahnung, was ich sagen sollte. Konnte ich einfach mit der Tür ins Haus fallen? Würde er mir überhaupt glauben und würde ich bei der Aufregung auch nur ein Wort herausbringen?

Ich wälzte mich von einer Seite auf die andere, hörte, wie nach und nach die anderen in einen tiefen Schlaf fielen, lauschte auf ihre tiefen Atemzüge und beneidete sie um ihren friedlichen Schlaf. Doch irgendwann schlief auch ich ein. Was sich allerdings dann in meinem Kopf abspielte, ließ mich auch nicht zur Ruhe kommen.

Ich war wieder an dieser alten, maroden Hütte, doch dieses Mal saß niemand davor. Der Schaukelstuhl, in dem der Nat meiner Phantasie vor ein paar Stunden noch gesessen hatte, war leer. Eine alte Decke lag darauf und der Stuhl schaukelte im Wind ein wenig hin und her, wie in einem unheimlichen

Horrorfilm. Als ich nähertrat, hörte ich leise Musik aus dem Inneren kommen und fragte mich, ob ich Nat in der Hütte treffen würde. Neugierig ging ich darauf zu, doch auf mein Klopfen reagierte niemand. Stattdessen wurde die Musik im Inneren der Hütte noch lauter. Ich klopfte ein weiteres Mal und als wieder niemand darauf reagierte, trat ich schließlich ein. Drinnen war es viel größer, als es von außen aussah. Es lief Partymusik und überall tanzten Leute. Ich brauchte einen Moment, um mich zu orientieren, aber dann erkannte ich Tessa unter den Partygästen und gesellte mich zu ihr. Sie feierte ausgelassen mit einem Cocktail in der Hand, den sie mir sofort hinhielt, als ich zu ihr trat. Wir tranken einen Drink nach dem anderen und tanzten ausgelassen, bis schließlich auch Tom und Jay bei uns waren. Mir war schon ganz schwindelig vom Tanzen und vom Alkohol, als ich mich plötzlich mit Tom eng umschlungen auf der Tanzfläche wiederfand. Er hielt mich ganz fest und dabei roch er so verdammt gut. Seine grauen Augen beobachteten mich unverwandt. Sein Blick war dabei so intensiv, dass ich das Gefühl hatte, ihm nichts entgegensetzen zu können. Und ohne wirklich darüber nachzudenken, küsste ich ihn einfach. Zuerst wirkte er überrascht, erwiderte den Kuss aber schließlich, so dass wir knutschend auf der Tanzfläche standen. Doch mit einem Mal stieg mir der Alkohol zu Kopf und mir wurde wahnsinnig übel – so übel, dass ich nicht mehr schnell genug zum Klo kommen konnte und Tom in hohem Bogen auf die Schuhe kotzte.

Mit rasendem Puls wachte ich auf und brauchte einen Moment, um mich zu orientieren, erleichtert, als ich erkannte, dass ich nur geträumt hatte. Doch dann fielen mir Details des Traums wieder ein und ich war mir mit einem Mal nicht mehr so sicher, ob das alles wirklich nur ein Traum gewesen war.

Hatten Tom und ich etwa auch so eng getanzt und uns vielleicht sogar geküsst?

Mittlerweile war es halb fünf. An Schlaf war nicht mehr zu denken, daher schlich ich leise nach draußen, setzte mich dort auf die Verandastufe und sah über den noch stillen Campingplatz. Der Traum hatte mich aufgewühlt, doch auch der Gedanke daran, dass ich meinem Vater jetzt vielleicht ganz nah war, machte mich fast verrückt. Alles malte ich mir aus, hatte aber einfach keine Idee, wie es wohl werden würde. Mit einem Mal hörte ich leise Schritte hinter mir und dann die mir so vertraut gewordene Stimme von Tom.

„Würdest du eher mit zersausten Haaren zu dem ersten Treffen mit deinem Vater gehen oder im Schlafanzug?" fragte er leise, um die anderen nicht zu wecken. Dann setzte er sich neben mich, doch als ich nicht antwortete, sondern ihn nur schweigend beobachtete, fuhr er fort: „Nicht witzig? Okay, tut mir leid!"

„Tom?" fragte ich vorsichtig.

„Ja?"

Ich räusperte mich einmal. Das war wirklich gar nicht so einfach. „Ich hab gerade seltsame Dinge geträumt."

Mitfühlend blickte er mich von der Seite an. „Wieder von der Hütte und dem alten Mann davor?"

Ich seufzte. „Auch. Aber in der Hütte war auf einmal eine Party. Tessa, Jay und du wart auch da und jetzt frag ich mich ..."

Unsicher stockte ich, doch Tom hatte bereits verstanden, was ich sagen wollte, und beendete meinen Satz. „... ob das alles vielleicht wirklich passiert ist?"

Ich nickte erleichtert.

„Was genau hast du denn geträumt?" wollte er da wissen.

Bevor ich antwortete, atmete ich einmal tief durch. „Wir haben getanzt, ganz eng, und dann haben wir geknutscht."
Tom beobachtete mich mit seinen grauen Augen, sagte aber kein Wort.
„Stimmt das? Haben wir uns geküsst?"
Seufzend nickte Tom. „Ja, das stimmt. Und dann hast du mir auf die Schuhe gekotzt."
Peinlich berührt wandte ich den Blick ab und erwiderte leise: „Tut mir leid, dass ich das vergessen hab."
„Schon gut", erwiderte Tom nur, doch ich konnte ihm anhören, dass das alles andere als gut war.
Noch leiser als zuvor, fast mehr zu mir selbst, murmelte ich: „Ich wünschte, ich würde mich daran erinnern."
Tom seufzte, doch ich hörte das Lächeln in seiner Stimme, als er sprach: „Ja, ich auch."
Ohne darüber nachzudenken lehnte ich meinen Kopf an seine Schulter und war erleichtert, als ich spürte, wie er seinen Arm um mich legte. Es fühlte sich gut an, irgendwie vertraut und alles andere als fremd. So saßen wir eine ganze Weile und sahen einfach vor uns hin. Ab und zu unterhielten wir uns über das, was mich wohl erwarten könnte, oder über Jays Problem mit der Finanzierung, doch wir verloren kein Wort über uns, kein Wort darüber, was es zu bedeuten hatte, dass wir so dasaßen. Das musste warten.

„Bist du bereit?" Tess blickte mich aufmerksam an.
„Kann man für sowas bereit sein?"
Ich atmete einmal tief durch. Es war so weit. Tessa und ich standen vor der Anmeldung, hatten sie aber noch nicht betreten. Das Kribbeln in meinem Bauch wurde so unerträglich, dass ich das Gefühl hatte keine Luft mehr zu bekommen. Eigentlich

sah das hellgestrichene Holzhaus mit den drei Stufen zum Eingang und den vielen Plakaten sehr einladend aus, aber für mich schien es irgendwie ein unüberwindbares Hindernis zu sein. Mein Herz schlug mir bis zum Hals, mein Atem ging rasend schnell, als wäre ich gerade 400 Meter gesprintet und mir wurde so übel, dass ich schon dachte, mein Frühstück würde wieder rauskommen. Schweratmend beugte ich mich vor und stützte mich auf meinen Oberschenkeln ab. Tessa stellte sich direkt neben mich.

„Komm, du schaffst das! Du hast es bis hierhin geschafft! Den letzten Schritt schaffst du auch noch!"

Ich versuchte ruhig ein- und auszuatmen. Immer wieder und irgendwann beruhigten sich Herz und Magen tatsächlich ein bisschen. Langsam richtete ich mich auf.

„Okay, los geht's."

Sobald wir die Anmeldung durch eine schmale Glastür betraten, kündigte uns eine kleine Glocke an der Decke an und schon eilte ein Mädchen in meinem Alter aus einem Büro hinter die Theke im Vorraum.

„Hi! Willkommen bei *Green Camping*. Ich bin Daphne. Was kann ich für euch tun?"

Sie hatte lange, dunkle Locken, war ein Stück größer als ich und in Jeans und T-Shirt gekleidet. Sie war total sportlich und natürlich … und unglaublich hübsch.

Ich nahm all meinen Mut zusammen und sagte: „Hi, wir sind auf der Suche nach Jonathan Green."

Daphne fragte freundlich: „Darf ich fragen, wieso? Ich bin seine Tochter."

Einen Augenblick glaubte ich, mir würden die Beine wegsacken. Ich starrte Daphne mit offenem Mund an, unfähig auch nur irgendwie zu reagieren. Das war meine Schwester! Dieses

Mädchen da hinter der Theke, das mir so gar nicht ähnlich sah, war meine Schwester. Tess trat näher und räusperte sich.

„Das würden wir gerne mit ihm persönlich besprechen."

„Okay." Daphne schien irritiert, gab aber schließlich nach und lächelte Tessa freundlich an. „Er müsste gerade beim Waschhaus sein. Er wollte eine der Duschen reparieren."

Dann nahm sie einen Plan vom Campingplatz und zeigte uns, wo wir hinmussten. Nicht ein einziges Mal blickte ich auf diesen Plan. Daphne musste mich für ziemlich gestört halten, aber ich war einfach völlig fassungslos. Diese ganze Geschichte nahm eine Wendung, die ich nie auch nur für möglich gehalten hätte. Wie würde sie reagieren, wenn sie erfuhr, dass ich ihre Schwester war? Tessa bedankte sich herzlich bei Daphne, dann schob sie mich vorsichtig wieder an die frische Luft und weg von der Anmeldung.

„Hast du das gehört?" fragte ich atemlos.

„Ja, hab ich", erwiderte Tessa voller Mitgefühl und fuhr dann fort: „Komm, wir suchen jetzt deinen Vater."

Ich folgte Tessa über den Campingplatz zum Waschhaus. Der Platz lag traumhaft idyllisch an einem kleinen Meeresarm, so dass einige Zelte sogar direkt am Wasser standen. Die einzelnen Parzellen lagen viel schöner als auf dem Platz, auf dem unsere Cabin stand, doch darum konnte ich mich gerade nicht kümmern. Vielleicht war ich in einer Viertelstunde ganz froh, dass wir nicht hier wohnten, vielleicht wollte ich dann nur weg. Gleich würde ich den Mann treffen, den ich – ohne ihn zu kennen – schon mein Leben lang vermisste. Ich würde den Mann treffen, der offenbar die Jugendliebe meiner Mutter gewesen war, und den Mann, der – warum auch immer – in meinem Leben bisher keine Rolle gespielt hatte.

Das Waschhaus kam näher und mein Puls stieg erneut. Ich hatte das Gefühl, gleich zu hyperventilieren, und musste mich zwingen, ruhig ein- und auszuatmen. Es war so weit. An dem Eingang zu den Damenduschen hing ein Schild, dass sie in wenigen Minuten wieder benutzt werden könnten. Dann hörten wir eine Bohrmaschine und schließlich ein Fluchen. Das musste er sein – mein Vater. Tessa und ich warfen uns einen Blick zu, dann nickte ich unmerklich. Auf der einen Seite wollte ich den Raum wirklich betreten, aber auf der anderen Seite hatte ich auch schreckliche Angst davor. Wie würde er reagieren?

Da hörte ich Tessas Stimme: „Lulu, du schaffst das!"

Ich schloss für einen Moment die Augen, atmete noch einmal tief durch und betrat schließlich den Raum. Tess folgte mir in einigem Abstand. Das hier war meine Sache und sie wollte wohl auf keinen Fall stören, aber gleichzeitig Unterstützung signalisieren.

In einer der Kabinen stand ein blonder, schlanker Mann Ende Dreißig und hantierte mit der Dusche. Er trug dreckige Cargoshorts, ein schwarzes Shirt und Flip-Flops. Seine hellen Haare trug er etwas zu lang und er hatte einen Dreitagebart, der ihn ein wenig verwegen, aber auch etwas ungepflegt erscheinen ließ. Da war er! Ohne jeden Zweifel! Mein Vater! Er sah genauso aus wie auf dem Foto, das ich von Michael Berry erhalten hatte – nur eben etwas älter und zum Glück überhaupt nicht wie der Nat aus meinem Traum.

Mein Herz schlug mir bis zum Hals und ich blickte mich hilfesuchend zu Tessa um, die mir aufmunternd zunickte. Wieder schloss ich kurz die Augen, atmete tief durch, nahm all meinen Mut zusammen und fragte: „Entschuldigung, sind Sie Jonathan Green?"

Der Mann vor mir ließ von seiner Dusche ab und drehte sich zu mir um. „Ja". Einen Moment stutzte er. Ob er erkannt hatte, dass ich ihm ähnlich sah? Dann fragte er: „Kann ich dir helfen?" Einen Augenblick war ich wie erstarrt. Da war sie … seine Stimme! Zum ersten Mal hörte ich die angenehm tiefe Stimme meines Vaters und konnte mich für einen Moment nicht rühren. Warum war ich nie auf die Idee gekommen, mir vorzustellen, wie er sich anhörte, wie seine Stimme klang? Erst als Jonathan irritiert die Stirn runzelte, besann ich mich und drehte mich wieder zu Tessa um, die uns aufmerksam beobachtete. Jonathan entging mein Blick nicht, daher deutete ich auf meine beste Freundin und erwiderte: „Das ist Tessa. Ich bin Lucie. Ich glaube, Sie kannten meine Mutter: Eva Lunemann."

Einen Augenblick schienen ihm die Gesichtszüge zu entgleisen und ich entdeckte Panik darin. Aber er hatte sich schnell wieder im Griff. „Eva? Ja, Eva kenne ich", unterbrach er mich überrascht. „Warte, wieso ‚kannte'?"

Ich musste mich wirklich zusammenreißen nicht zu weinen und sah auf meine Zehennägel. „Sie ist vor ein paar Wochen gestorben."

Jonathan blickte mich betroffen an. „Oh nein. Das tut mir wirklich leid!"

Mit Tränen in den Augen sah ich ihn dankbar an. Jetzt war der Moment gekommen. Ich nahm all meinen Mut zusammen und stotterte: „Ich glaube … na ja, ich glaube, dass du mein Vater bist."

Jetzt war es raus. Gespannt blickte ich Jonathan an und erkannte den schockierten Ausdruck in seinem Gesicht.

„Warte, warte, warte. Wie kommst du denn auf sowas?" wollte er irritiert wissen.

„Na ja", erwiderte ich stockend. „Ich dachte einfach …"

Doch er ließ mich nicht ausreden. „Wie alt bist du?"

„17."

„17", murmelte er, legte die Bohrmaschine an die Seite, setzte sich auf seine Trittleiter und überlegte. „Ja, 17 könnte sein." Dann betrachtete er mich eine Weile schweigend.

Schüchtern lächelte ich ihn an. „Ich hab jetzt schon öfter gehört, dass wir uns ähnlich sehen sollen."

Abwesend nickte er und murmelte immer wieder vor sich hin: „Mein Gott! Oh mein Gott!" Dann wandte er sich wieder zu mir um. „Wow, eine Tochter. Ich hatte keine Ahnung!"

„Hat sie nie etwas gesagt?" wollte ich neugierig wissen und stoppte wie automatisch meine Uhr, ohne den Blick von Nat abzuwenden. Doch Nat schüttelte den Kopf, offenbar immernoch vollkommen überwältigt von dieser neuen Nachricht. Dann stand er auf und kam ein paar Schritte auf mich zu.

„Unglaublich!" Dann blickte er mich beinahe schüchtern an. „Darf ich dich umarmen?"

Tränen traten mir in die Augen und ein Frosch setzte sich in meinem Hals fest. Daher nickte ich nur. Da trat Nat auf mich zu und zog mich in seine Arme. Zum ersten Mal in meinem Leben nahm ich den erdigen und durchaus männlichen Geruch meines Vaters wahr. Er war mir vollkommen fremd und gleichzeitig so vertraut, dass es beinahe unheimlich war. Ich hatte ihn gefunden! Ich hatte ihn tatsächlich gefunden! Nach all dem Kummer wegen Mama klammerte ich mich ganz fest an ihn, aus Angst ihn direkt wieder zu verlieren. Als wir uns wieder voneinander lösten, überlegte er: „Eva muss schwanger geworden sein, als ich das letzte Mal in Deutschland war. Danach ist der Kontakt abgebrochen."

Das erklärte zumindest das abrupte Ende des Briefwechsels. Tessa trat näher. Auch sie hatte von diesem Moment gerade

Tränen in den Augen. Dennoch wollte sie wissen: „Einfach so? Ist irgendetwas vorgefallen?"

Ich warf ihr einen schnellen Blick zu. Was sollten diese Fragen? Traute sie Nat etwa nicht? Verteidigend sprang ich ihm zur Seite. „Du hast zumindest vorher noch einen Brief an Mama geschrieben."

Wieder schien für einen Moment Panik in Nats Blick aufzuflackern, doch sie war so schnell wieder verschwunden, dass ich glaubte, sie mir eingebildet zu haben.

„Du hast Briefe von Eva?"

Ich schüttelte den Kopf. „Die von dir an sie. Das ist alles. Sie hat nie von dir gesprochen."

Nat nickte. „Wir hatten damals weder Handys noch Internet. Nach meinem letzten Besuch habe ich Eva auch geschrieben. Das habe ich damals immer so gemacht, aber der Brief kam ungeöffnet zurück. Ich habe nie wieder von Eva gehört."

„Hast du nie versucht, noch einmal mit ihr zu reden, sie anzurufen oder sogar hinzufahren?" wollte ich wissen.

Nat schüttelte den Kopf. „Wir sind damals im Streit auseinander gegangen. Sie hatte jemanden kennengelernt und mit mir Schluss gemacht. Mit dem Brief wollte ich damals einen letzten Versuch wagen, aber ohne Erfolg."

„Wenn ich nach dir gefragt hab, hat sie nur gesagt, dass es über dich nichts zu wissen gibt", gab ich offen zu. Nats Gesicht nahm einen zerknirschten Ausdruck an und er erklärte: „Ich kann es ihr nicht verdenken. Ich habe ihr damals ziemlich unschöne Dinge an den Kopf geworfen, aber ich war einfach schrecklich verletzt."

„Und was ist mit Daphne?" wollte Tessa wissen.

„Hey", zischte ich, doch Nat ging direkt dazwischen.

„Nein, nein. Ist doch ihr gutes Recht Zweifel an der Geschichte zu haben."

Er suchte seinen Kram zusammen und verließ mit uns das Waschhaus in Richtung Anmeldung. Dann fuhr er fort: „Daphne ist gerade 16 geworden. Mit ihrer Mutter Emily bin ich ein paar Monate nach der Trennung von Eva zusammengekommen. Wir betreiben den Platz zusammen."

„Ihr seid noch ein Paar?" fragte ich so überrascht, dass Nat zu lachen anfing.

„Ja, wir sind verheiratet."

Ein seltsames Gefühl von Eifersucht machte sich in mir breit. Egal, was zwischen ihm und meiner Mutter vorgefallen war, meiner Meinung nach hatte Mama ihn immer vermisst und es hatte auch nie einen anderen gegeben. In meiner naiven Vorstellung gehörten meine Eltern zusammen und, dass da nun jemand anderes mitmischte, gefiel mir nicht besonders. Irgendwie stand für mich von vornherein fest, dass ich weder Emily noch Daphne mögen würde.

Zusammen mit uns ging Nat zurück zur Anmeldung, weil er uns sofort seine Familie vorstellen wollte. Ich kann nur ganz schwer beschreiben, wie es mir in diesem Augenblick ging. Ich war immer noch aufgeregt, aber eher euphorisch, weil ich meinen Vater gefunden hatte, überglücklich, dass er mir glaubte und sich freute, mich zu sehen, nervös, weil ich keine Ahnung hatte, wie Daphne und Emily auf mich reagieren würden, und doch irgendwie vorsichtig, weil ich trotz der Briefe und der Erzählungen kaum etwas über Nat wusste und er immer noch ein Fremder für mich war. Und dennoch spürte ich direkt diese seltsame Verbindung zwischen uns, bemerkte die gleiche Energie, die ihn umgab, die gleichen Grübchen, wenn er lächelte. Er war so offen und herzlich, hatte gar keine Scheu, nahm mich einfach an und akzeptierte, dass es mich gab. Wie würden die anderen beiden damit umgehen? Verstohlen blickte ich auf die Anzeige an meiner Stoppuhr, die seit einigen Minuten nicht mehr lief: 216:08:04 h. Für mich eine Kombination aus gelb, schwarz, blau, lila und weiß. Gar nicht so schlecht! Ob diese Zahl für alle Zeiten meine Lieblingszahl werden würde? Oder die Farben meine Lieblingsfarben?

Als wir die Anmeldung erneut betraten, blickte Daphne direkt neugierig zu uns herüber.

„Hey, was gibt's?"

Ihr Ton klang sehr vertraut und er galt ihrem Vater. Nat trat näher, während Tessa und ich in der Nähe der Tür stehenblieben. Dann räusperte er sich.

„Daphne, komm' mal eben mit nach hinten. Ich muss mit Mama und dir etwas besprechen."

Daphne runzelte irritiert die Stirn. „Was ist denn los?"

„Komm' bitte einfach mit."

Ein „Okay" murmelnd verschwand sie durch eine Tür ins hintere Büro, wo wir sie leise mit jemandem sprechen hörten. Nat wandte sich zu uns um. „Ich muss das erst unter uns mit den beiden besprechen. Das ist ja ein ziemlicher Hammer! Ich hoffe, ihr versteht das."

Als ich nickte, verschwand auch er durch die Bürotür. Kaum war er weg, sackten meine Beine zusammen und ich musste mich auf den Boden setzen. Tess hockte sich vor mich.

„Ist alles okay?"

Ich nickte nur, konnte noch nicht über das sprechen, was eben passiert war. Das alles war viel zu überwältigend. Aus dem Büro traten Stimmen zu uns herüber, aufgeregte Stimmen. Kurz drauf kamen Daphne und Nat zurück. Hinter ihnen betrat eine Frau Ende Dreißig die Anmeldung. Eine kleine, zierliche

Frau, die mich eher an eine graue Maus erinnerte und die es niemals mit meiner Mutter hätte aufnehmen können. Ich nahm an, dass sie Emily war, Nats Frau. Tessa und ich sprangen auf.

Eine ganze Weile sagte niemand ein Wort. Daphne sah völlig geschockt aus. Vor Erstaunen starrte sie mich einfach nur an. Emily dagegen wirkte eher misstrauisch. Zwischen ihren Augenbrauen bildete sich eine steile Falte, sie hielt die Arme vor der Brust verschränkt und blickte mich ebenfalls an. Zaghaft lächelte ich die beiden an und sagte schüchtern „Hallo". Schließlich stellte Nat auch Tessa vor, die ebenfalls kurz grüßte. Dann herrschte wieder Schweigen. War das seltsam! Diese ganze Situation war so unwirklich! Daphne und Emily schienen jede auf ihre Art völlig geschockt und überrumpelt zu sein. Doch Daphne löste sich schließlich als Erste aus der Starre, trat hinter dem Tresen hervor und kam auf mich zu.

„Hi. Ich bin Daphne", stellte sie sich noch einmal vor. Doch als ich ihr die Hand hinstreckte und den Gruß erwiderte, schlug sie die Hand aus und umarmte mich stattdessen kurz. „Das ist der Hammer! Ich hab eine Schwester!"

Emily war da weniger euphorisch, doch sie war höflich genug, ebenfalls auf mich zuzukommen und mir die Hand zu geben. Auch Tessa wurde von beiden begrüßt, doch trotz der Höflichkeiten lag eine unangenehme Spannung in der Luft und ich hatte das Gefühl, die ganze Zeit den Atem anzuhalten. Nat war derjenige, der die Situation schließlich entschärfte.

„Ich weiß, ich habe da gerade eine ziemliche Bombe platzen lassen, aber wenn das für euch in Ordnung ist, würde ich mit Lucie gerne erst einmal ein bisschen Zeit verbringen."

Es schien niemand etwas dagegen zu haben – zumindest sagte niemand etwas – und so verbrachten Nat und ich den Rest des Tages zu zweit und lernten uns kennen.

Tessa versicherte mir, dass das in Ordnung war, sie würde dann Kontakt zu den Jungs aufnehmen. Daphne war diejenige, die ihr schließlich anbot, dass die drei den Tag auch mit ihr verbringen könnten, und schlug vor, ihnen ein paar schöne Plätze im Park zu zeigen.

Nat zeigte mir sein Reich, wir setzten uns ans Wasser, über uns der strahlendblaue Himmel, die Sonne, die auf uns herab schien und um uns herum die sauberste Luft, die ich jemals geatmet hatte. Er erzählte mir von damals, von Mama und ihm, wie glücklich und verliebt sie waren, aber wie kompliziert alles war, er unglücklich in Mystic, sie unglücklich in Deutschland. Sie hatten sich gesucht und gefunden, hielten Kontakt, telefonierten, aber waren einfach Welten voneinander entfernt, was Mama irgendwann nicht mehr zu genügen schien.

„Ich weiß nicht, wer er war, aber er hat sie scheinbar auch nicht glücklich gemacht, genauso wenig, wie ich es konnte", erzählte Nat gerade.

Ich dachte einen Moment über seine Worte nach. Dann sprach ich meine Gedanken laut aus. „Solange ich denken kann, war sie immer alleine."

Nat beugte sich vor und stützte sich mit den Ellbogen auf seinen Oberschenkeln ab. „Das tut mir sehr leid. Eva war immer eine sehr liebevolle Frau."

Ich nickte. Wieder traten mir Tränen in die Augen. Mittlerweile kam ich mit Mamas Tod einigermaßen zurecht, vor allem, weil ich permanent abgelenkt war, aber über Mama sprechen konnte ich immer noch nicht. Nicht, ohne zu weinen. Daher blinzelte ich ein paar Mal, um die Tränen zu verscheuchen, dann räusperte ich mich, um auch den Kloß im Hals zu vertreiben. Erst dann traute ich meiner Stimme wieder.

„Was ist mit deiner Familie? Vermisst du deine Eltern gar nicht?" Nat warf mir einen nachdenklichen Blick zu.

„Ja, vielleicht", überlegte er. „Aber ich kann nicht zurück. Zu viel verbrannte Erde. Außerdem gefällt mir mein Leben so, wie es ist."

„Bist du nie auf die Idee gekommen, ihnen ein Lebenszeichen zu schicken?"

Langsam lehnte Nat sich wieder auf der Bank zurück und sah mich mit gerunzelter Stirn an, sagte aber nichts. Da fuhr ich fort: „Ich war bei ihnen in Mystic. Es war nicht leicht dich zu finden ..."

Und so erzählte ich ihm die ganze Geschichte, wie ich überhaupt nur auf ihn gestoßen war und wie wir ihn dann tatsächlich auch noch ausfindig machen konnten. Dann schloss ich mit den Worten: „Abby und Richard wollten nicht mitkommen, um dich nicht zu bedrängen. Sie haben befürchtet, dass du immer noch keinen Kontakt willst. Aber sie vermissen dich schrecklich."

Nat seufzte. „Ach, Lucie. Da ist so viel kaputt gegangen, das kann man nicht so einfach wieder kitten."

Beschwichtigend hob ich die Hände. „Ich wollte mich da auch gar nicht einmischen. Ich fühlte mich nur irgendwie verpflichtet, das zu sagen."

Nat lächelte und strich mir einmal liebevoll über den Kopf. „Und da bist du so sehr wie deine Mutter."

Wieder traten mir Tränen in die Augen. Doch dieses Mal ließen sie sich nicht vertreiben. Meine Unterlippe begann zu zittern, dann rannen die ersten Tränen meine Wangen herunter. Ohne einen weiteren Kommentar zog Nat mich an sich und schlang die Arme um mich. Die Tatsache, dass ich neben meinem Vater saß, sorgte irgendwie dafür, dass ich Mama mit einem Mal so schrecklich vermisste, dass es mich fast zerriss, und zum ersten Mal seit einer Ewigkeit hatte ich das Gefühl mich nicht zusammenreißen zu müssen. Ich lehnte mich an Nats Schulter und weinte wie schon lange nicht mehr. Nat sagte nichts, höchstens mal ein „Ist ja gut!". Er war einfach da und streichelte mir beruhigend über den Kopf und den Rücken, was ein Vater eben so tat, um seine Tochter zu trösten. Nach einiger Zeit löste ich mich von ihm, nahm sein Taschentuch dankend an und schnäuzte mich ordentlich.

Stundenlang unterhielten wir uns, gingen spazieren, lernten uns kennen. Nat war neugierig, wollte wie ein besorgter Vater wissen, ob ich mit einem der Jungs zusammen war, mit denen wir unterwegs waren, und alles über mein Leben erfahren, wie wir gelebt hatten ohne ihn, was aus Eva geworden war. Während der ganzen Reise war ich über diese Frage oft hinweggegangen oder hatte nur kurz darauf geantwortet, wenn sie jemand gestellt hatte, doch hier mit Nat war es anders. Er kannte Mama … oder hatte sie gekannt. Er wusste, wie sie ausgesehen, wie sie gesprochen und geduftet hatte. Das machte alles irgendwie ein bisschen leichter.

Und so kam es, dass ich zum ersten Mal auf dieser Reise ausführlich von dem Leben erzählte, das Mama und ich geführt hatten. Davon, dass ihre Eltern von mir nicht begeistert waren und sich von Mama distanzierten, davon, dass Mama ihr Studium abgebrochen hatte, um arbeiten zu gehen und für uns Geld zu verdienen, davon, dass ich ständig drüben bei Fee war und sie beim Malen beobachtete, während Mama im Supermarkt an der Kasse saß oder dort Regale einräumte oder in der Firma, in der sie noch einen Teilzeitjob als Sekretärin hatte, gerade das Chaos beseitigte, das ihr Chef wieder hinterlassen hatte. Und auch davon, dass sie unglücklich gewesen war ... und einsam ... und dass ich keine Ahnung hatte, was ich ohne sie machen sollte.

Es wurde Abend, als wir schließlich wieder bei der Anmeldung ankamen, um Daphne und Emily von der Arbeit abzuholen. Dort war allerdings nur noch Emily, die uns mitteilte, dass Daphne und die anderen Drei bereits gefahren waren. Ich hatte keine Ahnung, wovon sie sprach, doch Nat schien zu verstehen. Er legte den Arm um Emily, schloss die Anmeldung ab, beförderte uns in seinen roten Pick-up und fuhr mit uns durch den Park.

Es dauerte nicht lange, da wurde die Straße steiler und auch befahrener, am Straßenrand parkten Autos, überall liefen Leute herum. Allmählich dämmerte es und ich fragte mich, was Nat mir noch zeigen wollte. Er parkte das Auto ebenfalls am Straßenrand, dann bogen wir zu Fuß von der asphaltierten Straße ab und betraten die hügelige Felslandschaft. Überall hatten sich Leute niedergelassen, teils Familien, teils Paare, teils Touristen mit Stativ und Kamera, teils Menschen, die nur beobachten wollten. Nat schien einen besonderen Ort zu suchen und bald verstand ich auch, warum. Zwischen all den wildfremden Menschen erkannte ich Tessa und die Jungs mit Daphne, die ziemlich vertraut beim Picknick saßen und sich angeregt unterhielten. Bei ihrem Anblick überkam mich ein seltsames Gefühl von Eifersucht, das ich so nicht kannte. Doch als sie uns entdeckten, winkte Daphne uns freudig zu sich und wir setzten uns zu den Vieren auf die Decke.

Eigentlich war es ganz nett. Wir aßen und tranken gemeinsam, unterhielten uns angeregt – vor allem Daphne wollte unheimlich viel von mir wissen – doch irgendwie wurde ich das Gefühl nicht los, das fünfte Rad am Wagen zu sein. Erst recht als es so richtig romantisch wurde und die Sonne im Begriff war, jeden Augenblick unterzugehen. Ich sah mich um. Die Landschaft war traumhaft, weit hinten der Horizont, davor der Park mit all seinen kleinen Seen und Hügeln, die nun teilweise rot erleuchtet waren. Der wolkenlose Himmel und der Mond, der schon darauf wartete, seinen Job zu machen. Es war einfach schön. Doch ich sah auch die vielen Pärchen, die sich aneinander kuschelten, meinen Vater, der Emily im Arm hielt, Tessa und Jay, die nebeneinander in den Sonnenuntergang sahen, und Daphne, die Tom immer wieder kichernd etwas ins Ohr flüsterte. Ich fröstelte in meinen dünnen Sommersachen und stellte fest, dass es niemanden gab, der mir in einer vertrauten Geste seine Jacke um die Schultern legen würde. Und mit einem Mal fühlte ich mich so einsam wie niemals zuvor.

Immer wieder blickte ich verstohlen zu Tom und fragte mich, ob ich mir von der Situation heute am frühen Morgen, als wir aneinander gelehnt stundenlang geredet hatten, zu viel versprochen hatte. Es schien fast so. In dem Moment, in dem ich begriffen hatte, wie sehr ich Tom mochte, trat Daphne in mein Leben. Tolles Timing! Mein Karma hatte es im Moment einfach voll drauf! Ich nahm Tom ein bisschen übel, dass er mit meiner Halbschwester flirtete, aber vielleicht hatte ich ihm auch nicht den Eindruck vermittelt, wirklich an ihm zu hängen. Enttäuscht seufzte ich auf, doch Nat verstand es falsch, wandte den Kopf zu mir und fragte: „Schön, nicht?"

Ich nickte nur, absolut überwältigt von der Aussicht … und von so viel schlechtem Timing.

16.

Süße,

ich vermisse dich auch schrecklich und ich verstehe, dass du eine gemeinsame Zukunft planen möchtest, aber wir sind noch so jung. Ich kann dir im Moment keinerlei Sicherheiten bieten, werde den Job wechseln und dann unheimlich viel zu tun haben. Ich hoffe sehr, dass ich trotzdem zu dir fliegen kann, denn darauf freue ich mich schon. Aber du musst doch einsehen, dass es anders im Moment nicht geht. Du kannst nicht bei mir leben, noch nicht. Und ich kann nicht einfach nach Deutschland kommen und für immer bleiben. Was soll ich denn dort den ganzen Tag machen? Hier habe ich wenigstens Arbeit und bei deinem Wirtschaftsstudium und dem Nebenjob kannst du mich doch auch nicht gebrauchen. Wir müssen Geduld haben! Es wird sich eine Lösung finden. Ich liebe dich! Nat

Als ich am nächsten Morgen aufstand, saßen Tessa, Tom und Jay gerade in der offenen Wohnküche beim Frühstück, das Daphne ihnen gemacht hatte.

Nat hatte darauf bestanden, dass wir bei ihm übernachteten, allerdings ließ er uns vier nicht im selben Raum schlafen. Daher zogen Tessa und ich ins Gästezimmer und Tom und Jay auf die Couch beziehungsweise auf eine Matratze im Wohnzimmer.

Nats Haus stand direkt auf dem Campingplatz neben der Anmeldung. Es war einfach ein gemütliches Holzhaus, das sich so in seine Umgebung fügte, als wäre es immer schon da gewesen. Das kleine Gästezimmer darin sah fast aus wie eine der

Cabins, in der wir geschlafen hatten, außer dass es nur ein großes Bett gab.

Als ich die Küche betrat, fühlte ich mich irgendwie sofort überflüssig, obwohl die anderen mich anlächelten und Daphne mich herzlich begrüßte. Daher murmelte ich nur leise ein „Guten Morgen", dann setzte ich mich schweigend zu den anderen an den Tisch, genoss mein Frühstück und lauschte ihnen bei ihrem angeregten Gespräch. Ein paar Mal versuchte Daphne mich mit einzubeziehen, doch ich war unsicher und gab nur kurze Antworten, so dass sie es bald schon aufgab und sich wieder ganz den anderen zuwandte.

„Du hast gestern erzählt, dass ihr Musiker seid?" fragte Daphne gerade an Jay und Tom gewandt und setzte sich mit einem Kaffee zu uns an den Tisch. Tom, der sich gerade ein Stück Toast in den Mund geschoben hatte, nickte nur. Da mischte sich Jay ein.

„Wir haben gerade einen Song geschrieben, von dem wir hoffen, dass wir damit vielleicht den großen Durchbruch schaffen."

„Wow, spielt ihr ihn mir mal vor?" Daphne schien ernsthaft interessiert zu sein.

„Klar", erwiderte Jay nur und auch Tom nickte zustimmend.

„Und ihr lebt in New York?" wollte Daphne weiterhin wissen.

„Tom und ich wohnen zusammen in Manhattan", bestätigte Jay.

„Und wie ist es so, dort zu leben? Ich stell mir das schrecklich laut und überfüllt vor."

Tom lächelte. „Na ja, hiermit verglichen ist es das wohl auch. Diese Idylle gibt es in New York nicht. Aber, was soll ich sagen? Es ist New York."

„Ich komme ja daher, bin dort aufgewachsen", erzählte Jay und schmierte sich Marmelade auf einen Donut. „Aber für meine Eltern, die aus Indien sind, war das ein echter Kulturschock. Klar, Indien ist voller Menschen, aber Indien ist völlig anders. In New York zurechtzukommen, das Restaurant zu eröffnen und damit zu überleben, war für sie ein hartes Stück Arbeit."

„Das glaub ich", bestätigte Daphne, als Tessa schon fragte: „Wo kommst du eigentlich her, Tom?"

Einen Moment schien er zu überlegen, was er sagen sollte, wobei ich ihn aufmerksam beobachtete. Ich hatte mich bisher so gut wie nicht am Gespräch beteiligt, doch die Antwort auf diese Frage wollte auch ich unbedingt wissen. Ich hatte schon den Eindruck, dass ich Tom trauen konnte, aber ich wusste überhaupt nichts von ihm. Denn er ließ sich überhaupt nicht in die Karten sehen und ich hatte keine Ahnung, warum. Ob er etwas zu verbergen hatte? War er vielleicht sogar abgehauen? Nachdenklich blickte Tom in seinen Kaffee, bevor er antwortete: „Ich komme vom Land. Meine Eltern haben eine Pferdezucht, aber das war nicht das, was ich mir für mein Leben vorstellen konnte. Also bin ich gegangen."

„Gab es Streit? Du sprichst nie von ihnen", wollte ich wissen, doch Tom schüttelte den Kopf.

„Nein, gar nicht. Wir haben nur völlig unterschiedliche Vorstellungen vom Leben." Und nach einer kurzen Pause fügte er leise hinzu: „Manchmal passt es einfach nicht." Dann nahm er einen langen Schluck aus seiner Tasse. Eine Weile herrschte bedrückendes Schweigen. Ich konnte nicht begreifen, wie man solch ein Verhältnis zu seinen Eltern haben konnte, aber ich wusste auch von Tessa, dass das Verhältnis zu ihren Eltern eher schwierig als innig war. So war ich nicht aufgewachsen. Ja, ich war mit nur einem Elternteil aufgewachsen, aber dafür waren

Mama und ich ein unschlagbares Team gewesen, trotz all der Arbeit, des fehlenden Geldes und der wenigen gemeinsamen Zeit. Aber vielleicht war unser Verhältnis auch gerade deswegen so innig gewesen. Jetzt war sie nicht mehr da und ich musste mein Leben neu sortieren, was mir große Angst machte. Doch bevor ich zu sehr ins Grübeln geriet, ergriff Tessa das Wort und schnitt ein neues Thema an.

„Daphne hat vorgeschlagen, dass ihr Zwei klettern gehen könntet."

Freundlich lächelte Daphne mich an. „Hast du Lust mitzukommen?"

Sie war unglaublich nett zu mir, doch ich blieb unsicher. Nat und Emily waren offenbar bei der Arbeit. Daphne richtete mir jedoch von Nat aus, dass ich ihn ab mittags von der Arbeit abhalten dürfte, wenn ich das wollte. Da er also bis zum Mittag beschäftigt war, beschloss ich, sie zu begleiten, um meine Halbschwester besser kennenzulernen, obwohl ich noch nie in meinem Leben klettern war und auch keine Ahnung hatte, wo Daphne überhaupt klettern wollte. Sie hatte Sommerferien, half zwar in dieser Zeit auch immer ihren Eltern, hatte aber von Nat den Auftrag bekommen, sich um uns zu kümmern. Ich bekam die Ansage, Badesachen drunter zu ziehen, ein Handtuch einzupacken und bequeme Sachen anzuziehen, in denen ich mich gut bewegen konnte.

„Und was macht ihr?" fragte ich die anderen. Irgendwie machte mich die Vorstellung nervös mit Daphne alleine zu sein. Doch keiner der anderen hatte vor uns zu begleiten, sie alle wollten uns Zeit geben, um uns näherzukommen.

„Wir beschäftigen uns schon irgendwie. Mach du dir erstmal einen schönen Tag mit Daphne", erwiderte Tessa und ging überhaupt nicht auf meine Unsicherheit ein. Das war so typisch! Immer versuchte sie, mich aus meinem Schneckenhaus zu locken.

Da es an diesem Tag unglaublich warm werden sollte, flocht ich meine Haare an den Seiten wie einen französischen Zopf und machte mir einen Pferdeschwanz, um es möglichst luftig zu haben. Meinen Bikini drunter, enges T-Shirt und kurze Jeans drüber, meine hellen Chucks an den Füßen. Dann war ich bereit. Daphne verstaute alles in dem roten Pick-up und runzelte kurz die Stirn, als sie mich in meinem Outfit sah, sagte aber zunächst nichts.

Sie selbst trug richtiges Sportzeug, eine enge Dreiviertelhose und ein türkisfarbenes Funktionsshirt. Ihre langen, dunklen Locken hatte sie einfach zu einem unordentlichen Dutt zusammengebunden und war völlig ungeschminkt. Als ich sie so sah, kam ich mir völlig albern vor in meinen Klamotten. Daphne fragte noch, ob ich in diesem Outfit wirklich klettern wollte, doch das bejahte ich einfach, dann ging es los.

Wir verabschiedeten uns von den anderen, dann fuhren wir gar nicht weit, da hielt Daphne am Seitenstreifen, wo auch schon andere Autos standen, und deutete auf einen kleinen Pfad am Straßenrand. Vom Seitenstreifen konnte man bei strahlendblauem Himmel über Felsen hinweg direkt aufs Meer sehen. Daphne erklärte, dass es hier viele kleinere und größere Trails gab, auf denen man durch den Park wandern konnte. Auf dem, auf den sie nun deutete, konnte man zwar teilweise neben der Straße entlang, aber eben auch über die Felsen direkt am Meer entlang wandern. Die Aussicht war wirklich fantastisch! Oben auf den Felsen – die Straße im Rücken – sahen wir direkt über das offene Meer, das von der Sonne angestrahlt wurde und in den schillerndsten Blautönen glitzerte. Der salzige Geruch des Ozeans beruhigte mich irgendwie und die angenehme Brise, die durch meine Haare fuhr und über meine nackten Arme streifte, tat unheimlich gut. So unsicher ich mich Daphne gegenüber auch fühlte, ich sagte ihr, wie schön es war.

„Ich will hier auch gar nicht mehr weg", erwiderte sie, offenbar froh darüber, dass ich so beeindruckt war. Dann fuhr sie fort: „Dieser Trail führt hier über die Felsen dahinten zum Strand." Und sie zeigte auf eine Bucht mit Sandstrand in einiger Entfernung, die sehr zum Sonnenbaden einlud.

Ich hatte meine Kamera mitgenommen, denn obwohl ich wusste, dass wir klettern würden, konnte ich nicht anders als diese traumhafte Kulisse im Bild festzuhalten. Eine Weile beobachtete ich, wie Daphne alles vorbereitete, und knipste sie bei ihrer Arbeit. Dann wandte ich mich wieder der Aussicht zu. Ich stand auf diesem Felsen, fotografierte jeden Winkel, das Meer, in dem sich der strahlendblaue Himmel spiegelte, die Felsen, auf denen dichte grüne Wälder wuchsen, und die Bucht, die so idyllisch zwischen all dem Gestein und den Bäumen lag. Dann ließ ich die Kamera sinken, atmete einmal tief durch und sah völlig in Gedanken versunken übers Meer, war völlig vertieft.

„So", rief Daphne da plötzlich hinter mir. „Es geht los."

Ich schüttelte meine Gedanken vorerst ab, löste den Blick vom Meer und drehte mich zu ihr um.

„Und wo klettern wir jetzt?" fragte ich neugierig. Ich hatte eine leise Ahnung, wollte sie aber nicht laut aussprechen. Daphne schien irritiert zu sein von meiner Frage, war die Antwort für sie doch offensichtlich.

„Na hier." Sie deutete auf die Felsen direkt neben uns, die steil ins Meer abfielen.

„Hier?" Meine Stimme muss schrill geklungen haben, aber direkt über dem Meer zu klettern fand ich persönlich mehr als unheimlich.

„Klar hier. Das wird super. Versprochen!"

Da war ich mir nicht so sicher, entschied mich aber dafür nicht herumzumaulen und folgte Daphne, als sie sich auf den Weg über die Felsen zu unserem Ausgangspunkt machte. Am Rand der Felsen angekommen reichte Daphne mir meine Klettergurte und geeignete Schuhe. Ich stieg durch die Gurte hindurch, so wie ich auch in eine Hose stieg, dann zog ich sie hoch und stellte direkt fest, dass es bescheuert gewesen war, eine so kurze Hose anzuziehen. Sie zog sich hoch und kniff mir in die Oberschenkel.

Als ich mich umdrehte, sah ich, dass Daphne in ihrem Sportdress natürlich überhaupt keine Probleme hatte. Ich kam mir sofort vor wie ein Trampeltier. Zu allem Überfluss kam auch noch eine andere Gruppe Hiker zu uns auf das Plateau, nur junge Männer, die uns natürlich bei unseren Vorbereitungen permanent beobachteten.

Es stellte sich heraus, dass sich Daphne elegant und flink an der Felswand bewegte, als hätte sie nie etwas anderes gemacht. Diejenige, die sich wirklich blöder als blöd anstellte, war ich. Ich war in Sport sowieso schon keine Granate, aber zum Klettern fehlte mir offenbar jegliches Talent. Ständig verlor ich den Halt, hing wie ein nasser Sack am Sicherungsseil und konnte mich nur mit Mühe wieder auf das Plateau des Felsen hieven. So am Felsen zu hängen, über mir nur das dünne Seil, das mein ganzes Gewicht halten musste, unter mir der Atlantik, sonst nichts, das war nichts für mich. Mit all den Beobachtern über mir, kam ich mir noch dazu wie eine tollpatschige, dicke und unsportliche Kuh vor, weswegen ich mich freundlich, aber entschieden nicht auf einen zweiten und dritten Versuch einließ. Dieser eine hatte mir wirklich gereicht. Daphne dagegen wurde von den anderen Hikern sogar um Rat gefragt, so dass sie wieder und wieder mit ihnen in die Felswand stieg, ihnen immer wieder neue Griffe und Möglichkeiten zeigte und mit ihnen die Felswand hoch- oder unten am Atlantik entlang kletterte. Ich saß stattdessen oben auf dem Felsen, abgeschnallt, ließ mir die Sonne auf den Kopf scheinen und fragte mich ernsthaft, wie man so verschieden und trotzdem miteinander verwandt sein konnte. Jedes Mal, wenn sie wieder bei mir ankam, fragte sie total euphorisch, ob ich es nicht doch noch einmal versuchen wollte. Aber ich hatte wirklich die Nase voll! Ich kam mir so ungeschickt vor und fühlte mich wie eine Spaßbremse.

Als ich so auf dem Felsen hockte, während die anderen auf die nächste Tour gingen, schoss mir der Gedanke durch den Kopf, was zur Hölle ich hier machte. Also tat ich das, was ich am besten konnte. Ich schnappte mir meine Kamera und begann Daphne und die anderen zu fotografieren. Vielleicht konnte Nat mit den Bildern Werbung machen, dass bei ihm Klettertouren angeboten wurden, und ich konnte wieder einmal an meiner Technik feilen.

Wenig später verabschiedete Daphne sich von den Hikern mit dem Hinweis, jetzt wirklich Zeit für ihre Schwester haben zu müssen, dann machten wir uns über den Trail auf den Weg zum Strand. Es war ein seltsames, aber gleichzeitig irgendwie schönes Gefühl, dass Daphne mich als ihre Schwester bezeichnete, auch wenn es sich noch nicht so richtig danach anfühlte.

Der Trail war wirklich idyllisch, wenn er nicht gerade hinter der Leitplanke an der Straße entlangführte, sondern auch ein paar Mal davon abzweigte. Dann ging es über Pfade mit dicken Wurzeln durch kleine Wälder, dann wieder über Felsen direkt oberhalb des Meeres entlang. Immer wieder blieben Daphne und ich auf einem Felsplateau stehen und sahen übers Meer, lauschten den Wellen, die an das raue Gestein klatschten, und genossen den Wind auf der Haut an diesem heißen Sommertag. Es war einfach traumhaft schön.

Während des Trails versuchten wir vorsichtig uns kennenzulernen, was gar nicht so einfach war. Ich war angespannt und verkrampft. Daphne dagegen schien gar nichts Seltsames an dieser Situation zu finden.

„Zeigst du mir nachher mal ein paar deiner Bilder? Tom und Tessa haben gestern erzählt, wie gut du bist. Das würde ich mir gerne mal ansehen."

„Klar", erwiderte ich geschmeichelt, fügte aber bescheiden hinzu: „Ich bin aber noch ganz am Anfang und muss noch eine Menge lernen." Herzlich lächelte Daphne mich an, so dass ich fortfuhr: „Was ist mit dir? Bist du überall so eine Sportskanone?"

Lachend schüttelte Daphne den Kopf. „Nein, ich bin schon ganz gut in Sport, aber das mit dem Klettern mache ich einfach schon viele Jahre. Dann wird man eine richtige Bergziege."

Dann ging sie weiter und ich sah ihr bewundernd hinterher. Ich wäre auch gerne so sportlich gewesen, hätte mich auch gerne so elegant und grazil bewegt ohne dabei aufgesetzt zu wirken. Neben Daphne kam ich mir tatsächlich irgendwie plump vor, fühlte mich unsicher und klein, obwohl ich älter war als sie.

Irgendwann begann schließlich der Abstieg und nach einer Weile erreichten wir die schöne Bucht, nur begrenzt durch Felsen und meterhohe Bäume. Mit einem Handtuch machten wir es uns am Strand zwischen anderen Urlaubern gemütlich und genossen diesen außergewöhnlichen Ort. Ich versuchte es zumindest, denn meine Gedanken beruhigten sich einfach nicht. Auch wenn ich ganz bewusst versuchte sie einzufangen, driftete ich immer wieder ab: zu Tom, bei dem ich einfach nicht wusste, woran ich bei ihm war, zu Daphne, die so nett zu mir war und zu der ich trotzdem irgendwie keinen Draht bekam, weil wir so verschieden waren, aber natürlich auch zu Nat, den ich endlich kennengelernt hatte, was mich unglaublich glücklich machte und mir das Gefühl gab, endlich ganz zu sein, dass ein Loch in mir endlich gefüllt war. Sie schweiften aber auch zu einer klitzekleinen Stimme in meinem Kopf, die mir einzureden versuchte, vorsichtig zu sein, was mich wiederum wirklich ärgerte.

Es dauerte zum Glück nicht allzu lange, da kamen Tessa und die Jungs von ihrem Tagesprogramm, völlig enthusiastisch und darauf aus, uns alles zu erzählen, was sie erlebt hatten. Es stellte sich heraus, dass sie am Tag zuvor, als ich mit Nat unterwegs gewesen war, angefangen hatten, Jays Video zu planen und nun hatten sie begonnen es zu drehen. Offenbar hatten sie riesigen Spaß dabei gehabt. Daphne ließ sich von der Euphorie anstecken, aber ich fühlte mich dadurch außen vor. Dieser Song, den Jay und Tom geschrieben und uns während der Fahrt vorgesungen hatten, war irgendwie eine Sache zwischen uns gewesen und nun fühlte ich mich ausgeschlossen. Stattdessen war Daphne gestern eingeweiht worden, was dafür sorgte, dass ich mich ausgebootet fühlte. Die anderen wollten mir Zeit geben, alle in Ruhe kennenzulernen und suchten selbst nach einem Zeitvertreib, um sich nicht zu langweilen. Dennoch wäre ich gerne dabei gewesen.

Da die drei bei dem heißen Sommertag ziemlich verschwitzt waren und die Sonne brannte, wollten Tom und Jay mit uns sofort ins Wasser, kaum dass sie bei uns angekommen waren. So kam es, dass sie sich bis auf ihre Badesachen aus ihren Klamotten schälten und Tom und Daphne auch direkt zum Wasser rannten. Im Laufen drehte Daphne sich noch zu uns um und rief „Kommt mit!", dann waren sie auch schon im kühlen Nass.

Tessa entschied sich gegen das Meer und blieb lieber auf ihrem Handtuch, weswegen sich vermutlich auch Jay erst einmal noch gegen das Wasser und für sein Handtuch entschied, doch ich stand langsam auf und lief den anderen hinterher. Ich bemerkte, wie gut sich Tom und Daphne verstanden und dass sie völlig entspannt miteinander umgingen. Ich dagegen war dabei mich selbst aus dem Spiel zu nehmen.

Während ich so darüber nachdachte, fiel mir auf, dass ich Tom auf unserer ganzen Reise noch nie ohne T-Shirt gesehen hatte und merkte direkt, dass es mich nervös machte. Er sah trainiert aus, athletisch, so wie jemand, der einfach viel draußen ist und sich viel bewegt. Als er gerade seinen Arm um Daphne legte, um sie ins Wasser zu werfen, entdeckte ich auf seiner linken Brust eine lange geschwungene Narbe und fragte mich, woher sie wohl gekommen war. Noch völlig in Gedanken versunken, wurde ich auf einmal durch Daphnes helles, melodisches Lachen wieder in die Realität zurückgeholt und sah, wie sich ihr flacher Bauch dabei anspannte und die lockigen Haarsträhnen, die sich aus ihrem Dutt gelöst hatten, im Wind wehten. Sie trug einen pinken Bikini, der verdammt sexy an ihrer gebräunten Haut aussah, so dass ich mir in meinem sportlichen Bustier-Bikini blöd vorkam, als ich auf die beiden zulief. Bereitwillig ließ sich Daphne von Tom in die Fluten werfen und tauchte kurz drauf prustend, aber lachend wieder auf, strich sich die Haare aus dem Gesicht und rief, als ich bei ihnen ankam: „Und jetzt du!“

Ich konnte gar nicht so schnell protestieren, da kam Tom mir bereits ganz nah und legte mir seinen Arm um die Hüfte. So schnell, dass ich nicht verhindern konnte bei seiner Berührung zusammenzuzucken, was ihm nicht entging. Für den Bruchteil einer Sekunde blickten wir uns so eindringlich in die Augen, dass mir schwindelig wurde … dann warf er mich ins Wasser.

Wenig später stiegen wir aus dem Meer und legten uns zum Trocknen auf unsere Handtücher in die Sonne. Wir quatschten, wir dösten, wir sonnten, wir schwammen und tief in meinem Inneren musste ich mir eingestehen, dass Daphne echt nett war. Trotzdem konnte ich nicht abstellen, dass ich eifersüchtig auf sie war. Sie strahlte so ein natürliches Selbstbewusstsein aus, war sowas von sie selbst, dass ich mich als Kerl vermutlich sofort in sie verliebt hätte, was dafür sorgte, dass ich mich in ihrer Gegenwart unwohl fühlte.

Irgendwann nahm ich meine Kamera, stand auf und begann Fotos zu machen: erst von den anderen, die begeistert in sämtlichen Konstellationen posierten, doch dann ließ ich sie alleine, lief zum Wasser, sah übers Meer und machte Bilder von der atemberaubenden Aussicht. Ich schloss die Augen, hielt mein Gesicht in die warme Sonne, genoss den leichten Wind auf meiner Haut und atmete tief durch. Dann lief ich an der Wasserkante langsam zu den anderen zurück. Das Wasser war angenehm kühl und meine Füße genossen es durch den feinen Sand zu streifen, so dass ich stehenblieb, meine Zehen in den nassen Sand grub und schließlich den Sand hindurch rieseln ließ. Ab und zu lag ein Stein oder eine Muschel in meinem Weg, ansonsten war der Strand fein und eben. Doch auf einmal entdeckte ich etwas direkt vor meinen Füßen. Ich runzelte die Stirn, hockte mich hin und hob es auf. Es war ein dunkler Stein, glatt und glänzend, vom Wasser poliert und so klein, dass er meine Handfläche nicht einmal ansatzweise bedeckte. Doch nicht nur das. Das Wasser hatte in mühevoller Arbeit über viele Jahre hinweg ein Loch in diesen kleinen Stein gegraben. Als ich ihn zwischen meine Finger nahm, bemerkte ich, wie kalt er vom Wasser geworden war. Ich hielt ihn ein Stück von mir entfernt in die Sonne und sah hindurch. Die Sonnenstrahlen brachen sich an dem Stein, ein paar wenige fielen hindurch und wärmten mein Gesicht. Ich drehte den Stein immer wieder hin und her und war so fasziniert von dem Anblick, dass ich gar nicht bemerkte, dass ich Gesellschaft bekam.

„Hey!" Erschrocken drehte ich mich um und erkannte Tom, der sich neben mich gestellt hatte und mich neugierig betrachtete. „Was hast du da?"

Es machte mich nervös, dass er so nah neben mir stand. Ich konnte das leichte Aftershave riechen, das trotz des Schwimmens im Meer an ihm haftete. Seine Haare waren wuscheliger als je zuvor und sein ernster Blick aus diesen grauen Augen verwirrte mich bloß. Er stand so nah, dass ich mich zurückhalten musste, nicht durch seine Haare zu fahren und auch die Narbe auf seiner Brust nicht zu berühren.

„Lu?"

Ich musste mich wirklich zusammenreißen! Daher riss ich meinen Blick los und wandte mich wieder dem Stein zu. „Ich hab einen Lochstein gefunden", erklärte ich kurz und reichte ihn Tom, der ihn neugierig von allen Seiten betrachtete. „Man sagt, man könnte damit zaubern", fügte ich hinzu.

Prüfend sah Tom mich mit gerunzelter Stirn an, um zu sehen, ob ich ihn auf den Arm nahm, doch ich zuckte nur mit den Schultern. „Das sagt die Legende."

Tom nickte skeptisch, als würde er mich nicht ernstnehmen, warf dem Stein aber einen prüfenden Blick zu. „Okay, und wie?"

Bei Toms Anblick, wie er versuchte, mich mit dieser Geschichte nicht auszulachen, musste ich lächeln. „Man muss ihn in die

Sonne halten, durch das Loch sehen und sich etwas wünschen."

„Hm", erwiderte Tom nur, hielt den Stein kurz in die Sonne und senkte ihn dann wieder. „Vielleicht später."

Auf einmal stieß Nat gutgelaunt zu uns beiden. Er trug Arbeitsklamotten und war scheinbar direkt von seinen Aufgaben auf dem Campingplatz zu uns gekommen.

„Na, so lässt es sich aushalten, was?"

Da konnten wir ihm nur zustimmen. Dieser Ort war wirklich besonders. Doch Nat hatte scheinbar nicht vor, sich zu uns zu setzen.

„Können wir los?"

Ich hatte keine Ahnung, was er vorhatte, aber Tom und ich stimmten zu und folgten Nat zu den anderen. Daphne war offenbar eingeweiht, denn sie packte direkt ihre Sachen zusammen und auch wir begannen aufzuräumen.

„Wo soll es denn hingehen?" wollte ich neugierig wissen, doch Nat ließ sich nicht in die Karten sehen.

„Lasst euch überraschen!" erwiderte er nur und zwinkerte mir verschwörerisch zu.

Auf dem Parkplatz stand sein Geländewagen und zunächst fuhr er uns zu der Stelle, an der Daphne und ich mit dem Trail begonnen hatten. Dort ließ er Daphne raus, damit sie ihr Auto holen konnte. Den Lochstein hatte ich schon längst vergessen.

Als sie ausgestiegen war und Nat langsam wieder losfuhr, sah ich ihr im Seitenspiegel nachdenklich hinterher. Nat sah meinen Blick, sagte aber nichts. Was hätte er auch sagen sollen? Ja, ich war auch seine Tochter. Aber mir war schon klar, dass Daphne gewinnen würde, wenn er sich entscheiden müsste.

Schließlich nutzte ich die Gelegenheit, um Nat über sein jetziges Leben auszufragen. Am vorigen Tag hatten wir so viel über unsere Vergangenheit gesprochen, dass ich nun wissen wollte, was ihm wichtig war, was für Interessen er hatte und fragte ihn auch nach denen, von denen ich schon wusste.

„Du bist ein U2-Fan?"

Nat nickte. „Immer schon gewesen und ich werde wohl auch immer einer sein. Großartige Band mit großartiger Musik!"

Ich lächelte bei dem Gedanken, dass er auch mit Mama bei einem Konzert gewesen war. Dann fragte ich weiter: „Und was hörst du sonst so?"

Nat deutete aufs Radio, aus dem gerade ein Countrysong erklang. „Sowas. Es passt hierher."

„Aber es passt überhaupt nicht zu U2!" erwiderte ich belustigt, doch Nat zuckte nur lächelnd mit den Schultern.

„Man muss doch nicht immer nur eine Sache mögen. Was ist mit dir? Was hörst du so?"

Einen Augenblick überlegte ich. „Ich glaube, ich höre vor allem aktuelle Sachen. Und ich mag Sting."

Nat blickte mich kurz an. „Den hat deine Mutter so gerne gehört, richtig?"

Ich nickte, da griff Nat ins Handschuhfach und fuhr fort: „Ich hab ein Album von Sting hier. Soll ich es anmachen?"

„Lieber nicht", war alles, was ich sagte, und Nat schien zu verstehen. Tom saß direkt hinter mir und im Seitenspiegel konnte ich sehen, dass er mich beobachtete. Mit Sicherheit dachte auch er gerade an die Fahrt in der U-Bahn, als wir uns das erste Mal gesehen hatten. Da hatte Sting mich ganz schön aus der Bahn geworfen. Tessa und Jay hatten von all dem offenbar nichts mitbekommen, denn sie schienen in ein Gespräch vertieft zu sein, zumindest hörte ich sie leise murmeln.

„Okay, was noch? Womit verbringst du deine Freizeit, Lucie?"

„Ich fotografiere."

Nat nickte beeindruckt und wollte unbedingt mal Bilder von mir sehen. Ich hätte mich gerne noch weiter so ungestört mit ihm unterhalten, doch dann waren wir da, was ich bedauerte. Ich hätte gerne mehr Zeit nur mit ihm verbracht, denn er war großartig. Was auch immer zwischen ihm und meiner Mutter passiert war, ich konnte verstehen, warum sie sich damals in ihn verliebt hatte. Er sah gut aus, war charmant und liebevoll, interessiert, offen und herzlich, besser, als ich es mir jemals erträumt hätte.

Nat und Daphne hatten sich scheinbar überlegt, dass es schön wäre, uns noch einen anderen Trail zu zeigen. Sie versprachen uns, dass er sich absolut lohnen würde, und wir vier waren gespannt, was uns erwartete.

Die Wanderung selbst war wenig spektakulär, die ganze Zeit ging es nur durch Waldwege bergauf. Nat und ich gingen voran, Daphne und Tom, Tessa und Jay folgten uns. Wieder einmal fragte Nat mich über meine Kindheit aus und wie mein Leben ohne ihn verlaufen war. Doch ich war ständig abgelenkt, weil ich immer Gesprächsfetzen von Daphne und Tom mitbekam. Allmählich brachte mich das alles wirklich durcheinander! Doch kaum hatte ich beschlossen, mich wieder ganz auf Nat zu konzentrieren, lichtete sich der Wald und der Gipfel kam in Sicht. Der Pfad mit seinen vielen Wurzeln endete und führte uns weiter über Felsen, die nun aus dem Boden ragten. Kurz vor dem Gipfel trat Nat einen Schritt zurück und ließ mir den Vortritt. Oben angekommen verschlug es mir die Sprache: Die bald untergehende Sonne schien immer noch von einem wolkenlosen Himmel. Ich stand oben auf einem Felsen, um mich herum nur Wald, immer mal wieder durchbrochen von Felsen, die von der Sonne rot angestrahlt wurden. Weit unter uns ein riesiger See, umrahmt von Bäumen und dahinter der weite, stille Ozean. Das war absolut atemberaubend! Mit einem Mal trat Tom neben mich. Die anderen blieben offenbar zurück, um uns diesen Moment zu gönnen. Tom stand so dicht neben mir, dass sich unsere Hände kurz streiften. Ganz vorsichtig bewegte ich meine Finger, um seine zu berühren. Schließlich wandte ich ihm den Blick zu und auch er sah mich an … und lächelte so liebevoll, dass mein Herz einen Satz machte. Dann nahm er wie selbstverständlich meine Hand und genoss wieder die Aussicht.

17.

... Ob ich mir vorstellen kann Kinder zu haben? Auf jeden Fall, irgendwann. Ich denke, das hat noch Zeit. Erstmal muss das Leben ruhiger werden und ich muss mir sicher sein, dass ich eine Familie ernähren kann. Ich weiß, dass das altmodisch klingt, schließlich gehen die Frauen heutzutage doch auch arbeiten und haben hervorragende Ausbildungen. Aber meine Eltern haben immer viel gearbeitet, beide. Vielleicht wäre mein Verhältnis zu ihnen besser gewesen, wenn sie mehr Zeit gehabt hätten. Aber sie waren dabei sich einen ihrer Träume zu erfüllen, da blieb für den anderen nicht mehr viel übrig, falls ich überhaupt einer war...

Abends zurück in Nats Haus fühlte ich mich von all den Ereignissen völlig erschlagen. Tessa hatte angeboten, etwas Leckeres zu backen und Daphne half ihr dabei. Jay saß irgendwo draußen und sah sich die Videoaufnahmen an, um zu planen, was noch gefilmt werden musste. Und so kam es, dass Tom und ich alleine in dem kleinen Gästezimmer waren, wenn auch mit geöffneter Tür, damit wir bloß nichts Verbotenes anstellten. Er saß mit seiner Gitarre auf dem Bett und probierte sich an ein paar Akkordfolgen, während ich dabei war, mein Chaos ein wenig zu beseitigen. Irgendwie machte es mich nervös, dass er hier bei mir war, aber ich war auch froh darüber, dass er offenbar Zeit mit mir verbringen wollte. Als aber minutenlang keiner von uns ein Wort gesagt hatte, fragte er plötzlich:

„Würdest du eher mit Daphne fotografieren oder mit Tessa klettern gehen?"

Mit großen Augen drehte ich mich zu ihm um. Natürlich! Er wusste genau, dass das mit dem Klettern nicht mein Ding war, und er wusste auch, dass ich Tessa Daphne nach wie vor immer vorziehen würde, auch wenn Daphne meine Schwester war. Die Frage war nicht leicht und trotzdem war mir die Antwort relativ schnell klar.

„Mit Daphne fotografieren."

Überrascht blickte Tom mich an. „Warum?"

Etwas unschlüssig zuckte ich mit den Schultern. „Dann könnte ich ihr zeigen, dass ich mich nicht überall so blöd anstelle wie beim Klettern."

Das konnte Tom offenbar nachvollziehen, denn er nickte verständnisvoll und widmete sich wieder ganz seinen Akkorden. Doch nun war ich dran und warum auch immer, versuchte ich total locker und witzig zu sein, was natürlich total nach hinten losging.

„Würdest du eher Daphne oder eher Tessa küssen?"

Irritiert hielt Tom mitten in der Bewegung inne, ließ seine Gitarre sinken und sah mich mit gerunzelter Stirn an. „Ist das dein Ernst?" Ich zuckte nur mit den Achseln, hatte aber den Mut, seinem Blick standzuhalten. Da fuhr er fort: „Dich, Lu. Ich würde dich küssen."

Überrascht und total verunsichert senkte ich den Blick und erwiderte mit leiser Stimme: „Das war aber nicht meine Frage."

„Das ist aber meine Antwort", gab Tom mit fester Stimme zurück. Völlig erschöpft ließ ich mich auf die Bettkante sinken. „Tut mir leid, das war blöd."

„Schon gut", erwiderte er verständnisvoll, legte seine Gitarre weg und rückte zu mir, so dass er direkt neben mir saß.

„Es ist grad alles etwas viel", versuchte ich mein Verhalten zu erklären. „Ich meine, ich habe nie von ihm gewusst, dann verliere ich Mama und auf einmal bin ich hier." Ich machte eine kurze Pause, doch Tom schwieg. Da fuhr ich fort: „Aber er ist toll, oder?" Dabei drehte ich mich zu Tom um. „Und in einigen Dingen sind wir uns so ähnlich."

Tom lächelte mich an. „Jetzt ist auf jeden Fall klar, warum du aussiehst, wie du aussiehst."

„Und er hat gar nichts von mir gewusst! Mama hat einfach den Kontakt zu ihm abgebrochen, hatte einen anderen kennengelernt."

Ganz langsam verschwand Toms Lächeln und er sah mit einem Mal so aus, als wäre er auf der Hut.

„Was ist?" wollte ich direkt von ihm wissen, doch Tom zögerte. „Na los, sag schon", forderte ich ihn daher noch einmal auf.

Tom atmete einmal tief durch, bevor er vorsichtig erwiderte: „Du kennst nur seine Sicht der Dinge."

„Ja, sicher", antwortete ich sorglos. „Es gibt ja auch nur noch seine."

„Eben", kam es von Tom achtsam zurück. „Genau das weiß er doch."

Nun horchte ich doch auf. „Was willst du damit sagen?"

„Dass vielleicht nicht alles so passiert ist, wie Nat es schildert."

„Ist das dein Ernst?"

Tom nickte vorsichtig. „Es gibt schließlich ein paar Ungereimtheiten."

„Zum Beispiel?" Abweisend verschränkte ich die Arme vor der Brust. Wollte er mir das jetzt wirklich kaputt machen? Doch für

Tom gab es nun kein Zurück mehr. „Zum Beispiel könnte Daphne problemlos älter als 16 sein."

Einen Augenblick schwieg ich, doch dann begriff ich, was Tom mir damit sagen wollte. „Du meinst …?" Ich musste die Frage gar nicht ganz aussprechen, da nickte er schon.

„Es tut mir leid, Lucie. Ich will das alles hier gar nicht schlechtreden. Es ist fantastisch, dass du ihn gefunden hast, aber du solltest vielleicht deine rosarote Brille abnehmen."

„Meine rosarote Brille?" So langsam wurde ich wirklich wütend. Tom, der das bemerkte, ruderte direkt ein wenig zurück.

„Ich will doch nur, dass du vorsichtig bist."

Aufgebracht stand ich auf und ging zum Fenster.

„Und was soll ich deiner Meinung nach tun? Alles in Frage stellen, was er mir erzählt?"

Aus dem Augenwinkel sah ich, dass Tom den Kopf schüttelte.

„Nein", sagte er leise, fast mehr zu sich selbst. „Das sollst du nicht."

Ich warf einen Blick auf die Holzkiste, die vor mir auf der Fensterbank stand und in der all die Briefe von Nat an Mama waren. Ich nahm sie in die Hand und drehte mich zu Tom um.

„Das hier ist alles, was ich über die Beziehung meiner Eltern weiß. Ich muss mich auf das verlassen, was er mir erzählt!"

„Aber vielleicht findet sich noch der ein oder andere Hinweis in den Briefen, den wir noch nicht entdeckt haben."

Bei den Worten stand er auf und wollte die Kiste an sich nehmen, doch ich hielt sie fest, nicht bereit sie ihm zu überlassen, wenn er nur Hinweise auf Schwachstellen in Nats Geschichte finden wollte. Tom, der mit meinem Widerstand nicht gerechnet hatte, kam kurz aus dem Tritt und stieß gegen mich, so dass mir die Kiste aus der Hand fiel und zu Boden krachte. Dabei sprang der Deckel auf und die Briefe verstreuten sich über den Boden.

„Oh nein, Lu! Das wollte ich nicht."

Er hockte sich hin und hob die Kiste auf. Doch gerade als er sie mir zurückgeben wollte, zögerte er.

„Was ist?" fragte ich irritiert.

Mit gerunzelter Stirn blickte Tom in die Kiste und fasste hinein.

„Hm, ich glaub, sie ist bei dem Sturz kaputtgegangen."

Ich beugte mich nach vorn, um genauer hineinsehen zu können, und erkannte, dass der Boden der Kiste schief war. Tom fasste hinein und drückte gegen die höherstehende Ecke, die sofort nachgab und sich nach unten drücken ließ. Überrascht blickten wir uns an. Dann drehte Tom die Kiste um und haute einmal vorsichtig von außen gegen ihren Boden. Da löste sich die innere Platte, die zuvor schief gewesen war, und fiel auf Toms Schoß und mit ihr ein weiterer Brief. Tom reichte ihn mir herüber und ich erkannte direkt Mamas Handschrift. Er war an Nat, an Nats Adresse in Provincetown von August 2002, war ungeöffnet an sie zurückgegangen und immer noch verschlossen.

Wie in Trance nahm ich den Brief und setzte mich aufs Bett, die Lehne im Rücken. Unverwandt sah ich den Umschlag an, unfähig irgendetwas anderes zu tun.

„Du solltest ihn lesen", hörte ich Toms Stimme.

Ich nickte.

„Soll ich lieber gehen?" fragte er besorgt. Da hob ich den Blick, sah ihn erschrocken an und schüttelte den Kopf. „Nein, bitte bleib hier."

Langsam nickte er. „Okay." Dann setzte er sich neben mich und blickte mich beruhigend an. „Dann los."

Vorsichtig, um so wenig wie möglich kaputt zu machen, öffnete ich den Briefumschlag. Meine Gedanken rasten. Der Brief war von Mama, von meiner verstorbenen Mutter. Er war zwar nicht an mich, aber ihre Worte zu lesen, würde mich ziemlich aufwühlen, da war ich sicher. Sie hatte den Brief versteckt, aber nicht entsorgt und ich fragte mich, was das zu bedeuten hatte. Außerdem war der Brief ungeöffnet zurückgeschickt worden. Das konnte definitiv nichts Gutes heißen. Mit einem unguten Gefühl im Bauch faltete ich den Brief auseinander, betrachtete einen Moment Mamas saubere Handschrift, die sich in all den Jahren wirklich kaum verändert hatte, strich einmal vorsichtig darüber und las:

„Jonathan, ich schreibe dir ein letztes Mal, um dir zu sagen, dass du dein Versteckspiel nun lassen kannst. Ich weiß jetzt Bescheid über dich und dein Leben. Monatelang habe ich versucht dich zu erreichen, habe dich gesucht, weil ich mir Sorgen gemacht habe. Immer mit dem Gedanken, dass du mich niemals im Stich lassen würdest. Ich habe mein ganzes Geld zusammengekratzt, meine Eltern angefleht, mir Geld zu leihen, nur damit ich zu dir fliegen konnte, um zu sehen, ob es dir gutgeht. Und wie gut es dir geht! An deinem Haus hat mir ein Mann geöffnet und mir gesagt, dass ich dich mit deiner Familie am Strand finden würde. Ich konnte es nicht glauben! Und trotzdem bin ich dorthin gelaufen, um es mit eigenen Augen zu sehen. Da wart ihr. Zu dritt! Ich erkannte Emily sofort, sie war schon damals in Mystic eine Freundin von dir gewesen. Ich war immer schon eifersüchtig auf sie – zu Recht, wie sich jetzt herausstellte. Und ihr hattet ein Baby bei euch, ein süßes, wenige Monate altes Baby. Und ihr saht so glücklich aus. Das brach mir wirklich das Herz. Ich wollte umkehren, ich hatte es wirklich vor, aber meine Füße wollten sich einfach nicht bewegen. Und

da entdecktest du mich, starrtest einfach nur zu mir und meiner Babykugel herüber. Ich war im sechsten Monat schwanger – von dir und ich sah dir an, dass dir das völlig klar war. Trotzdem reagiertest du nicht. Du sahst mich einfach nur an, bis Emily mich bemerkte. Sie schien gar nicht überrascht zu sein und da wurde mir klar, dass sie von uns gewusst hatte. Ihr selbstbewusster Blick zeigte mir, dass sie gewonnen und ich verloren hatte. Da drehte ich mich um und blickte kein einziges Mal zurück.

Ich bereue es nicht, mit dir zusammen gewesen zu sein, denn ohne dich wäre mir nie das Beste in meinem Leben wiederfahren: Ihr Name ist Lucie, sie ist zauberhaft und wird heute zwei Monate alt. Ich schreibe dir, damit du von ihr weißt, um dir das Beste in meinem Leben nicht vorzuenthalten. Aber ich werde dir niemals verzeihen, dass du mich so hintergangen hast, solange ich lebe. Eva.“

Vollkommen fassungslos ließ ich den Brief sinken. Das konnte doch nicht wahr sein! Tränen stiegen mir in die Augen und liefen über meine Wangen, ohne dass ich sie beachtete.

„Scheiße!“ war Toms ganze Reaktion. Mehr hatte auch er nicht zu sagen. So saßen wir eine ganze Weile auf dem Bett, ohne dass sich einer von uns rührte. Doch auf einmal wurde mir bewusst, dass ich gerade in Nats Haus war, in seinem Gästezimmer und auf seinem Bett saß. Als hätte ich eine allergische Reaktion auf all das, was mich von Nat berührte, sprang ich vom Bett auf, wischte wie wild an meiner kurzen Jeans herum, suchte all meine Sachen zusammen und stopfte sie in meine Tasche. Hier würde ich keine Sekunde länger bleiben!

Tom war ebenfalls vom Bett aufgesprungen und versuchte mich zu beruhigen. „Lu, hey!“ Er wollte seine Arme um mich legen, doch ich wehrte mich und wollte nur weg.

„Es war alles gelogen, von vorne bis hinten."

„Ich weiß!" Tom streichelte mir sanft über den Oberarm.

„Er hat sie verarscht. Er hat sie von vorne bis hinten verarscht!"
Tom streichelte mich einfach weiter, nahm mich in den Arm
und wiegte mich sanft hin und her.

„Er hat von mir gewusst, Tom." Wieder rannen mir Tränen
übers Gesicht. „Er hat von mir gewusst."

„Ich weiß." Toms Stimme war nicht mehr als ein Flüstern. „Es
tut mir so leid, Lu."

Ich legte meinen Kopf an Toms Schulter und weinte hemmungslos. Ich hätte nicht gedacht, dass ein Mensch alleine in
so kurzer Zeit so viele Tränen vergießen konnte, aber es ging.
Toms T-Shirt war schon ganz nass, aber er sagte nichts. Da
klopfte es auf einmal an der Tür und Nat trat ein.

„He ihr zwei, das Essen …"

Als er uns so sah, Tom mich im Arm wiegend und ich heulend
an seiner Schulter, hielt er inne. „Was ist los?" fragte er mit
besorgtem Ton in der Stimme.

Hätte ich einen Boxsack parat gehabt, hätte ich ihn vermöbelt,
bis er aus der Verankerung gerissen wäre. Wie eine Furie ging
ich auf Nat los.

„Du hast mich angelogen!" schrie ich ihn an und stieß ihm dabei immer wieder gegen die Brust, so dass er zurücktaumelte.

„Du hast sie sitzenlassen und hattest hier längst eine Familie!"
Abwehrend hob Nat die Hände. „Wie kommst du denn auf
sowas?" Dann wandte er sich an Tom. „Hast du ihr das einge-
redet?"

Toms Augen wurden groß und auch ich konnte nicht glauben,
was ich da hörte. „Du lügst sogar jetzt noch? Hör auf, Tom da
mit reinzuziehen! Du bist so ein feiges Arschloch! Ich will dich
nie wiedersehen!"

Von dem Lärm angelockt, kamen auch Tessa und Jay sowie Emily und Daphne ins Zimmer.

„Was ist denn hier los?" wollte Emily wissen.

„Was hier los ist?" Ich war so wütend, dass ich mich nicht mehr zurückhalten konnte. „Du willst wissen, was hier los ist? Eure Geschichte ist aufgeflogen! Tut mir leid für euch, dass die Wahrheit nicht mit Mama begraben wurde!"

Daphne machte ein betroffenes Gesicht. Sie schien von all dem keine Ahnung zu haben, doch Emily blickte mich nur wissend an und ich wusste sofort, dass das der Blick war, mit dem sie damals auch Mama am Strand von Provincetown angesehen hatte. Kopfschüttelnd wandte ich mich zu Tom um, der mich mitfühlend ansah. Als Tessa und Jay einen Schritt näher ins Zimmer traten, drückte ich ihnen den Brief in die Hand, den ich gefunden hatte.

„Ich muss hier raus!"

Tom nickte und schnappte sich unsere Koffer. „Na los, dann lass uns gehen."

Ich steckte die Kiste mit den Briefen in meinen Rucksack, hängte mir meine Handtasche um und quetschte mich ohne ein weiteres Wort zu verlieren an den anderen vorbei. Im Hintergrund hörte ich, wie Tessa erschrocken nach Luft schnappte, nachdem sie den Brief gelesen hatte, und auch Jay gab einen überraschten Laut von sich. Dann warfen sie ihre Sachen in ihre Taschen und folgten uns.

„Lucie, warte!" rief Nat mir noch hinterher, doch ich reagierte gar nicht mehr. Worauf hätte ich auch warten sollen? Auf die nächste Lüge?

Wir liefen zum Besucherparkplatz, auf dem noch immer Toms Buick stand, warfen unsere Taschen hinein und fuhren los. Wir sagten kein Wort, es lief keine Musik, wir hatten kein Ziel –

dachte ich zumindest. Meine Gedanken rasten. Wie konnte man sich so in jemandem täuschen? Wie konnte jemand einem so dreist ins Gesicht lügen, wie Nat das getan hatte? Wie hatte er Mama das antun können? Wir waren noch nicht weit gefahren, da kamen die Tränen wieder. Ich weinte und weinte. Es wollte gar nicht mehr aufhören. Ich saß auf der Rückbank neben Tessa, die mich betroffen und völlig sprachlos in den Arm genommen hatte und selbst mit Tränen in den Augen hin und her wiegte wie ein kleines Kind. Dabei streichelte sie mir immer wieder tröstend über den Arm oder übers Knie, manchmal hielt sie auch einfach meine Hand, aber es half nichts.

Ich fühlte mich so verraten, verraten von jemandem, dem ich eigentlich vertrauen sollte. Mama tat mir unendlich leid. Was er mit ihr gemacht hatte, war absolut unverzeihlich. Was für einen Kummer sie gehabt haben musste. War sie vielleicht alleine geblieben, weil sie keinem Mann mehr vertraute? Wer konnte es ihr schon verübeln? Sie tat mir so schrecklich leid! Nichts von alledem hatte sie mit mir geteilt und nun war es zu spät. Ich konnte sie nicht mehr trösten und sie mich nicht. Mit einem Mal vermisste ich sie so sehr, dass es weh tat, und schluchzte einmal laut auf. Die Tränen wollten einfach nicht versiegen, obwohl ich das Gefühl hatte, dass wir schon ewig unterwegs waren. Tom, der am Steuer saß, beobachtete mich immer wieder besorgt im Rückspiegel und auch Jay drehte sich immer wieder betroffen zu uns um. Irgendwann legte ich völlig erschöpft meinen Kopf in Tessas Schoß, die mir immer wieder beruhigend übers Haar strich. Dann schlief ich ein … und wachte auf, als es draußen bereits stockdunkel war. Wir mussten schon seit Stunden unterwegs sein. Tessa hatte ihren Kopf ans Fenster gelehnt und war eingeschlafen und ich erkannte, dass mittlerweile Jay am Steuer und Tom auf dem Beifahrersitz saß.

Mit jeder Faser seines Körpers strahlte Tom eine Ruhe aus, die ich bewundernswert fand. In dieser ganzen, gruseligen und aufregenden Geschichte war er immer da. Als hätte er meine Gedanken gelesen, drehte er sich zu mir um und als er sah, dass ich aufgewacht war, stahl sich ein Lächeln auf sein Gesicht.

„Hey, du bist wach!" sagte er leise.

„Hey", gab ich leise zurück, aber nicht mehr ganz so niedergeschlagen wie noch wenige Stunden zuvor. Der Schlaf hatte gutgetan, auch wenn ich immer noch schrecklich erschöpft war, und auch Tom sah aus, als hätte er eine Mütze Schlaf gut gebrauchen können. Vorsichtig blickte er mich an. „Geht's dir etwas besser?"

Ich seufzte und setzte mich langsam auf, um Tessa nicht zu wecken. „Ich kann immer noch nicht fassen, dass er das getan hat. Aber ich hab mich zumindest etwas beruhigt."

Nach einem kurzen Moment des Schweigens fragte ich ihn: „Wo fahren wir überhaupt hin?"

„Zu dem einzigen Ort in diesem Land, an dem du mit Sicherheit ein paar Tage zur Ruhe kommen und ein bisschen Abstand von dieser ganzen Geschichte gewinnen kannst."

Mit gerunzelter Stirn sah ich ihn an. Er sprach in Rätseln, doch er hatte offenbar nicht vor, mir zu verraten, wohin wir fahren würden. Stattdessen lächelte er mich mitfühlend an, strich mir mit seiner rauen Hand sanft über die Wange und drehte sich wieder nach vorne. Ich warf einen Blick auf die Uhr, die ich immer noch trug und die nach wie vor 216:08:04 h anzeigte. Ohne weiter darüber nachzudenken drückte ich auf den Reset-Knopf und stellte sie auf null. Dann lehnte ich mich ans Fenster und sah in den dunklen Himmel. Mittlerweile war unser Verdeck geschlossen, weil es zu regnen begonnen hatte. Ich beobachtete, wie die dicken Tropfen auf die Scheiben fielen und langsam im Fahrtwind zerliefen und dachte dabei an Mama und an das, was Nat ihr angetan hatte. Immer wieder stiegen mir Tränen in die Augen, weil er ihr so wehgetan hatte. Immer wieder döste ich ein, träumte wirres Zeug, wachte auf und erkannte, dass das alles kein böser Traum gewesen war, dass mein eigener Vater meiner Mutter das tatsächlich alles angetan hatte. Doch auch noch Stunden später spürte ich Toms sanfte Berührung auf meiner Wange, die mir trotz dieser ganzen verkorksten Geschichte ein winziges Lächeln ins Gesicht zauberte.

Nach einer Ewigkeit – mittlerweile saß Tom wieder am Steuer – bogen wir von der Interstate ab und über hügelige Landstraßen immer weiter ins Nichts. So fühlte es sich zumindest an. Schließlich bog Tom auf einen Feldweg ab, der – soweit ich das im Dunkeln erkennen konnte – von Bäumen gesäumt wurde. Als sie sich lichteten, erkannte ich, als wir näher kamen, durch die Frontscheibe ein riesiges Farmhaus aus braunem Naturstein mit einer weißen Holzveranda drumherum. Es sah idyllisch, in der Dunkelheit aber auch etwas unheimlich aus. Tom hielt auf der Wiese davor, schaltete den Motor aus und blieb einen Moment regungslos sitzen. Mittlerweile war es fast drei Uhr morgens. Jay schien weniger überrascht zu sein über unser Ziel, beobachtete Tom nur stillschweigend, während Tessa und ich keine Ahnung hatten, was wir hier machten, und gespannt auf eine Erklärung warteten. Schließlich atmete Tom einmal tief durch, dann ergriff er das Wort und als er sprach, klang seine Stimme leiser und unsicherer als sonst. Er sah niemanden von uns an, sprach fast eher zu sich selbst und behielt das Farmhaus dabei immer im Blick.

„Willkommen in meinem Elternhaus."

18.

Überrascht folgten wir Tom mit unseren Taschen, kaum dass er das Auto verlassen hatte. Es war frisch, so dass ich mich direkt in meine Sweatjacke kuschelte, während ich mich im Dunkeln umsah. In den Bäumen, die an das Grundstück grenzten, hörte ich den kühlen Wind rauschen, der uns umgab, seit wir das Auto verlassen hatten. Auch den Regen hörte ich in den Blättern der Bäume, obwohl ich ihn kaum noch wahrnahm. Hatte Mama nicht mal zu mir gesagt, in Wäldern regnete es immer zweimal? Jetzt wusste ich, was sie damit gemeint hatte.

Als ich genauer hinhörte, fiel mir auf, dass ansonsten außer unserer Schritte absolut nichts zu hören war. Hier herrschte absolute Stille – kein Radio, kein Verkehr, kein Plätschern von Meer oder Fluss, keine anderen Camper, die noch am Lagerfeuer saßen. Bis auf den Regen und den Wind war absolut nichts zu hören. Doch mit einem Mal glaubte ich noch ein anderes Geräusch wahrgenommen zu haben. Als ich mich in die Richtung umwandte, erkannte ich im Dunkeln etwas, das aussah wie eine riesige Scheune. Ich lauschte noch einmal. Waren das Pferde? Waren dort Stallungen? Ich konnte es nicht genau erkennen. Doch der Geruch, den ich wahrnahm, konnte durchaus der nach Pferden, nach Leder und nach Heu sein. Es roch auch nach Holz, der Duft nach Meer war definitiv verschwunden und einem nach frischer Landluft und Natur gewichen.

Wir betraten das Haus über die frischgestrichene Veranda, als mit einem Mal oben das Licht anging, was Tom nur ein Stöhnen entlockte.

„Wartet! Ich mach das!" wandte er sich kurz zu uns um, bevor er durch die Doppeltür im Haus verschwand.

„Es ist alles okay. Ich bin's", hörten wir nur.

„Was ist denn los?" erkannte ich eine Frauenstimme und nahm an, dass sie zu Toms Mutter gehörte.

„Kann ich euch das morgen erklären? Ich glaub, wir müssen alle ganz dringend eine Runde schlafen."

„Wir? Wie viele seid ihr denn?"

Mir war das wirklich unangenehm, solche Umstände zu machen. All das geschah nur meinetwegen. Aber ich muss auch gestehen, ich wollte nur noch ins Bett. Ich wollte mich irgendwo unter eine Decke kuscheln, um Mama trauern, wegen Nat weinen und mich bemitleiden. Als ich in Tessas müdes und Jays angespanntes Gesicht sah, wurde mir klar, dass sich auch die beiden gerade nichts sehnlicher wünschten, als endlich schlafen zu gehen. Schließlich kam Tom wieder heraus, hielt uns die Tür auf und deutete mit einem Kopfnicken an, dass wir ihm folgen sollten. Das Licht in der ersten Etage war mittlerweile wieder erloschen.

Das Erste, das ich wahrnahm, als ich das Haus betrat, war ein leichter Geruch nach Lavendel. Auch der frische Duft nach einem angenehmen Putzmittel lag in der Luft. Doch die Kühle im Haus ließ mich frösteln. Ich hörte Holz unter unseren Füßen knarzen, konnte aber nicht richtig erkennen, was sich um mich herum befand. Erst als Tom in einer kleinen Nische neben einem Sessel eine Leselampe einschaltete, sah ich mich um. Wir standen in einer kleinen Diele. Links gingen zwei weiße Holztüren, rechts eine Tür ab, geradeaus sah ich eine Schiebetür, die vermutlich in den Wohnbereich führte, und auf der rechten Seite führte eine alte Holztreppe mit weißem Geländer nach oben, wo ich eine großzügige Galerie erkannte. Es war still im Haus, mitten in der Nacht schliefen wohl alle – na ja, fast alle. Die Stimme von Toms Mutter hatten wir bereits gehört. Irgendwo in der Diele tickte eine Uhr, doch ich war zu müde, um sie zu suchen. Ich wollte nur noch schlafen. Tom stellte seine Sachen ab, gab Jay ein Zeichen zu warten und ging uns voran durch die zweite der beiden Türen auf der linken Seite. Dahinter befand sich ein gemütliches Gästezimmer, das ganz im Landhausstil eingerichtet war. Auf dem dunklen Holzboden lag ein heller Langflorteppich, die Wände waren mit Blümchentapete verziert und eingerichtet war der Raum mit alten, weiß angestrichenen Holzmöbeln. Auf einer Kommode standen ein paar gerahmte Fotos. Doch ich war zu fertig, um sie mir genauer anzusehen.

Eine schmale Tür führte in den Raum nebenan – ein kleines Bad, das auch eine Tür zur Diele besaß. Ich öffnete meine Reisetasche, suchte alles, was ich brauchte, eben zusammen und verschwand im Bad. Ich hörte Tessa und Tom leise miteinander sprechen und wusste, dass es dabei um mich ging, aber das kümmerte mich gerade nicht. Ich putzte mir die Zähne und betrachtete mich dabei in dem Spiegelschrank, der über dem Waschbecken hing. Ein Zombie war nichts dagegen. Die Haare hingen mir strähnig aus dem, was von der Frisur, die ich mir fürs Klettern gemacht hatte, übrig geblieben war. Wenn ich darüber nachdachte, konnte ich nicht fassen, dass das tatsächlich noch keine 24 Stunden her war. In der Zwischenzeit war so viel vorgefallen, dass es mir vorkam wie eine Ewigkeit, dass ich Fotos von Daphne und den anderen Kletterern gemacht hatte. Meine Wangen waren rot und fleckig, Nase und Augen rot und geschwollen vom vielen Weinen und meine dunklen Augenringe wurden durch die verschmierte Wimperntusche noch verstärkt. Ich war wirklich eine Augenweide!

Als ich in meinen Schlafsachen wieder in das Gästezimmer trat, war von Tessa und Tom nichts mehr zu sehen, doch die Tür war nur angelehnt und ich hörte ihre und Jays Stimmen auf dem Flur. Tom erklärte Tessa, wo sie ihn finden konnte, wenn irgendetwas sein sollte. Ich zog die Vorhänge zu und krabbelte in das King Size Bed. Und tatsächlich dauerte es gar nicht lange, da war ich eingeschlafen, so dass ich nicht mal mehr hörte, wie Tessa wieder ins Zimmer kam und sich irgendwann neben mich legte. Doch ich schlief unruhig, träumte verrückte Dinge, wachte immer wieder auf, wälzte mich von einer Seite auf die andere, hörte dem Wind zu, der ums Haus pfiff, und dem Regen, der gegen die Scheiben prasselte.

Erst früh am Morgen wurde mein Schlaf ruhiger, so dass Tess und ich erst aufwachten, als jemand ins Zimmer polterte und der Holzboden knarzte.

„Hailey, raus hier!" hörte ich eine Frauenstimme an der Zimmertür zischen.

„Wer ist das?" erwiderte darauf eine helle Mädchenstimme, wesentlich weniger leise und direkt neben unserem Bett. „Ist eine davon Toms Freundin?"

„Ich weiß es nicht", kam wieder dieses Zischen. „Und jetzt raus hier!"

Ich hörte noch ein leises Murren, dann knarzte der Boden neben uns ein weiteres Mal. Schließlich fiel die Zimmertür leise ins Schloss. Murrend drehte ich mich zu Tessa um und öffnete verkniffen die Augen. Auch Tess war wohl gerade erst aufgewacht.

„Morgen", knurrte sie.

„Morgen", knurrte ich zurück.

„Hab ich mir das grad eingebildet oder hatten wir Besuch?"

„Kam mir auch so vor."

Tessa gähnte einmal herzhaft und rieb sich die Augen. „Hast du sie gesehen?"

Ich schüttelte den Kopf. „Nur gehört."

Eine Weile schwiegen wir und versuchten irgendwie wach zu werden. Es war neun Uhr. Wenn man erst um drei Uhr von einem seltsamen Roadtrip gekommen war, also nicht besonders spät. Als kleines Mädchen sah man das offenbar anders. Tessa setzte sich schließlich auf, lehnte sich an die Rückenlehne und beobachtete mich nachdenklich. Sie hatte Schlaffalten im Gesicht und ihre wilden Locken standen ungeordnet von ihrem Kopf ab. Ohne ihre Brille hatte ich Tessa noch nicht oft gesehen und der Anblick war für mich jedes Mal wieder ungewohnt. Mit ihrer morgens noch viel raueren Stimme als sonst, sprach sie mich schließlich an. „Wie geht's dir?"

Auch ich setzte mich auf, lehnte mich aber nicht an, sondern setzte mich im Schneidersitz so, dass ich ihr schräg gegenüber saß. Auf ihre Frage zuckte ich jedoch nur mit den Schultern. „Ganz ehrlich?" Ich überlegte einen Moment. „Keine Ahnung. Nicht besonders, würd ich sagen."

Tessa nickte. Dafür hatte sie vollstes Verständnis. Dennoch war sie niemand, der sich einigelte und Trübsal blies. Sie packte die Dinge an und hatte offenbar auch nicht vor, mich in ein Loch fallen zu lassen. Daher scheuchte sie mich freundlich, aber bestimmt aus dem Bett und unter die Dusche. Dann machten wir uns auf den Weg in die Küche, die wir durch die Schiebetür erreichten. Was ich sah, als wir durch die Tür traten, verschlug mir förmlich die Sprache. Wir standen mitten in der Küche, die durch eine Theke mit dem Wohnzimmer verbunden war, das sich direkt vor uns erstreckte mit alten Holzdielen, hellen Möbeln, viel Liebe zum Detail und einer Fensterfront, die die gesamte Längsseite des Wohnzimmers einnahm und den Blick freigab auf Felder, Wald, Stallungen, Wiesen, auf denen Pferde weideten, und auf einen riesigen Garten, der so liebevoll gestaltet war, dass es mir den Atem verschlug. Schmale, mit Kopfsteinpflaster befestigte Wege schlängelten sich hindurch zu kleinen Nischen mit Sitzgelegenheiten, die durch gestutzte Hecken, riesige, bunt bepflanzte Blumenkübel oder durch berankte Zaunelemente eingegrenzt waren. Noch nie zuvor hatte ich so einen idyllisch angelegten Garten gesehen.

Wir verbrachten einen völlig unbeschwerten Tag. Nach dieser windigen, nassen Nacht war draußen alles noch feucht, doch die Sonne schien angenehm von einem blauen Himmel und wir waren mitten in der Natur. Ich roch noch den Regen, alles duftete frisch und sauber. Nach dem Frühstück zeigte uns Toms kleine Schwester Hailey, die wir mittlerweile kennengelernt hatten, die Stallungen und ihr Lieblingspferd. Sie war höchstens zehn Jahre alt, klein und zart mit langen, braunen Haaren, die sie in einem Pferdeschwanz trug, aber einem blassen Gesicht. Doch ihre Augen selbst waren stahlblau und machten einen wachen und frechen Eindruck. Tessa und ich halfen Jay und Tom beim Ausmisten und wir erkundeten das riesige Grundstück, fernab jeglicher Nachbarn. Ich hatte meine Kamera mit nach draußen genommen und machte Fotos über Fotos. Nachmittags gingen wir in einem angrenzenden See mitten im Wald schwimmen, machten auf dem Steg ein Picknick und waren einfach unbeschwert.

Erst abends beim Essen lernten wir Toms Eltern Mary und Robert und Toms vierzehn Jahre alten Bruder Dean kennen. Mary war ungefähr in Mamas Alter, wirkte sehr sportlich mit ihrer zierlichen Figur, aber auch abgekämpft. Mit ihren streng nach hinten frisierten, dunkelblonden Haaren und ihren frechen, grauen Augen, die ich schon von Tom kannte, machte sie auf der einen Seite einen sehr herzlichen und liebevollen, auf der anderen Seite einen sehr entschlossenen und resoluten Eindruck. Ich konnte mir vorstellen, dass man gut mit ihr auskam, solange man sich an Regeln hielt. Robert war ein bisschen älter als seine Frau, groß und kräftig, mit einem dunklen Kurzhaarschnitt, der zwar keine Geheimratsecken offenbarte, dafür aber seine graumelierten Schläfen. Er schien sehr ruhig und besonnen zu sein, vielleicht der Ruhepol der Familie. Und dann war da noch Dean, Toms jüngerer Bruder. Er war bis auf Kleinigkeiten das absolute Abbild von Tom, etwas kleiner, etwas breiter, die Haare noch strubbeliger, die Miene düsterer, aber ansonsten sahen sie sich unglaublich ähnlich.

Sie alle wirkten wie eine stinknormale Familie, sehr herzlich, aber mit den typischen Alltagsproblemen. Toms Eltern waren gestresst von der Arbeit auf der Ranch, dennoch merkte man ihnen an, dass sie ihre Arbeit liebten. Dean wirkte wie ein typischer Teenager in der Pubertät und Hailey war aufgedreht und albern wegen so viel Besuch. Auf den ersten Blick nichts Auffälliges.

Doch als ich genauer hinsah, fiel mir auf, dass zwischen Toms Eltern verstohlene Blicke ausgetauscht wurden, dass Hailey um jeden Preis Toms Aufmerksamkeit wollte und Dean Tom fast schon argwöhnisch beobachtete. Die Stimmung am Tisch war trotz der netten Gespräche seltsam angespannt und ich fragte mich nicht zum ersten Mal, was dazu geführt hatte, dass Tom ein ganzes Jahr lang nicht zu Hause gewesen war. Es war unterschwellig zu spüren, dass irgendetwas hier ganz demonstrativ nicht angesprochen wurde.

Nach dem Essen verabschiedeten sich Dean und Hailey auf ihre Zimmer, während wir Gäste uns eben um den Abwasch kümmerten, damit Mary und Robert endlich Feierabend hatten. Dann verzogen Jay, Tessa und ich uns nach draußen auf die Veranda, um Tom und seinen Eltern Zeit miteinander zu geben. Eine Weile saßen wir einfach auf den Stufen und sahen über die Felder. Der dunkle, aber klare Himmel zeigte unzählige Sterne und es war absolut still. Ich wollte nicht über Nat sprechen, Jay nicht über sein Album, also schwiegen wir eine ganze Weile und genossen einfach zusammen den Ausblick. Irgendwann begannen Tess und Jay sich über Tessas Zukunftspläne zu unterhalten und darüber, wie sie aufgewachsen war. Auch von Finn erzählte Tessa. Ich hörte den beiden aufmerksam zu, mischte mich aber nicht weiter ein. Jay schien überrascht zu sein, dass Tess vorhatte sich dem Willen ihrer Eltern zu beugen und Medizin zu studieren, denn er fragte: „In der Regel wollen Eltern doch, dass man glücklich ist, oder nicht?"

Doch Tessa schüttelte direkt den Kopf, so dass sich ihre wilden Locken bewegten. „Meine wollen, dass ich erfolgreich bin."

„Damit sie sich keine Sorgen um dich machen müssen", folgerte Jay. „Eltern machen sich immer Sorgen."

Wieder lachte Tessa einmal auf. „Meinen geht es um Ansehen, um den schönen Schein nach außen, nicht darum, dass es mir gut geht."

Skeptisch zog Jay neben ihr die Stirn kraus. „Bist du sicher?"

Tessa nickte. „Ganz sicher."

„Wow", wusste Jay zunächst nichts anderes zu erwidern. Doch dann fuhr er fort: „Okay Tess. Was würdest du lieber machen: Konditorin werden oder Medizin studieren?"

Doch darauf ließ sich Tessa nicht ein. „Das mit dem Backen ist doch nur ein Hobby."

Vor Überraschung riss Jay die Augen auf. „Nur ein Hobby? Ist das dein Ernst? Hast du nie ernsthaft darüber nachgedacht, Konditorin zu werden?"

Unschlüssig zuckte Tess mit den Schultern, da schloss Jay: „Du hast darüber nachgedacht."

Und als Tessa vorsichtig nickte, fuhr er fort: „Vielleicht solltest du das ernsthaft in Betracht ziehen."

Kurze Zeit später verabschiedete er sich von uns, um ins Bett zu gehen, und auch wir begaben uns in unser Zimmer. Doch es graute mir davor ins Bett zu gehen. Den ganzen Tag über hatte ich die Gedanken an Mama und an Nat und an all das, was geschehen war, ausblenden können, war abgelenkt. Dafür hatten die anderen gesorgt. Aber wenn wir ins Bett gehen würden, wenn ich neben Tess lag und hörte, wie ihr Atem allmählich gleichmäßiger ging und sie ins Land der Träume versank, dann wusste ich genau, ich würde ins Grübeln kommen und hätte keine Chance es aufzuhalten. Tess erzählte ich von meinen Gedanken nichts. Sie hatte gerade genug andere Dinge im Kopf, über die sie nachdenken musste. Dennoch hörte ich, wie sie, kurz nachdem wir uns „Gute Nacht" gesagt hatten, tief und fest einschlief.

Eine Weile blieb ich neben ihr liegen, doch der Schlaf wollte einfach nicht kommen. Daher krabbelte ich irgendwann vorsichtig aus dem Bett, schnappte mir meine Kapuzenjacke vom Stuhl, schlich aus dem Zimmer und zog die Tür leise hinter mir zu. Die Haustür war nicht abgeschlossen, daher beschloss ich, mich wieder draußen auf die Veranda zu setzen und die frische Nachtluft und die Ruhe zu genießen. Wenn ich schon grübelte, dann wollte ich das wenigstens draußen tun. Ich verließ also das Haus und setzte mich im Dunkeln auf die oberste der Verandastufen. Der Mond schien hell und tunkte alles in ein schummriges Licht, so dass ich weit über die hügeligen Felder sehen konnte. Der Himmel war klar und es waren unzählige Sterne erkennbar, viel mehr als zu Hause, weil es dort nachts wegen der Straßenlaternen viel heller war als hier. Ein leichter Wind umfasste mich und ich spreizte für einen Moment meine Finger, um die kühle Luft hindurch gleiten zu lassen. Dann atmete ich einmal tief durch. Wenn ich so darüber nachdachte, war es total unwirklich, dass ich überhaupt hier war. Vor wenigen Wochen hatte ich noch an Mamas Krankenbett gesessen, ihr die Hand gehalten, als die Schmerzen unerträglich wurden, ihr *Gute Geister* von Kathryn Stockett vorgelesen und immer wieder gebetet, dass sie doch bitte wieder gesund werden sollte, auch wenn mir ab einem gewissen Zeitpunkt völlig klar gewesen war, dass das nicht mehr passieren würde. Und dann war sie einfach gestorben.

Bei dem Gedanken traten mir wieder einmal Tränen in die Augen und ich fürchtete, dass das auch noch eine ganze Weile so weitergehen würde. Schließlich hatten Tess und ich die Wohnung ausgemistet und dabei die Briefe gefunden und dann hatten die Dinge irgendwie ihren Lauf genommen, so dass ich jetzt hier in Vermont auf der Veranda einer Pferderanch saß und in den sternenklaren Nachthimmel starrte. Ich schloss für einen Moment die Augen und konnte nicht verhindern, dass mir Tränen über die Wangen liefen. Da hörte ich hinter mir ein Geräusch. Ich wischte mir schnell die Wangen mit meinem Ärmel ab, drehte mich um und erkannte Tom in T-Shirt und Boxershorts mit zwei Decken und einem Kissen unter dem Arm.

„Was hast du denn vor?" fragte ich leise und ein wenig belustigt, auch wenn er vermutlich genau wusste, dass ich geweint hatte.

„Zeig ich dir", erwiderte er und forderte mich auf: „Komm mit!" Mit den Worten nahm er meine Hand, zog mich hoch und lief um das Haus herum in den Garten. Mir fiel wieder einmal auf, wie rau und angenehm sich seine Hand anfühlte und dass ich sie am liebsten gar nicht wieder losgelassen hätte. Wir liefen im Mondlicht mit nackten Füßen über den feuchten Rasen des Gartens zu einer Nische, die ich bisher noch gar nicht wahrgenommen hatte. Vom Wohnzimmer aus war sie nicht zu sehen, weil sie von einer hohen Hecke verdeckt wurde. Dahinter hing zwischen zwei hohen Apfelbäumen eine gemütlich aussehende Hängematte. Als wir sie erreicht hatten, ließ Tom meine Hand los, nahm die Wolldecke von seinem Arm und breitete sie in der Hängematte aus. Dann legte er das Kissen und die Bettdecke hinein, bevor er sich neben mich stellte und sein Werk betrachtete.

„Wenn du hier nicht gut schläfst, dann weiß ich es auch nicht!"

„Alleine?" rutschte es mir überrascht heraus. Ich hatte dabei gar keinen Hintergedanken gehabt, aber im Dunkeln hier im Garten in dieser Einsamkeit fand ich es doch ein bisschen unheimlich. Da erwiderte Tom vorsichtig: „Ich kann hierbleiben, wenn du möchtest."

Ich nickte und lächelte ihn schüchtern an. Ohne weiteren Kommentar ging Tom auf sein frischgemachtes Bett in der Hängematte zu, schlug die Bettdecke zurück, legte sich hinein und rückte langsam und vorsichtig an die Seite, um sich nicht zu überschlagen. Dann hielt er eine Ecke der Decke auf und wandte sich an mich: „Okay, dann komm."

Langsam ging ich auf ihn zu und legte mich vorsichtig zu ihm. Hier gab es keine Möglichkeit ihm auszuweichen. Selbst wenn wir uns ein Bett geteilt hätten, wären wir uns nicht so nah gewesen wie hier. Tom deckte mich mit dem einen Arm zu, während er den anderen um meine Schultern gelegt hatte und mich damit festhielt. Ich hatte keine Socken an und trug bis auf meine Kapuzenjacke nur eine kurze Schlafhose, doch Tom strahlte so eine Wärme aus, dass ich mir darüber gar keine Sorgen machen musste. Ich lag ihm zugewandt in seiner Armbeuge, legte unsicher meinen Arm auf seine Brust und schloss die Augen.

„Liegst du gut?" fragte er leise.

„Mhm", war meine ganze Antwort, nickte aber dabei. Mir war völlig klar, dass Tom das hier nicht machte, um mich rumzukriegen, sondern damit ich endlich schlafen konnte. Trotzdem war mir auch klar, dass er das nicht machen würde, wenn ich ihm nicht wirklich wichtig war. Mir fiel wieder ein, was er zu mir gesagt hatte, bevor wir Mamas Brief gefunden hatten. Er hatte gesagt, dass er mich küssen würde, und jetzt lag er hier mit mir und ich spürte, dass sein Herz schneller schlug als normal. Auch ich war aufgeregt und sicher, dass Tom spüren konnte, wie schnell mein Herz schlug. Doch ich wollte dieses Erlebnis mit ihm hier in der Hängematte auf gar keinen Fall durch meine Aufregung ruinieren.

„Erzähl mir was von dir", forderte ich ihn daher auf.

„Hm", erwiderte er mit seiner tiefen Stimme. „Was willst du denn wissen?"

Eine Weile überlegte ich. Es gab eine Sache, die ich unbedingt wissen wollte, nämlich warum er so lange nicht zu Hause gewesen war. Doch ich spürte, dass dafür nicht der richtige Augenblick war. Da Tom in der ganzen Zeit, in der ich ihn jetzt kannte, immer unglaublich hilfsbereit und selbstlos, aber auch genauso verschlossen gewesen war, beschloss ich, ihn all das zu fragen, was ich schon die ganze Reise über wissen wollte, auch wenn ich die wichtigste aller Fragen dabei ausließ.

„Woher kennst du Jay?"

„Das war reiner Zufall", erwiderte Tom. „Wir kennen uns aus einer Schlange für ein Casting. Wenn du in New York in der U-Bahn Musik machen willst und dich nicht jedes Mal umsehen willst, ob ein Ordner auftaucht, um dich zu verscheuchen, dann musst du zu einem Casting gehen, um eine offizielle Erlaubnis zu bekommen in der U-Bahn zu spielen. Wir waren beide bei dem gleichen Casting und standen zufällig hintereinander."

„Und da seid ihr ins Gespräch gekommen?"

Ich spürte, wie Tom neben mir nickte. „Genau. Ich war neu in New York und dabei Kontakte zu knüpfen, noch dazu suchte ich eine Bleibe. Ich hatte zwar Geld gespart, bevor ich dorthin gegangen war, wohnte aber bis dahin in einem Hostel. Jays Mitbewohner war gerade ausgezogen und er war auf der Suche nach einem Nachfolger. Es passte also alles irgendwie gut zusammen."

Irgendwo hinter uns in den Bäumen hörte ich einen Uhu, über uns raschelten die Blätter der Apfelbäume. Ansonsten waren unsere Stimmen die einzigen Geräusche, die zu hören waren.

„Hast du nie Heimweh gehabt?" fragte ich leise.

Darauf antwortete Tom nicht direkt, sondern überlegte eine Weile. Er schien unsicher zu sein, ob er sich mir wirklich anvertrauen sollte, und spielte nachdenklich mit meinen Haaren. Als er schließlich sprach, klang seine Stimme beinahe traurig.

„Es ist schwierig, Heimweh zu haben, wenn man den eigenen Auszug als Befreiung empfindet."

Überrascht stützte ich mich auf seiner Brust ab, so dass ich ihn im schummrigen Mondlicht ansehen konnte. „Wie meinst du das?"

Tom seufzte. „Wenn man hinter diesen schönen Schein blickt, dann gibt es hier Dinge, Lu, die mich ganz schön mitnehmen.

Und ja, ich weiß, dass Weglaufen keine Lösung ist, aber manchmal tut ein bisschen Abstand ganz gut."

„Was denn für Dinge?" fragte ich vorsichtig, nicht sicher, ob ich die Antwort darauf wirklich wissen wollte. Doch Tom war noch nicht so weit. Er strich mir mit der Hand sanft eine Haarsträhne aus dem Gesicht und steckte sie hinter mein Ohr. Dann betrachtete er mich eine Weile, bevor er sprach: „Ich erklär's dir. Versprochen. Aber nicht jetzt, okay?"

„Okay", flüsterte ich. Dann kuschelte ich mich wieder an ihn. Ich spürte, wie er mir aufs Haar küsste, dann nahm er mich fest in den Arm. Noch niemals hatte ich mich so geborgen gefühlt, nichtmal bei Mama. Mein Herz hatte sich beruhigt und auch seins schien nun langsamer zu schlagen.

„Gute Nacht, Friday", flüsterte er an meinem Kopf.

„Gute Nacht, Sunday", erwiderte ich leise und schloss die Augen, um wenig später in einen langen und traumlosen Schlaf zu fallen.

19.

„Was macht ihr denn da?" wurde ich wieder einmal von Haileys aufgeweckter Stimme wach.

„Oh man, Hailey", brummte Tom verschlafen neben mir. „Gibt es nicht jemand anderen, den du gerade nerven kannst?"

„Nee, eigentlich nicht", erwiderte sie frech und fragte stattdessen: „Ist Lucie deine Freundin?"

Ich spürte, wie Tom versuchte, Hailey mit seiner freien Hand wegzuscheuchen. „Komm, lass uns in Ruhe. Ich verspreche auch, dass wir gleich irgendwas zusammen machen."

„Wirklich versprochen?" Ihre Stimme klang skeptisch, so dass Tom genervt seufzte. „Wirklich versprochen."

„Okay."

Damit verschwand sie. Kurz darauf hörte ich die Schiebetür der Terrasse und vermutete, dass Hailey wieder ins Haus gegangen war. Erst dann öffnete ich langsam die Augen und begann mich zu strecken, ohne Tom dabei aus der Hängematte zu schmeißen.

„Guten Morgen", kam es da leise von ihm.

„Guten Morgen", gab ich ebenso leise zurück. Ich stützte mich auf meine Unterarme und sah in Toms verschlafenes Gesicht. Er sah zerknittert aus und kniff seine grauen Augen zusammen geblendet von dem hellen Licht des Morgens. Es konnte höchstens acht Uhr sein. Ich sah mit Sicherheit auch nicht aus wie das blühende Leben, wenn ich daran dachte, dass ich unfrisiert und ungeschminkt war. Aber Tom kannte mich auch schon mit rotgeheultem und verquollenem Gesicht. Schlimmer konnte es also wohl nicht mehr kommen.

„Wie hast du geschlafen?" wollte er wissen.

Einen Moment dachte ich über die letzte Nacht nach und stellte fest, dass ich mich nicht daran erinnern konnte, auch nur ein einziges Mal wachgeworden zu sein. Überrascht sah ich ihn an. „Ich glaube, ich hab fantastisch geschlafen."

Stolz lächelte Tom mich an. „Siehst du? Hab ich doch gesagt!"

Einen Augenblick sahen wir uns in die Augen und sofort begann es in meinem Magen wieder zu kribbeln. „Danke!" brachte ich nur heraus, doch Tom schüttelte den Kopf. „Nicht dafür."

Als er bemerkte, dass ich einfach nichts zu erwidern wusste, löste er die Spannung zwischen uns auf. „Sollen wir frühstücken gehen?"

Erleichtert nickte ich, riss mich von seinen grauen Augen los und kletterte aus der Hängematte. Als wir alles zusammengepackt hatten, klemmte Tom sich die Sachen wie in der Nacht zuvor unter den Arm und lief los. Einen Moment blieb ich stehen und sah ihm hinterher, überrascht darüber, wie sich gerade so einige Dinge entwickelten. Als hätte er meine Gedanken gelesen, blieb Tom stehen und sah sich zu mir um.

„Ist alles okay?"

Ich nickte schnell und lächelte ihn an. Als er zurücklächelte, begannen die Schmetterlinge in meinem Bauch zu flattern, und als ich zu ihm aufgeschlossen hatte und er wie selbstverständlich meine Hand in seine nahm und unsere Finger miteinander verschränkte, waren die Schmetterlinge nicht mehr aufzuhalten.

Beim Frühstück warfen wir uns immer wieder verstohlene Blicke zu, was auch Hailey, Jay und Tessa nicht entging, die ebenfalls in der Küche saßen, um zu essen. Tessa beobachtete mich neugierig und ich war mir sicher, dass sie so schnell wie möglich mit mir alleine sein wollte, um mich auszufragen. Als ich mich ins Gästezimmer verabschiedete, um mich fertig zu machen, folgte sie mir gespannt. Kaum hatte ich die Tür hinter uns geschlossen, schoss auch schon die erste Frage aus ihr heraus. „Und?"

Doch ich tat völlig unbeteiligt. „Was und?"

Ungeduldig verdrehte Tess die Augen. „Was ist gestern zwischen euch passiert?"

„Ganz ehrlich?" Ich überlegte einen Moment. „Gar nichts. Eigentlich ist gar nichts passiert."

Tessas Augen wurden vor Überraschung ganz groß. „Ihr habt euch nicht geküsst?"

Ich schüttelte den Kopf. Da ließ sich Tess enttäuscht aufs Bett sinken. „Ihr habt die Nacht miteinander verbracht und es ist nichts zwischen euch passiert?"

Wieder schüttelte ich den Kopf, konnte das Lächeln aber nicht aus meinem Gesicht vertreiben. „Das war die schönste Nacht meines Lebens."

Jetzt war Tess vollends verwirrt. Mit gerunzelter Stirn betrachtete sie mich und machte mir deutlich, wie unzufrieden sie gerade war. Da beschloss ich, sie von ihrer Neugier zu erlösen, und erzählte ihr, was in der letzten Nacht vorgefallen war. Als ich fertig war, war Tessas ganze Reaktion ein fasziniertes „Wow!". Mehr brachte sie nicht heraus, so dass ich seit Tagen endlich wieder herzhaft lachen musste. Da schüttelte Tess den Kopf und bekam allmählich ihre Fassung wieder.

„Das ist das Romantischste, das ich jemals gehört habe."

Doch bevor ich darauf antworten konnte, klopfte es an der Tür. Auf unser „Herein!" öffnete sich die Tür einen Spalt und Tom steckte seinen Kopf hindurch.

„Hailey möchte unbedingt schwimmen gehen. Habt ihr Lust mitzukommen?"

Da mussten wir nicht lange überlegen. Wieder machten wir uns auf den Weg zu dem einsam im Wald gelegenen See. Es war einfach idyllisch dort. Die dichtbewachsenen Laubbäume standen eng am Ufer, so dass wir bis auf den Steg keine Möglichkeit hatten, uns hinzusetzen. Es war noch recht frisch, als wir ankamen, doch es versprach ein warmer Tag zu werden und der See war von den letzten Tagen bereits aufgewärmt, so dass sein Wasser nicht so kalt war. Er lag völlig unberührt vor uns, als wir näher kamen. Kein Tier und kein Windhauch strichen über die spiegelglatte Oberfläche. In den Bäumen um uns herum konnten wir Vögel zwitschern hören, an einigen Sträuchern summten Bienen, ansonsten waren wir völlig alleine.

Dean, der mittlerweile aufgestanden war und uns begleitete, und Hailey waren als Erste im Wasser. Ich war jedes Mal wieder überrascht, wenn ich Dean beobachtete, wie ähnlich er Tom sah und wie ähnlich er ihm auch in Gestik und Mimik, aber scheinbar so gar nicht im Wesen war. Soweit ich das mitgekriegt hatte, hatte Dean mit Musik gar nichts am Hut, außer dass er sie hörte. Dafür war er ein begnadeter Fußballer und hoffte wohl inständig in ein paar Jahren auf ein Stipendium für ein College, um vielleicht sogar Profi werden zu können. Ich hatte Tom, Jay und ihn am Vortag im Garten spielen sehen und selbst ich als Laie hatte gesehen, wie gut er war.

Tom sprang als Nächster ins Wasser. Und so schade ich es fand, dass unsere Annäherungen und die Blicke hier erst einmal ein Ende hatten, so sympathisch fand ich auch, dass er Zeit mit seinen jüngeren Geschwistern verbrachte, wie er es versprochen hatte. Wir hatten einen unbeschwerten Morgen, bis auf einmal Toms Mutter auf dem Steg auftauchte, als wir gerade auf unseren Handtüchern in der Sonne lagen, um zu trocknen. Mary hatte einen ernsten Ausdruck in ihrem so jung wirkenden Gesicht und zwischen den Augenbrauen hatte sich eine steile Falte gebildet. Sie trug noch ihre Reitkleidung vom Training und aus ihrer praktischen Hochsteckfrisur hatten sich ein paar blonde Strähnen gelöst, die ihr ums Gesicht wehten. Sie sah eher besorgt als wütend aus und nachdem sie kurz ein paar nette Worte mit uns gewechselt hatte, suchte sie Toms Blick, der offenbar sofort Bescheid wusste, seine Sachen zusammenpackte und aufstand.

„Okay, ich muss los. Wir sehen uns später."

Dean und Hailey schienen nicht überrascht und auch Jay schien zu wissen, worum es ging. Nur Tessa und ich waren völlig ahnungslos und dementsprechend irritiert.

„Wo musst du denn hin?" wollte Tessa daher wissen, doch Tom antwortete nicht darauf, erwiderte nur vage: „Das erklär ich euch später."

Dann lief er seiner Mutter hinterher, die den Steg bereits wieder verlassen hatte und im Wald verschwunden war. Enttäuschung machte sich in mir breit und bevor ich richtig darüber nachdenken konnte, lief ich Tom hinterher.

„Tom, warte!"

Auch er war bereits im Wald verschwunden, hielt aber an, als er seinen Namen hörte. Barfuß lief ich über den weichen Waldweg, bis ich zu ihm aufgeschlossen hatte.

„Ist alles in Ordnung?"

Wieder schlich sich dieser traurige Ausdruck auf sein Gesicht und er betrachtete mich einen Moment nachdenklich. Dann seufzte er, bevor er schließlich sagte: „Ich hab versprochen, dir ein paar Dinge zu erklären, und vielleicht ist jetzt der richtige Zeitpunkt dafür."

„Okay", erwiderte ich vorsichtig. Da fragte Tom: „Willst du mitkommen?"

Ich hatte keine Ahnung, wo es hingehen sollte, und Tom hatte scheinbar auch nicht vor, mir das zu sagen, aber ich hatte das Gefühl, dass es besser war, ihm jetzt zu vertrauen und ihn nicht zu bedrängen. Denn mein Gefühl sagte mir auch, dass das hier ein großer Schritt für ihn war.

Ich holte meine Sachen vom Steg, verabschiedete mich kurz von den anderen, dann folgte ich Tom durch den Wald zurück zu seinem Elternhaus. Er wirkte angespannt und ich merkte, dass er überhaupt keinen Kopf mehr dafür hatte, meine Hand zu nehmen oder sich irgendwie um eine Annäherung zu bemühen, was dafür sorgte, dass ich unheimlich aufgeregt wurde. Wo würde er mit mir hinfahren? Was würde mich erwarten? Beunruhigt fragte ich mich, was so schlimm sein konnte, dass jemand wie Tom, den nichts aus der Bahn zu werfen schien, den ich nur als die Ruhe selbst kannte, so angespannt wurde.

Als wir uns umgezogen hatten und an seinem Auto trafen, sah ich, dass er bereits ein paar Papiertüten mit Einkäufen auf die Rückbank gestellt und auch Getränke eingeladen hatte. Offenbar würden wir jemanden besuchen.

Auf der Fahrt sagte Tom kein einziges Wort. Das Radio war ausgeschaltet und ich beobachtete ihn immer wieder gespannt aus dem Augenwinkel. Seine Kieferknochen waren aufeinander gepresst und er hielt das Lenkrad so fest umklammert, dass seine Handknöchel weiß hervortraten. Ich hätte gerne seine Hand genommen oder ihm beruhigend über den Arm oder den Oberschenkel gestreichelt, aber ich traute mich nicht. Stattdessen konzentrierte ich mich auf die Straße. Wir bogen von dem Feldweg, der zu Toms Eltern führte, auf die größere Landstraße ab, passierten einen kleinen Ort mit netten Geschäften, zu dem vermutlich auch die Ranch gehörte, überquerten die Hauptverkehrsstraße und bogen in ein kleines Wohngebiet ein. Die

Grundstücke waren viel größer als bei uns zu Hause und die Vorgärten oft eine einzige grüne Wiese, die nicht durch Zäune an den einzelnen Grundstücken abgetrennt war. Die Häuser selbst hätten unterschiedlicher nicht sein können. Ich sah große, beeindruckende Klinkerbauten, aber auch Holzhäuser, die ihre besten Tage bereits hinter sich hatten. Doch auch sie waren nichts im Vergleich zu dem Haus, auf das wir schließlich zufuhren.

An einem rotverklinkerten Haus bogen wir in die Einfahrt ein, die länger war, als sie zunächst den Anschein machte, und um eine Kurve herum halb in einen Wald hinein führte. Vor diesem Wald stand eine Hütte, nicht größer als eine Gartenhütte. Sie sah einfach zusammengezimmert aus, Grünspan bedeckte das Holz und das Dach bestand aus einfacher Dachpappe. Davor stand ein Schaukelstuhl und in diesem Stuhl saß ein alter, heruntergekommener Mann mit grauen Haaren und abwesendem Blick, der in eine grob gestrickte Decke gehüllt war. Als wir näher kamen und der Mann uns bemerkte, schien für einen Augenblick ein Erkennen in seinen Augen aufzublitzen und ein Lächeln stahl sich auf sein Gesicht. Bei diesem Anblick erschrak ich, denn diese Szene erinnerte mich genau an den Traum, den ich gehabt hatte, als ich Nat noch nicht begegnet war.

Tom parkte seinen Buick neben der Hütte, atmete einmal tief durch, holte die Einkäufe aus dem Wagen und ging auf den Mann zu. Ich folgte ihm unsicher. Doch als ich hörte, wie Tom ihn begrüßte, blieb ich fassungslos stehen.

„Hi Dad!"

Dieser Mann war sein Vater? Dieser Mann, der aussah, als könnte er sein Großvater sein? Der aussah, als wäre er nur noch eine leere Hülle? Als wäre irgendetwas Schreckliches mit ihm passiert, das ihm jegliche Kraft geraubt hatte, oder als hätte er eine schreckliche Krankheit, die ihm jegliches Leben aussaugte. Seine grauen Haare standen ihm strähnig vom Kopf ab, sein Gesicht war aufgedunsen und rot, seine Augen glasig. Er war unrasiert, was ihm einen verwegenen, aber auch ungepflegten Eindruck verlieh, und ich fragte mich, wie alt er wohl sein mochte. Tom brachte die Einkäufe in die Hütte und räumte sie ein, dann schob er die Rollos hoch und öffnete die Fenster, um frische Luft in die Hütte zu lassen. Ich blieb im Türrahmen stehen und beobachtete ihn dabei.

Die Hütte war karg eingerichtet: ein zerwühltes Bett an der Wand gegenüber, daneben eine Kommode, ein kleines Sofa links an der Wand, davor ein Tisch mit einem kleinen Fernseher, rechts eine kleine Kochnische mit Waschbecken, Kühlschrank und zwei Herdplatten. Das Bad vermutete ich wie die Dusche bei dem Cottage, in dem wir übernachtet hatten, hinter der Hütte, also draußen. Was aber viel eher auffiel als die Einrichtung, war der Geruch. In der Hütte roch es muffig, nach vergammeltem Essen und Alkohol. Überall lag Kleidung herum, Pizzakartons türmten sich auf dem Kühlschrank und dem kleinen Tisch vor dem Sofa und sowohl auf dem Boden vor dem Sofa als auch unter dem Bett erkannte ich leere Schnapsflaschen.

Für Tom musste es ein riesiger Schritt sein, mir das alles zu zeigen, und ich beschloss, einfach mit anzupacken statt ihn schockiert zu beobachten. Was konnte ich schon falsch machen? Ich begann in der Kommode nach sauberer Bettwäsche zu suchen, die ich auch fand, und beschloss das Bett neu zu beziehen. In den dreckigen Bezug der Decke stopfte ich das benutzte Spannbettlaken und den Kopfkissenbezug. Tom räumte unterdessen das Chaos auf, sammelte die leeren Flaschen und den Müll ein. Als er sah, was ich machte, hielt er inne und wandte zum ersten Mal, seit wir hier waren, das Wort an mich.

„Das musst du nicht machen."

Seine Stimme hatte dabei einen sonderbaren Klang, so wie ich sie nicht kannte. Er schien weder wütend noch dankbar oder erleichtert über meine Reaktion zu sein. Stattdessen machte er einen völlig resignierten Eindruck und mir wurde klar, dass Tom diesen Anblick mehr als gewohnt war. Ich fragte mich, wie lange er das schon mit machte, schüttelte den Kopf und erwiderte nur: „Schon gut."

Dann widmete ich meine Aufmerksamkeit den Kleiderstapeln. Die Sachen, die dreckig waren oder unangenehm rochen, stopfte ich ebenfalls in den Bettbezug, die anderen legte ich ordentlich zusammen und packte sie in die Kommode. Den vollen Kleidersack trug ich nach draußen und wandte mich an Tom.

„Wäscht deine Mutter die Sachen?"

Als Tom als Erwiderung nickte, nahm ich den Beutel und legte ihn auf den Rücksitz des Buick. Tom war in der Zwischenzeit fertig mit dem Aufräumen, hatte den Müll in Tüten und die Flaschen in einen großen Pappkarton gestellt und packte das alles in seinen Kofferraum. In der ganzen Zeit kam von Toms Vater keine einzige Reaktion. Schließlich zog Tom zwei umgedrehte Obstkisten heran, die vor der Hütte standen und setzte sich auf eine von ihnen. Ich tat es ihm gleich und beobachtete betroffen, wie er versuchte, Kontakt zu seinem Vater herzustellen.

„Hey Dad. Wir haben dir was zu essen mitgebracht und auch sonst alles, was du brauchst."

Toms Vater wandte seinem Sohn den Blick zu und betrachtete ihn, doch ohne Reaktion.

„Ich weiß, ich bin lange nicht hier gewesen", fuhr Tom da fort. „Es ist viel passiert. Das hier ist Lucie." Damit deutete er auf mich. Schüchtern lächelte ich Toms Vater an.

„Hallo."

Er sah zu mir herüber und für den Bruchteil einer Sekunde hatte ich den Eindruck, als runzelte er die Stirn. Dann sah er wieder zu Tom.

„Wir haben uns in New York kennengelernt", erzählte der weiter, „und ganz schön was erlebt diesen Sommer."

„Spielst du?" fragte Toms Vater da mit einem Mal. Seine Stimme war leise und heiser, eine Stimme, die nicht oft benutzt wurde. Die Aussprache war undeutlich, dennoch war er ganz gut zu verstehen. Tom lächelte bei dieser Frage.

„Ja, keine Sorge. Ich spiele. Ich habe auf unserer Reise zwar kein Geld damit verdient, aber in ungefähr zwei Wochen habe ich in New York einen großen Auftritt. Vielleicht entdeckt mich ja jemand."

Wieder stahl sich ein Lächeln auf das Gesicht von Toms Vater und zeigte eine Reihe ungepflegter Zähne. „Das ist gut", erwiderte er und wiederholte: „Das ist gut."

Dann lief Tom in die Hütte und kam kurze Zeit später mit einer Gitarre wieder heraus. Als er sich wieder neben mich setzte, wandte er sich seinem Vater zu: „Mein Mitbewohner und ich haben einen Song geschrieben, von dem wir hoffen, dass er ein Durchbruch sein könnte."

Dann fing er zu spielen an und schon nach kurzer Zeit begannen die Augen von Toms Vater zu glänzen. Erst dachte ich, dass sie vor Aufregung oder Freude zu glänzen begannen, doch dann erkannte ich, dass sich Tränen in seinen Augen bildeten und drohten über seine Wangen zu laufen, so sehr berührte ihn sein eigener Sohn. Dieser Moment war so persönlich und so ergreifend, dass ich nicht fassen konnte, dass Tom mich tatsächlich mitgenommen hatte. Und als ich ihm so zuhörte, wie er die stimmungsvollen Akkorde auf der alten Gitarre seines Vaters spielte und diese schöne Melodie mit seiner tiefen, rauen Stimme sang, während sein Vater vor ihm saß und zu weinen begann, traten auch mir Tränen in die Augen, so ergreifend fand ich diesen Moment.

Wir saßen noch eine Weile bei ihm, dann verabschiedeten wir uns. Tom umarmte seinen Vater herzlich, der die Umarmung tatsächlich erwiderte, dann fuhren wir davon. Wieder lief kein Radio, wieder sagte Tom kein Wort. Er wirkte extrem niedergeschlagen und völlig in Gedanken. Ich hatte so viele Fragen, aber ich traute mich nicht, auch nur eine einzige davon zu stellen. Stattdessen wartete ich einfach ab und beobachtete Tom immer wieder. An einem großen Supermarktparkplatz hielt er neben einem großen Container und entsorgte den Müll und die Flaschen, dann fuhr er kommentarlos weiter. Doch bevor er uns zu sich nach Hause brachte, hielt er am Seitenstreifen, drehte den Schlüssel im Zündschloss und machte den Motor aus. Die ganze Zeit sah er starr geradeaus, wirkte fast abwesend, nahm mit Sicherheit nicht einmal wahr, dass sich der Himmel zugezogen und es zu regnen begonnen hatte. Eine ganze Weile saßen wir so da, niemand von uns sagte ein Wort und niemand rührte sich. Doch irgendwann – nach einer gefühlten Ewigkeit – begann Tom zu sprechen, fast mehr zu sich selbst, aber es war dennoch völlig klar, dass die Erklärung mir galt.

„Er ist seit Jahren Alkoholiker, leidet mittlerweile am Korsakow-Syndrom. Im Grunde trinkt er sich einfach zu Tode. Als ich noch klein war, hat er mehrere Entzüge gemacht, ist aber immer rückfällig geworden. Irgendwann hat Mum es nicht mehr ausgehalten und ihn verlassen. Ich kann es ihr nicht mal verdenken. Wer hält das schon aus? Robert hat damals schon auf der Ranch gearbeitet. Damals hat mein Großvater sie noch geführt und Robert hat Mum geholfen, das alles durchzustehen. Er ist ein netter Kerl und er ist gut zu Mum und zu Hailey und Dean, aber er ist eben nicht mein Dad. Ich weiß nicht, woher Dad seinen Alkohol bekommt, und es interessiert mich auch gar nicht. Ich glaube nicht, dass er überhaupt noch eine Möglichkeit hätte, davon loszukommen. Wir versorgen ihn mit Einkäufen, räumen auf, lüften, reden mit ihm, so gut es geht. Wenn er es irgendwann nicht mehr kann, werden wir ihn auch waschen müssen. Die Hütte gehört Mums Bruder, der mit seiner Familie in dem roten Haus vor der Einfahrt lebt. Er war immer gegen Dad, lässt ihn dort nur Mum zuliebe wohnen, kümmert sich ansonsten aber einen Dreck um ihn."

Tom erzählte das alles in einem Ton, der beinahe unbeteiligt wirkte, aber mir war klar, dass ihn das alles andere als kalt ließ und er einfach keine andere Möglichkeit sah, um mir das alles zu erzählen. Doch dann schwieg er wieder. Mittlerweile wusste ich, was er in der letzten Nacht gemeint hatte, als er sagte, sein Auszug wäre wie eine Befreiung gewesen, dass man vor seinen Problemen aber nicht davonlaufen könnte. Es musste schwer für ihn gewesen sein zu gehen und all das zurückzulassen ohne zu wissen, was ihn erwartete, wenn er wiederkam. Und dennoch konnte ich verstehen, dass es ihm gutgetan hatte Abstand zu gewinnen.

Als Tom den Wagen wieder startete, strich ich ihm einmal vorsichtig über den Oberarm, doch mehr als ein müdes Lächeln hatte er nicht zu verschenken.

Ein paar Minuten später bogen wir in den Feldweg zur Ranch ein. Als Tom den Wagen geparkt hatte, blieben wir noch einen

Moment sitzen ohne ein Wort zu sagen, bevor wir schließlich ausstiegen. Langsam liefen wir auf das Farmhaus zu, traten durch die Doppeltür und betraten den Flur. Da drehte sich Tom zu mir um und strich mir kurz über die Wange.

„Nimm's mir bitte nicht übel, aber ich brauche mal einen Moment für mich."

Dann ließ er mich stehen. Ich sah ihm betroffen hinterher, wie er die Treppe hinaufstieg, an der Galerie entlanglief, ohne einen Blick nach unten zu werfen, und schließlich in seinem Zimmer verschwand.

Ich holte meine Kamera und machte mich auf den Weg, um die anderen zu suchen, und fand Tessa und Jay mit Hailey und Dean auf der Terrasse unter einer Markise. Mittlerweile hatte es wieder aufgehört zu regnen, aber nass war es trotzdem. Die vier spielten Monopoly, hörten aber auf, sobald sie mich sahen.

„Wo ist Tom?" wollte Hailey direkt wissen und legte die Würfel wieder hin, die sie gerade hatte werfen wollen.

„Er braucht mal eben eine Pause und ist in seinem Zimmer", erwiderte ich wahrheitsgemäß und bemerkte direkt, wie sich Deans Gesicht verfinsterte.

„Willst du noch einsteigen?" fragte Tess und deutete auf das Spielbrett. Scheinbar spielten sie noch nicht so lange, doch ich schüttelte den Kopf, nahm mir stattdessen meine Kamera und streifte durch den Garten auf der Suche nach schönen Motiven. Im Grunde war das Fotografieren nur eine Ablenkung von dem, was ich gerade erlebt hatte. Es hatte mich aufgewühlt, Mitleid empfinden lassen, mich aber auch wieder an meine eigene Situation erinnert. Mein Vater war noch da, war gesund. Ob Tom dennoch nachvollziehen konnte, dass ich mit ihm gebrochen hatte? Er hatte mich im Stich gelassen. Ob Tom das auch über seinen Vater dachte oder gab er der Krankheit die Schuld? Und ob Nat nach unserem Aufbruch wohl zu seinem normalen Alltag zurückgekehrt war, als wäre nichts gewesen? Ich war so in Gedanken versunken und so damit beschäftigt, Bilder zu machen, dass ich nicht mitbekam, wie Jay auf einmal mit einem Glas Cola hinter mir stand, das er mir reichte. „Danke!"

Jay tat es wie selbstverständlich ab, doch ich konnte ihm ansehen, dass er etwas auf dem Herzen hatte. „Dir ist klar, dass das eine Riesensache ist, dass er dich mitgenommen hat, oder?"

Ich nickte. „Weißt du darüber Bescheid?"

„Nicht alle Details. Tom spricht nicht oft darüber, aber es macht ihm sehr zu schaffen." Das konnte ich absolut nachvollziehen, da sprach Jay auch schon weiter. „Hat sein Dad mit euch gesprochen?"

Ich nahm einen Schluck von meiner Cola, schüttelte dann den Kopf. „Er hat nur ganz wenig gesagt. Aber Tom hat ihm euren Song vorgespielt. Der schien ihm zu gefallen. Er hat angefangen zu weinen."

Jays Augen wurden vor Überraschung ganz groß. „Echt? Das ist toll! Hat Tom dir erzählt, dass sein Vater auch Musiker war?"

Stirnrunzelnd schüttelte ich wieder den Kopf. Da erklärte Jay: „Deswegen hat Tom mit seiner Familie das Ultimatum, dass er ein Jahr Zeit hat, es zu schaffen. Dann muss er aufs College. Mary und Robert wollen nicht dabei zusehen, wie ihm das Gleiche passiert wie James, also Toms Dad. Ich glaube, Tom selbst hat auch Angst davor, und trotzdem will er unbedingt Musik machen. Aber das Jahr ist bald um."

Ich seufzte betroffen. Tom wirkte immer so unbeschwert, aber wahrscheinlich auch nur, weil er wollte, dass wir ihn so sahen. Diesen anderen Tom, den zeigte er erst hier – in seinem Zuhause. Ich war froh darüber, endlich einen Blick hinter die Kulissen werfen zu können und Tom besser kennenzulernen, aber es tat mir auch schrecklich leid, was sich dahinter alles verbarg. Nicht nur ich hatte auf dieser Reise mein Päckchen mit mir herumzuschleppen, auch die anderen hatten schwere Schicksalsschläge hinter sich. Wieder einmal wurde mir bewusst, dass sich trotz meines Kummers nicht alles nur um mich drehte.

Den Rest des Tages verbrachten wir gemeinsam, Tom jedoch bekamen wir nicht mehr zu Gesicht und jeder von uns schien das zu akzeptieren. Wir vertrieben uns die Zeit im Garten, lasen, unterhielten uns, setzten uns an das Video und überlegten, wie wir es schneiden sollten. Die Zeit verging wie im Flug. Zum Abendessen erschien Tom auch nicht und allmählich machte ich mir Sorgen um ihn. Als Dean abends nach oben in sein Zimmer verschwinden wollte, fing ich ihn unten an der Treppe ab.

„Dean, darf ich dich was fragen?"

Als er nickte, fuhr ich fort: „Ist das schon öfter passiert, dass Tom nach dem Besuch bei eurem Vater nicht mehr aus seinem Zimmer kommt?"

Nachdenklich nickte Dean. „Ja, schon. Aber heute ist es extrem. Ich denke, es hat ihn einfach getroffen, ihn nach so langer Zeit wieder zu sehen."

Nun war ich diejenige, die nachdenklich nickte. „Meinst du, ich kann nachher mal nach ihm sehen? Oder soll ich ihn lieber in Ruhe lassen?"

Unschlüssig zuckte Dean mit den Schultern. „Ich hab keine Ahnung. Aber ich denke, wenn es jemand versuchen könnte, dann du."

Ich presste die Lippen aufeinander und nickte seufzend. „Okay."

Ich verbrachte den Rest des Abends mit den anderen am Esstisch beim Spielen von Gesellschaftsspielen, doch ich konnte keins davon für mich entscheiden, weil ich einfach nicht bei der Sache war. Immer wieder schossen mir Eindrücke des Tages durch den Kopf oder Gedanken an Mama oder an Nat oder eben an Tom. Als es Zeit war ins Bett zu gehen, machte ich mich zwar fertig, legte mich aber nicht zu Tessa ins Bett, die direkt verstand.

„Willst du nochmal nach ihm sehen?" fragte sie und legte ihre Brille auf dem Nachttisch ab. Als ich nickte, wünschte sie mir viel Glück, dann verließ ich leise das Zimmer, schlich barfuß vorsichtig über den Holzfußboden, in dem Versuch keine Geräusche zu machen. Dann ging ich leise die Treppe hinauf, an der Galerie entlang, bis zu Toms Zimmer. Mein Herz schlug mir bis zum Hals, weil ich keine Ahnung hatte, was mich erwarten würde. Ich atmete einmal tief durch, dann klopfte ich leise an der Tür. Es dauerte einen Moment, dann hörte ich Geräusche im Zimmer und schließlich öffnete sich die Tür einen Spalt und Toms Gesicht erschien. Er sah fertig aus, hatte dunkle Ränder unter den Augen und seine Haare waren noch ungeordneter als sonst. Am schlimmsten aber war dieser unsagbar traurige Ausdruck in seinen Augen, der dafür sorgte, dass ich ihn am liebsten sofort in den Arm genommen hätte.

„Hey", war jedoch alles, was ich sagte.

„Hey", erwiderte er leise, doch er machte keine Anstalten mich herein zu lassen.

„Ich wollte nur mal sehen, ob's dir gutgeht."

Einen Moment blickte er mich aus diesen traurigen Augen einfach nur an, so dass ich mich schon verabschieden und ihm eine gute Nacht wünschen wollte. Doch als ich gerade dazu ansetzen wollte, etwas zu sagen und dann zu verschwinden, öffnete er die Tür ein Stückchen weiter und zog mich ins Zimmer. Dann schloss er die Tür wieder. Als ich mich umsah, erkannte ich, dass es nicht aussah, als wäre Tom seit einem Jahr nicht mehr hier gewesen. Zwar lag sein Koffer mitten im Zimmer und seine Sachen waren teilweise verstreut, aber in dem Regal über dem zerwühlten Bett standen unzählige Bücher, neben dem Fenster sah ich einen großen Fernseher auf einem Lowboard und auf seinem Schreibtisch, der unter dem Fenster stand mit Blick auf die Felder, lagen Zettel mit Notizen – Songtexte, wie ich vermutete. Ich drehte mich zu Tom um, der mich unverwandt beobachtete, bevor er schließlich leise fragte: „Lu, was machst du hier?"

Einen Moment überlegte ich. Was sollte ich jetzt sagen? Ich hatte mir Sorgen um ihn gemacht, aber es ging hierbei um so viel mehr. Als ich ihn so ansah in seiner Boxershorts und seinem Shirt und mit den strubbeligen Haaren begannen die Schmetterlinge wieder zu fliegen. Also lächelte ich Tom schüchtern an und erwiderte: „Ich fürchte, ich kann ohne dich nicht schlafen."

Da stahl sich ein vorsichtiges Lächeln auf Toms müdes Gesicht. „Fürchtest du, ja?"

Als ich unsicher nickte, aber seinem Blick standhielt, kam er einen Schritt auf mich zu. Dann legte er seine Hand an meine Wange und strich mir sanft über meine Haut, so dass ich sofort eine Gänsehaut bekam. Ich schloss die Augen und atmete einmal tief ein und aus. Dann küsste er mich und ich vergaß alles um mich herum. Ich vergaß den Besuch bei Toms Vater, all den Ärger mit Nat, all den Kummer wegen Mama, da waren nur er und ich und dieser Kuss. Alles in mir kribbelte und als Toms Kuss fordernder wurde, fragte ich mich keinen einzigen Moment, ob ich wirklich dazu bereit war. Das hier fühlte sich einfach richtig an.

Als wir später aneinandergekuschelt unter der Decke lagen, unsere Klamotten auf einem Kleiderberg neben Toms Bett, musste ich mir eingestehen, dass ich mich noch nie so geborgen gefühlt hatte. Doch Tom machte sich offenbar dennoch Sorgen, denn während er mit einer meiner Haarsträhnen spielte und sie immer wieder langsam um seinen Finger wickelte, fragte er: „Geht's dir gut?"

Ich hob meinen Kopf ein wenig und sah in diese unglaublichen Augen, die mich so liebevoll betrachteten.

„Wenn du da bist, immer." Und ich lächelte ihn so verliebt an, dass er schmunzelte, mich an sich drückte und mir einen Kuss auf die Stirn gab. „Dann ist ja gut."

Trotzdem klang er nicht so richtig überzeugt, so als würde ihn nach wie vor etwas bedrücken. Langsam fuhr ich mit den Fingern über seine Brust und bemerkte wieder die Narbe, die mir schon am Strand aufgefallen war. Vorsichtig strich ich über sie und fragte mich erneut, woher sie wohl stammte. Als ich den Blick hob, sah ich, dass Tom mich beobachtete, und ich bemerkte, dass sich wieder dieser traurige Ausdruck in seine Augen geschlichen hatte.

„Dein Dad?" fragte ich leise.

Tom nickte. „Er ist betrunken gefahren, als er mich im Auto hatte, und hat einen schweren Unfall gebaut. Da war ich zehn."

„Tut sie weh?"

Einen Moment schloss Tom die Augen und seufzte. „Nicht körperlich." Dann blickte er mich wieder an, doch der traurige Ausdruck war geblieben. Es bereitete mir beinahe Schmerzen ihn so zu sehen. Hörte das denn niemals auf? Würde ich auch immer so traurig werden, wenn ich über Mama oder Nat sprach? Ich wollte, dass das sofort aufhörte, ich wollte diesen traurigen Ausdruck in Toms Augen um jeden Preis verscheuchen. Ich wollte, dass er fröhlich war, dass er keinen Kummer mehr hatte. Doch das war mit Sicherheit nicht so einfach. Dafür hatte er zu viel mitgemacht. Ich kuschelte mich an ihn und legte meine Hand auf seine Brust. Er hielt mich fest im Arm und ich hatte den Eindruck, dass er damit nicht nur mich, sondern auch sich festhielt. Nach einer Weile ging sein Atem ruhiger und ich war erleichtert, dass er trotz seines Kummers endlich eingeschlafen war. Es dauerte gar nicht lange, da schlief auch ich ein.

20.

Als ich am nächsten Morgen aufwachte – nach einer Nacht ohne wilde, verrückte Träume – war Tom noch da. Er lag friedlich schlafend neben mir auf dem Rücken und war noch ganz weit weg. Eine ganze Weile beobachtete ich ihn. Waren wir jetzt wirklich ein Paar? Waren wir zusammen? Ich wusste noch jedes Detail aus der letzten Nacht, wie er mich berührt, wie er mich angesehen hatte. So hatte mich noch nie jemand angesehen.

Eine Haarsträhne seiner Wuschelmähne war ihm ins Gesicht gefallen und ich strich sie ihm vorsichtig aus der Stirn, doch er schien es gar nicht zu bemerken. Stattdessen legte er im Halbschlaf zärtlich den Arm um mich und drehte uns beide auf die Seite, so dass er direkt hinter mir lag. So eingekuschelt schlief ich noch einmal tief und fest ein, bis ich von einem Sonnenstrahl, der durch das Fenster ins Zimmer fiel, geblendet wurde. Als ich die Augen langsam öffnete und mich umsah, war Tom nicht mehr da. Enttäuscht legte ich mich auf den Rücken und starrte an die Decke. Ich brauchte ein paar Minuten, um richtig wach zu werden, suchte schließlich meine Sachen zusammen und zog mich wieder an. Ich war angespannt, weil ich nicht wusste, wie wir jetzt aufeinander treffen würden und ob von den anderen jemand dabei war, wenn wir uns sehen würden. Würde er meine Hand nehmen? Würde er mich küssen? Ich wusste es nicht und war total aufgeregt.

Leise schlich ich aus dem Zimmer, in der Hoffnung, dass niemand mitbekam, wo ich die Nacht verbracht hatte. Denn ich war mir sicher, dass Toms Mutter und auch Robert das nicht besonders gut gefunden hätten. Ich ging ins Gäste-WC, um mich frisch zu machen, dann machte ich mich auf den Weg zur Küche, um zu frühstücken, und in der Hoffnung, Tom dort zu finden. Doch vor der Schiebetür machte ich Halt. Sie stand einen kleinen Spalt offen und ich hörte Jays und Toms Stimmen, die aus der Küche kamen. Als ich Toms Stimme erkannte, machte mein Herz vor Aufregung einen Satz und ein Lächeln stahl sich auf mein Gesicht. Ich wollte mich gerade bemerkbar machen, als mich eine Frage von Jay innehalten ließ.

„Was ist los mit dir? Du benimmst dich total seltsam!"

„Ich hab mit Lucie geschlafen", war Toms ganze Antwort. Er klang niedergeschlagen, gar nicht euphorisch, was ich mit einem Stirnrunzeln wahrnahm. Ich hörte ein anerkennendes Pfeifen. Das musste wieder Jay sein. „Wow! Das ist doch gut, oder nicht?"

Toms Reaktion bekam ich nicht mit, zumindest sagte er nichts und auch Jay schien aus seiner Antwort nicht schlau zu werden, denn er fragte: „Ist das jetzt gut oder schlecht?"

Dann hörte ich Tom resigniert seufzen. „Das Ganze war ein riesengroßer Fehler."

Ein Fehler? Tom empfand es als Fehler, dass wir miteinander geschlafen hatten? Ich fühlte mich, als hätte mir jemand mit voller Wucht in die Magengrube geschlagen und bekam kaum noch Luft. Da hörte ich Jays Reaktion.

„Wieso das denn? Du magst Lucie doch!"

Wieder dieses Seufzen von Tom. „Ich war total fertig wegen Dad und Lu hat immer noch diesen traurigen Ausdruck im Gesicht wegen ihrer Mum und der Sache mit ihrem Dad. Wir haben wohl beide Trost gesucht, aber im Nachhinein fühlt es sich völlig falsch an."

Wow! Das saß! Hatte er nur aus Mitleid mit mir geschlafen oder nur, um sich selbst zu trösten? Ich schüttelte fassungslos den Kopf, konnte einfach nicht glauben, was ich da hörte! Ich kam mir benutzt, verraten, verletzt und betrogen zugleich vor. Es fühlte sich an, als würde etwas in mir zerbrechen – endgültig und für alle Zeiten.

„Und jetzt?" hörte ich Jay.

„Muss ich mit ihr reden", war Toms Reaktion. „Aber erst muss ich Mum mit den Pferden helfen. Der Hufschmied ist da."

„Dann los. Ich helf dir."

Ich konnte gerade noch schnell genug ins Gästezimmer springen, bevor die beiden aus der Küche in den Flur traten. Fassungslos und ungläubig starrte ich auf die geschlossene Zimmertür und versuchte mich zu beruhigen. Immer wieder fragte ich mich, ob das eben wirklich passiert war oder ob ich nur geträumt hatte. Da rührte sich Tessa hinter mir, die bis jetzt geschlafen hatte.

„Hey! Guten Morgen!" begrüßte sie mich fröhlich. „Na, wie war die letzte Nacht? Habt ihr euch dieses Mal geküsst?"

Ich reagierte nicht, starrte nur weiter diese weiße Zimmertür an, an der Tom gerade vorbeigelaufen war.

„Lulu?" hörte ich da Tess im Hintergrund und murmelte leise: „Ich will hier weg."

„Lulu, was ist los?" Mittlerweile klang Tess ernsthaft besorgt, schlug die Bettdecke weg und kam auf mich zu. Da drehte ich mich zu ihr um und wiederholte etwas lauter: „Ich will hier weg."

Sieben Stunden später fuhren wir mit dem Zug in Mystic ein. Tessa hatte während der ganzen Fahrt sehr wenig gesagt, mich nur immer wieder irgendwie besorgt beobachtet, so als hätte sie das Gefühl, dass ich einen riesigen Fehler beging, aber sie sagte nichts dazu. Wir waren ohne ein Wort des Abschieds unsere Taschen hinter uns herziehend in den Ort gelaufen, hatten dort einen Bus nach Boston genommen und von dort den Zug nach Mystic.

Die ganze Fahrt über hatte ich Kopfhörer in den Ohren, döste immer wieder ein oder sah einfach aus dem Fenster auf die vorüberziehende Landschaft. Auf dem Weg hatte ich Tom eine Nachricht geschickt: „Hey Tom, es wurde Zeit. Wir sind abgereist. Die letzte Nacht war wunderschön, aber ein Fehler. Ich hoffe, du siehst das auch so. Ich muss weiter – meinen Kram klären und auch du solltest dich wieder um deine Pläne kümmern. Vielen Dank für deine Hilfe! Das werde ich dir niemals vergessen! Liebe Grüße, Lucie"

Stundenlang versuchte Tom daraufhin mich zu erreichen, doch ich ging einfach nicht ran. Irgendwann schrieb er dann: „Ist das dein Ernst?"

„Ja."

„Dann alles Gute."

Das war's. Als ich das las und mir klar wurde, dass ich ihn jetzt vermutlich nie wiedersah, nie wieder seine Stimme hören würde, ihn einfach so aus meinem Leben gekickt hatte, traten mir Tränen in die Augen. Aber ich war so verletzt über das, was er zu Jay über unsere gemeinsame Nacht gesagt hatte, von der ich gedacht hatte, dass sie wirklich etwas bedeutet hatte, dass ich auch nicht über meinen Schatten springen konnte, um mit ihm darüber zu sprechen. Leise weinend sah ich aus dem Fenster, als Tess mit einem Mal meine Hand nahm.

„Willst du wirklich nicht noch einmal mit ihm sprechen?"

Ohne sie anzusehen schüttelte ich den Kopf. Da ließ sie das Thema ruhen, streichelte mir nur immer wieder beruhigend mit dem Daumen über den Handrücken.

Es war ein grauer Tag und das änderte sich auch nicht, als sich Mystic endlich näherte. Hier warteten meine Großeltern, die Eltern meines Vaters. Ich hatte ein Vertrauensverhältnis zu ihnen aufgebaut, aber würden sie zu mir halten oder würden sie zu Nat stehen? Er war ihr Sohn und sie wollten ihn wiederhaben. Wie würden sie reagieren, wenn sie erfuhren, was alles passiert war?

Die Kellnerin vom letzten Mal arbeitete wieder, hielt uns aber nicht auf, als wir zielstrebig zum Büro liefen und klopften. Es dauerte gar nicht lange, da wurde die Tür aufgerissen und Abby stand vor uns. Als sie uns sah, riss sie vor Erstaunen die Augen auf und rief: „Lucie, da bist du ja! Wir haben uns solche Sorgen gemacht!"

Sie zog mich sofort an sich. Ich erwiderte zwar die Umarmung, ihre Reaktion irritierte mich aber. Auch, dass Richard sofort aufsprang und ebenfalls zur Tür eilte, als er hörte, wer davor stand. Als Abby mich wieder freigab, blickte ich die beiden an und fragte: „Was soll denn mit mir sein?"

Ahnungslos sah ich von Abby zu Richard und wieder zurück und auch Tessa wusste absolut nicht, was los war. „Wieso habt ihr euch denn Sorgen gemacht?" wollte sie wissen.

Abby seufzte. „Na, Nat hat uns angerufen und von eurem Streit erzählt. Er war ganz aufgewühlt und in Sorge, weil ihr einfach abgehauen seid und er nicht wusste, wohin ihr wolltet. Wir hatten gehofft, dass es euch wieder nach Mystic verschlagen würde."

Ich konnte nicht fassen, was ich da hörte. Hatte sich Nat ernsthaft nach Jahrzehnten des Schweigens wieder bei seinen Eltern gemeldet, weil er sich Sorgen um mich machte? Was hatte er ihnen denn noch alles erzählt? Ich spürte förmlich, dass mein Herz zu rasen begann und die Wut, die in den letzten Tagen etwas in den Hintergrund getreten war, wieder aufflammte. Wenn ich jetzt nicht den Mund aufmachte, würde ich platzen.

„Ist das sein Ernst?" fragte ich in die Stille hinein. „Er hat sich Sorgen gemacht?"

Ich konnte es nicht glauben! Tessa schien das ebenso zu beschäftigen wie mich, denn sie wollte wissen: „Hat er euch erzählt, warum Lucie und er sich gestritten haben?"

Abby nickte. „Ja, er sprach von einem Missverständnis und davon, dass er Mist gebaut hätte."

Ich schnaufte ungläubig. „Ein Missverständnis? Er hat das alles ein Missverständnis genannt?"

Tessa trat beschützend neben mich und erklärte mit ruhiger Stimme: „Es tut mir wirklich leid, das sagen zu müssen, aber das war kein Missverständnis. Und dass er Mist gebaut hat, ist die Untertreibung des Jahrhunderts."

Trotz meiner Wut blickte ich sie dankbar an, weil sie für mich da war und mir zur Seite stand.

„Was hat er gemacht?" wollte Abby neugierig und besorgt wissen, doch Richard kam ihr dazwischen. „Vielleicht besprechen wir das in aller Ruhe oben in der Wohnung. Unser Team hat doch hier alles im Griff."

Wir verließen also die Pizzeria und gingen in die Wohnung der beiden, die über der Pizzeria lag und geschmackvoll und gemütlich eingerichtet war. Man merkte einfach, dass Abby sie mit viel Liebe gestaltet hatte: im kompletten Wohnzimmer lag flauschiger Teppichboden. Alles war in Beige- und Grautönen gehalten und perfekt aufeinander abgestimmt. Die Couch war groß und sah bequem aus, der alte Ohrensessel war zum Fernseher ausgerichtet und mit Sicherheit Richards Lieblingsplatz. Dazwischen stand ein kleiner Glastisch mit einem Deckchen darauf und einer Vase mit frischen Blumen. Irgendwie war es seltsam zu wissen, dass mein Vater hier aufgewachsen war.

Ich erzählte Abby und Richard, was in den Briefen stand, die Tessa gefunden hatte, und von meinem Kennenlernen mit Nat. Davon, wie schön und vertraut es zwischen uns gewesen war, wie er mich getröstet und mir Antworten gegeben hatte. Das mit Tom verschwieg ich, denn das hatte schließlich nichts mit der Sache an sich zu tun. Abby und Richard lauschten aufmerksam, doch ich merkte, dass sie langsam ungeduldig wurden und sich fragten, warum ich mich dann überhaupt mit Nat gestritten hatte.

Da erzählte ich, dass mir die Kiste aus der Hand gefallen war und Tom unter dem doppelten Boden einen weiteren Brief entdeckt hatte. Kommentarlos reichte ich Abby den Brief, die aufstand und sich auf die Armlehne von Richards Sessel setzte, damit er mitlesen konnte. Während Abby ihre Lesebrille aufsetzte und die beiden zu lesen begannen, strich Tessa mir beruhigend über den Rücken.

Kaum hatte Richard den Brief gelesen, stand er einfach auf und ging. Er verlor kein Wort über das, was er gerade gelesen hatte, aber das Knallen der Wohnungstür machte mehr als deutlich, was er davon hielt. Als Abby den Brief schließlich senkte und uns anblickte, glänzten ihre Augen feucht und ihre Stimme war nur ein Flüstern.

„Das tut mir so leid, Lucie. Davon hat er kein Wort gesagt."

Ich nickte verständnisvoll. Genau das hatte ich mir ja bereits gedacht. Dann wandte sich Abby an Tessa. „Du hast Recht. Das kann man wohl kaum als ein Missverständnis bezeichnen."

Ich wollte schon erleichtert aufatmen, weil sie auf unserer Seite war, doch da fuhr sie fort: „Ich werde ihn trotzdem anrufen müssen. Das habe ich ihm versprochen, wenn wir von dir hören." Ungläubig sah ich sie an, doch ich kam gar nicht dazu, Einwände zu äußern, da sprach sie direkt weiter: „Ich weiß, dass du das nicht hören und erstrecht nicht glauben willst, und das ist dein gutes Recht, aber er macht sich wirklich Sorgen um dich."

Ich lachte einmal laut auf, fassungslos über das, was ich gerade hörte. „Das glaubst du doch selbst nicht!"

Mit dem Brief in der Hand stand Abby auf. „Ich kenne meinen Sohn, Lucie."

„Er hat von mir gewusst, Abby. Er wusste, dass es mich gibt, und du nimmst ihm ab, dass er sich Sorgen macht?"

Sie sah mir direkt in die Augen, als sie mit einem Wort antwortete: „Ja."

Entgeistert schüttelte ich den Kopf und nahm den Brief entgegen, den sie mir reichte. Dann wagte ich einen letzten Vorstoß.

„Glaubst du nicht, dass sich ein Mensch in zwanzig Jahren ziemlich verändern kann?"

Fast schon mitleidig blickte sie mich an, dann ging sie hinaus, nicht ohne uns vorher noch zu sagen: „Ich ruf ihn jetzt an."

„Das glaub ich einfach nicht", murmelte ich leise vor mich hin und schüttelte immer wieder den Kopf. Tessa strich mir weiter beruhigend über den Rücken. Auch wenn es ein angenehmes Gefühl war, konnte mich gerade gar nichts beruhigen.

„Ich will nach Hause", begann ich zu murmeln.

„Sollen wir zusehen, dass wir zurück nach New York kommen?" fragte Tess daraufhin.

Unschlüssig zuckte ich mit den Achseln. „Ich will einfach nur nach Hause. Vielleicht sollte ich das alles einfach abhaken und hinter mir lassen."

Tessa nickte und wir beschlossen, direkt im Anschluss nach Zügen zu suchen, die uns zurück nach New York bringen würden. Da kam Abby wieder ins Wohnzimmer, den Hörer noch in der Hand. Für den Bruchteil einer Sekunde blieb mein Herz stehen, weil ich dachte, Abby wollte mir den Hörer in die Hand drücken, damit ich mit Nat sprach. Doch sie hatte das Gespräch offenbar bereits beendet. Mit überglücklicher Miene stand sie vor uns, als sie verkündete: „Sie kommen vorbei. Alle Drei. Morgen Mittag sind sie hier."

„Ich muss hier weg, so schnell wie möglich!"
Wir waren im Arbeitszimmer von Abby und Richard, das einladend und gemütlich eingerichtet war, aber ich wollte beim besten Willen nicht hier bleiben, nicht wenn Nat mit seiner Familie kam.
Abby war ganz aufgeregt, weil ihr einziger Sohn nach zwanzig Jahren Funkstille wieder nach Hause kam, auch wenn sie nicht gut hieß, was er getan hatte. Richard hatten wir, seit er wütend das Haus verlassen hatte, nicht wieder gesehen. Nach der Eröffnung, dass Nat kommen würde, hatten wir uns an den Laptop gesetzt, um zu recherchieren, und festgestellt, dass stündlich ein Zug nach New York abfuhr. Als wir gerade unsere Sachen zusammengesucht hatten, stand auf einmal Richard in der Tür.
„Nehmt ihr mich mit?" Entschuldigend lächelte er uns an, so als hätte er Schuld an dem ganzen Debakel, nur weil Nat sein Sohn war.
„Du wirst doch hier gebraucht."
Richard seufzte. „Ja, das stimmt wohl. Lucie, es tut mir unendlich leid, was Nat dir und deiner Mum angetan hat."
Um nicht schon wieder weinen zu müssen, presste ich die Lippen aufeinander und nickte. Dann bedankte ich mich mit leiser Stimme. Liebevoll strich er mir über den Kopf. „Schon gut."

Dann deutete er auf unsere Taschen. „Wollt ihr nicht wenigstens bis morgen warten? Schlaft euch aus und brecht dann in aller Ruhe auf." Mit hochgezogenen Augenbrauen sah ich ihn an, sagte aber nichts. Da hob er direkt verteidigend die Hände. „Das ist kein billiger Versuch euch hierzubehalten. Versprochen! Es ist euer gutes Recht zu fahren, bevor Nat hier ist. Ich kann verstehen, wenn ihr abreisen wollt."

Und das wollte ich. Ich hatte keine Lust mehr auf dieses ganze Theater. Ich war müde, das alles war so anstrengend. Ich wollte nur noch weg. Aber mein Zuhause gab es so auch nicht mehr. Ich sehnte mich so sehr nach meinem Zimmer, nach meinem Bett und vor allem sehnte ich mich nach Mama. Sie hätte gewusst, was zu tun war. Doch mein Entschluss stand fest. Daher verabschiedeten wir uns nur kurz von Richard und Abby, die nicht glauben konnte, dass wir abreisen wollten, und auch ein wenig gekränkt reagierte, dann saßen wir wieder an der Amtrak-Station, einem kleinen, beigen Häuschen mit rot eingefassten Türen und Fenstern, auf einer Bank und warteten auf den Zug.

Tess war an diesem ganzen Tag erstaunlich ruhig, doch ich spürte, dass sie etwas auf dem Herzen hatte, das sie einfach nicht aussprach. Kurz vor der Einfahrt des Zuges blickte ich sie schließlich an.

„Tess, was ist los? Spuck's endlich aus!"

Unschlüssig seufzte Tess, bevor sie begann. „Ich glaube, dass du einen großen Fehler machst, Lulu."

Mit gerunzelter Stirn sah ich sie an. „Wie meinst du das?"

Sie atmete einmal tief durch, offenbar nicht sicher, ob es mich verärgern würde, was sie zu sagen hatte. „Du kannst nicht immer weglaufen, wenn es schwierig wird. Du bist vor Nat weggelaufen, du bist vor Tom weggelaufen und jetzt willst du wieder weglaufen. Vielleicht musst du dich mit deinen Problemen auch mal auseinandersetzen."

Als ich schwieg und vor mich hinstarrte, fuhr sie fort: „Du hast mich so direkt darauf hingewiesen, dass meine ganze Beziehung zu Lars ein einziger Witz ist und ich bloß Angst vor etwas Echtem habe. Das hat wehgetan, aber du hattest Recht. Aber machst du es jetzt nicht genauso? Vielleicht solltest du dir Nats Seite anhören, bevor du entscheidest."

Ich schwieg immer noch, ließ mir das, was Tess gesagt hatte, durch den Kopf gehen. Ich schwieg auch noch, als unser Zug einfuhr.

„Lulu?"

Und ich schwieg auch noch, als er wieder abfuhr. Immer wieder atmete ich tief durch, dachte über Tessas Worte nach, bis sich auf einmal jemand zu uns auf die Bank setzte. Als ich zur Seite sah, erkannte ich Richard, der ebenfalls geradeaus starrte.

„Du bist nicht eingestiegen", sagte er nur.

Schweigend schüttelte ich den Kopf.

„Kommst du dann mit nach Hause?"

Ich überlegte einen Moment. Nach Hause. Wie das klang! Es war Richards Zuhause und Abbys Zuhause und es war auch mal Nats Zuhause gewesen. Würde ich mich dort zu Hause fühlen können? Ich wusste es nicht, aber vielleicht war es einen Versuch wert. Ich atmete einmal tief durch, dann nickte ich zustimmend.

Als wir zu dritt die Amtrak-Station verließen, sagte Richard kein Wort, aber ich hatte das Gefühl, in meiner eigenen Familie endlich einen Verbündeten zu haben, und dafür war ich ihm wirklich dankbar. Ich begann, ihn zu mögen, meinen Großvater, mit der wortkargen, verschrobenen Art, denn er war definitiv einer von den Guten.

Zurück bei Abby und Richard setzte ich mich auf die Couch im Wohnzimmer und sah mir das Foto von Nat und Mama an, auf dem sie so glücklich ausgesehen hatte. Sie war darauf so jung, so verliebt, so ahnungslos in Bezug auf das, was er ihr noch antun würde. Vorsichtig strich ich über das Bild, so als könnte ich Mama damit wirklich berühren, spürte aber nur die Kühle des Fotopapiers und seufzte. Diese ganze Geschichte war einfach furchtbar! So hatte ich mir das alles nicht vorgestellt!

21.

Als ich nach einer sehr langen und scheinbar traumlosen Nacht aufwachte, wanderten meine ersten Gedanken nicht zu meiner verstorbenen Mutter oder zu meinem Vater, der sie so furchtbar hintergangen hatte, nein, meine ersten Gedanken wanderten zu Tom, vor dem ich weggelaufen war. Tessa hatte Recht. Ich rannte vor meinen Problemen davon, vielleicht war ich in der Hinsicht kein bisschen besser als mein Vater. Denn Mama – das wusste ich – Mama war mutig gewesen, sie hatte immer alles angepackt, was sich ihr in den Weg gestellt hatte. Und sie war in die USA zu Nat gereist, um zu klären, was los war. Sie hatte gar nichts einfach hingenommen ... nur ihren Tod, den hatte sie deutlich eher akzeptiert als ich. Aber ich war ja auch nicht diejenige, die ging, sondern die, die allein zurückblieb. Jetzt war ich im Begriff zumindest eins meiner Probleme anzugreifen und bei dem Gedanken wurde ich ein wenig nervös. Es machte mich nervös, auf die anderen zu treffen. Auf Nat, den ich so angeschrien hatte, auf Emily, die mich emotionslos beobachtet hatte, und auf Daphne, die ich aus Eifersucht definitiv nicht so behandelt hatte, wie sie es verdiente.

Traurig und nachdenklich setzte ich mich ans Fenster, während Tess noch in aller Seelenruhe schlief, und sah nach draußen: passend zu meiner Stimmung zeigte sich heute keine Sonne. Stattdessen war der Himmel wolkenverhangen und es regnete. Eine ganze Weile saß ich einfach so da, beobachtete das triste Wetter und ließ meine Gedanken treiben. Dann holte ich mein Handy aus meinem Rucksack, stellte enttäuscht fest, dass Tom sich nach seiner letzten Nachricht nicht nochmal bei mir gemeldet hatte, obwohl ich das auch nicht anders erwartet hatte, und öffnete schließlich meine YouTube-App. Ich stöpselte den Stecker der Kopfhörer in die dazugehörige Buchse, steckte mir die Kopfhörer in die Ohren und öffnete – ohne darüber nachzudenken – von Sting *Fields of Gold*. Schon nach den ersten paar Takten überkam mich eine unendliche Traurigkeit. Schlimm genug, dass ich bei dem Song immer an Mama erinnert wurde, jetzt fiel mir auch wieder ein, wie ich Tom kennengelernt hatte, wie er mir hinterhergelaufen war, um mir meine Tasche zu geben, und mich seit Ewigkeiten mal wieder zum Lächeln gebracht hatte. Kaum war der letzte Ton verklungen, öffnete ich *Speeding Cars* von Walking on Cars und hatte direkt Bilder im Kopf, wie Tom und ich auf diesem verlassenen Fabrikgebäude in Queens saßen, er auf seiner Gitarre diesen fantastischen Song spielte und ich wie verrückt weinte. Ich weiß auch nicht, warum ich mir das antat, vielleicht bestrafte ich mich für meine Feigheit, dass ich Tom nicht zur Rede gestellt hatte, vielleicht suhlte ich mich auch einfach gerne in Selbstmitleid.

Als ich so niedergeschlagen aus dem Fenster sah und die Regentropfen an der Scheibe beobachtete, der Song aber beinahe verklungen war, stand auf einmal Tess neben mir und sah mir über die Schulter.

„Was machst du denn da?" fragte sie und fuhr sich noch ganz verschlafen durch ihre dunklen Locken. Ich antwortete nicht, hielt ihr nur das Handy hin und ließ das Lied ein weiteres Mal laufen. Tess musste erst nach ihrer Brille greifen und sie sich aufsetzen, bevor sie genau sehen konnte, was ich ihr zeigen wollte.

„Warum tust du dir das an?"

Ich zuckte mit den Schultern. Da fiel Tess etwas ein.

„Such mal nach Jays YouTube-Kanal."

Unter seinem Vornamen wurde kein konkreter Kanal ange-zeigt, dafür alle möglichen Videos, die seinen Vornamen im Titel trugen. Dann probierte ich aus einer Laune heraus seinen Vornamen zusammen mit Tom Sunday. Und da! Uns wurde tatsächlich ein passendes Video angezeigt. Als wir den Titel lasen, rissen wir beide vor Erstaunen die Augen auf.

„Sie haben das Video geschnitten!" rief Tess aufgeregt, rückte dicht neben mich auf die breite Fensterbank, um besser sehen zu können, und zog meine Kopfhörer aus der Buchse. Dann klickte ich auf das Video. Da waren sie alle: Jay und Tom, Tessa und Daphne im Acadia-Nationalpark am Wasser, im Wald, oben auf den Felsen mit Blick über den Park mit dem Meer im Rücken. Im Hintergrund lief der Song, den Jay und Tom ge-schrieben und sogar zusammen eingesungen hatten. Als ich Toms Stimme hörte, bekam ich direkt eine Gänsehaut, und immer, wenn er im Bild war, blieb mein Herz fast stehen.

„Ist das aufregend!" rief Tess neben mir aus. „Ich bin im Inter-net zu sehen."

Als der letzte Ton des Songs zu Ende war, klickte Tess direkt auf eine Wiederholung und nochmal und nochmal. Der Song war seit heute Morgen online und hatte schon über 30.000 Klicks und die Kommentare darunter waren fast durchgängig so posi-tiv, dass Tess und ich ganz aufgeregt wurden, weil wir die bei-den Sänger tatsächlich kannten, weil wir – Tess deutlich mehr als ich – mitgewirkt hatten bei der Planung des Videos und bei der Umsetzung und wir waren bei der Entstehung des Songs dabei gewesen. In der Infobox unter dem Video hatte Jay ge-schrieben: „Dieser Song entstand während eines Roadtrips dieses fantastischen Sommers."

„Oh mein Gott!" rief Tess aufgeregt aus. „Das sind wir. Wir waren dabei!"

„Das ist unglaublich!" flüsterte ich. „Unglaublich!"

Es war schon fast Mittag, als wir endlich richtig aufstanden, um uns fertig zu machen, und als ich schließlich aus dem Bad kam, waren sie schon da. Ich hörte sie im Wohnzimmer lachen.
Als wir eintraten, verstummten die Gespräche und das Gelächter und ich wurde mit einem Mal von sechs Augenpaaren gemustert. Dennoch zeigte ich keine Reaktion. Ich stand einfach nur da und beobachtete zurück. Schließlich ergriff Richard die Initiative.
„Okay, kommt. Die Zwei müssen das besprechen."
Es war offensichtlich, dass er damit Nat und mich meinte, daher folgten ihm die anderen nach draußen. Tessa warf mir beim Herausgehen noch einen aufmunternden Blick zu. Nat dagegen war vom Sofa aufgesprungen, als er mich gesehen hatte, vielleicht um mich zu umarmen, aber ich blieb auf Abstand.
„Hey, Lucie." Er schien unsicher zu sein, aber ich sagte kein Wort. „Können wir uns unterhalten?"
Es war mehr eine Bitte als eine Frage und er machte dabei eine einladende Handbewegung, damit ich mich zu ihm auf die Couch setzte. Wieder sagte ich kein Wort, ging aber ein paar Schritte auf ihn zu, um mich dann allerdings in Richards Sessel zu setzen. Dadurch, dass hier Richards Platz war, fühlte ich mich irgendwie ein wenig sicherer bei dem Gespräch, das mir blühte. Ich hatte keine Ahnung, was passieren würde. Würde Nat mir weitere Lügen auftischen? Und hatte ich wirklich Recht mit meiner Befürchtung? War ich Nat wirklich ähnlich? Ich blieb auf der Hut, beobachtete ihn aber aufmerksam bei allem, was er tat.

„Lucie, ich kann das nicht wieder gut machen", begann er. „Was ich getan habe, was ich dir und vor allem deiner Mutter angetan habe, ist absolut unverzeihlich." Da hatte er wohl Recht, ich sagte aber nichts. Da fuhr Nat fort: „Die einzige Erklärung, die ich dafür habe, ist, dass ich mit 22 einfach schrecklich jung war."

„Was?"

Eigentlich hatte ich nicht vorgehabt mit ihm zu sprechen, aber ich war einfach zu perplex gewesen, um diese Reaktion zu verhindern.

„Nein, hör mir zu", sprach Nat weiter. „Ich war Hals über Kopf in Eva verliebt, kaum, dass ich sie das erste Mal gesehen hatte. Sie hat mich völlig verzaubert mit ihrer liebevollen, herzlichen Art."

Ein Lächeln huschte über mein Gesicht. Ja, so war Mama gewesen, auch wenn in ihrem Blick und in allem, was sie tat, immer eine gewisse Traurigkeit gelegen hatte. Dafür hatte ich immer schon meinem unbekannten Vater die Schuld gegeben – wie sich herausstellte, lag ich damit gar nicht so falsch. Nats Stimme riss mich schließlich aus meinen Gedanken.

„Wir hatten eine wundervolle Zeit, aber dann musste sie abreisen. Monatelang waren wir Tausende von Kilometern entfernt. Und dann war da Emily. Während ich Eva vermisste, wurde langsam mehr daraus."

Skeptisch zog ich die Stirn kraus. Erwartete er etwa wirklich Verständnis? Offenbar nicht, denn er fuhr fort: „Ich erwarte nicht, dass du das verstehst. Aber Emily gab mir die Sicherheit, die ich von Eva schon aufgrund der Entfernung nicht bekommen konnte. Und dann liebte ich auf einmal zwei Frauen gleichzeitig."

Nat atmete einmal tief durch, scheinbar fiel ihm schwer zu erzählen, was jetzt kommen würde.

„Als Daphne unterwegs war, wurde mir klar, dass es so nicht weitergehen konnte, und als ich in Deutschland war, wollte ich mich von Eva trennen, aber ich fühlte mich so wohl und geborgen bei ihr, dass ich es nicht über mich gebracht habe."

„Stattdessen hast du den Urlaub vom Alltag genossen, ihr ein Kind gemacht und dich nie wieder gemeldet, nachdem du abgereist warst", schoss es aus mir heraus. „Du bist so ein egoistischer Feigling! Habt ihr nicht verhütet?"

Zu meiner Überraschung nickte Nat. „Doch, aber dieses eine Mal eben nicht. Und ja, ich bin ein Feigling. Das bin ich schon immer gewesen und, glaub mir, es ist nicht schön, das von sich zu wissen."

„Warum hast du den Kontakt nicht gesucht, als du wusstest, dass Mama schwanger war? Du wusstest, dass du Vater wirst, und du irgendwo in Deutschland ein Kind hast. War ich dir so egal?"

„Nein", flüsterte Nat. „Das warst du nicht. Ich war neugierig auf dich und hätte dich gerne kennengelernt. Aber ich war einfach zu feige. Dich zu suchen hätte bedeutet, sich mit deiner Mutter und meinen Fehlern auseinanderzusetzen, und das hab ich mich einfach nicht getraut."

„Hast du dich deswegen so lange nicht bei Abby und Richard gemeldet? Um dich nicht mit deinen Fehlern auseinandersetzen zu müssen?"

Nat überlegte einen Moment, dann gab er zerknirscht, aber ehrlich zu: „Ja, vermutlich ist das so. Ich hatte etwas Verbotenes und Gefährliches getan, hatte Menschen in Gefahr gebracht, Familie und Freunde im Stich gelassen, meine Eltern beklaut und meinen Vater angeschrien. Ich hatte Angst, was mich erwarten würde, wenn ich wiederkäme, also kam ich nicht wieder."

„Und wie hat Richard vorhin reagiert?"

Nat schmunzelte. „Wie er eben so ist, wortkarg, anklagend, aber scheinbar auch froh, mich zu sehen."

Darauf wusste ich nichts zu erwidern, doch auf einmal fiel mir etwas ein. „Du wirst aber jetzt nicht fordern, dass ich, bis ich volljährig bin, bei dir lebe, oder?"

Nat lächelte und schüttelte zu meinem Glück den Kopf. „Das Jugendamt weiß nicht, wo ich bin, und ich habe nicht vor, das zu ändern. Aber ich werde dich unterstützen. Das bin ich dir schuldig." Als er meine Erleichterung sah, fügte er hinzu: „Hör zu Lucie, es tut mir wirklich schrecklich leid. Ich erwarte nicht, dass du mir verzeihst, aber bitte, jetzt, wo du im Gegensatz zu mir so mutig warst, mich zu suchen, schließ mich bitte nicht aus deinem Leben aus."

Ich seufzte. Was er getan hatte, war absolut unverzeihlich, aber er war mein Dad, der einzige Elternteil, den ich noch hatte. Konnte ich es mir wirklich erlauben, ihn auch noch zu verlieren? Ich wusste es nicht und das sah er mir an.

„Denk einfach drüber nach. Ich würde mich sehr freuen, dich in meinem Leben zu haben."

Dann kam er auf mich zu, küsste mir aufs Haar und ging hinaus. Ich saß in Richards Sessel und hatte keine Ahnung, was zu tun war.

Tess und ich verbrachten den Rest des Tages mit Daphne und eigentlich auch die nächsten zwei Wochen, denn ich wollte sie kennenlernen. Das hier war wichtig. Hier war meine Familie, Leute, von denen ich abstammte, denen ich ähnlich war. Auch wenn ich Nat und auch Emily nach wie vor aus dem Weg ging, so konnten weder Richard noch Abby oder Daphne etwas für diese ganze Geschichte von damals. Und ich stellte fest, dass ich sie mochte, dass ich sie witzig fand und mich tatsächlich in deren Gegenwart irgendwie ein wenig heimisch fühlte. Sogar Nat gegenüber empfand ich so, was mir ein ums andere Mal mächtig gegen den Strich ging, aber es war so. Auch wenn ich nicht mit ihm aufgewachsen war, war Nat mein Vater und allmählich begann es sich auch so anzufühlen, obwohl ich mich dagegen wehrte.

Die Aussprache zwischen uns sollte vorläufig die einzige bleiben. Ich verließ zwar nicht den Raum, wenn er ihn betrat, und ich antwortete, wenn er mich etwas fragte, aber ich unterhielt mich nicht von mir aus mit ihm. Das, was er Mama angetan hatte, das musste einfach erstmal sacken. Dennoch ließ ich mich überreden und blieb fast die ganzen nächsten zwei Wochen, ich lernte alle möglichen Leute kennen, die im Leben von Abby und Richard, Nat, Emily und Daphne wichtig waren, Nats Schwester Mary kam mit ihrer Familie aus Toronto, wir fuhren nach Provincetown und wieder in den Acadia-Nationalpark, wir machten Ausflüge nach Boston und an den Strand und ich lernte noch mehr von der amerikanischen Ostküste kennen.

Doch auch wenn alles so neu und aufregend war, ging mir die Sache mit Tom die ganze Zeit nicht aus dem Kopf. Ein paar Mal wollte ich ihn anrufen, ihm schreiben, entschied mich aber jedes Mal dagegen. Stattdessen sah ich mir wieder und wieder das Video mit ihm an, nur um ihn zu sehen und zu hören.

Fee hielt ich in der ganzen Zeit immer auf dem Laufenden, was sich Neues ergeben und was ich so erlebt hatte. Sie freute sich für mich, dass ich Nat gefunden hatte, aber ich merkte ihr auch an, dass sie mich gerne zu Hause gehabt hätte. Und ich vermisste Fee auch ziemlich.

Als sich die zwei Wochen dem Ende neigten, wollte ich daher zurück. Fee wollte sowieso gerne, dass ich früh genug vor Schulbeginn wieder nach Deutschland flog, um mich wieder einzuleben, den Jetlag zu bekämpfen und um noch ein paar Dinge regeln zu können. Aber vorher wollte ich noch zurück nach New York – um auf gar keinen Fall Toms Auftritt zu verpassen.

Bei der Verabschiedung aus Mystic reihten sich alle am Bahnhof auf, um uns zu verabschieden, doch nur Daphne, Abby und Richard drückte ich wirklich herzlich. Mein Verhältnis zu Emily blieb unterkühlt und auch Nat gab ich keine Umarmung, versprach aber mich zu melden, wenn ich in New York, aber vor allem, wenn ich in Deutschland angekommen war. Abby hatte Tränen in den Augen, Daphne schien ebenfalls traurig zu sein, weil ich abreiste, und auch ich hatte einen Kloß im Hals, als wir losfuhren. Sie waren meine Familie und ich hatte keine Ahnung, wann ich sie wiedersehen würde.

Am schwersten aber fiel mir der Abschied von Richard, weil er mir so unglaublich ans Herz gewachsen war. Zu Beginn war er so schroff und stoffelig gewesen, aber er hatte direkt zu mir gehalten, als ich von Nats Vergangenheit erzählt hatte, und er hatte mich als Erster verstanden, als ich abreisen wollte.

Als wir schließlich wieder in New York waren, kamen mir die permanenten Geräusche von Sirenen und hupenden Autofahrern und die vielen Menschen mit einem Mal völlig fremd vor. Noch vor wenigen Wochen hatte ich das alles aufregend gefunden, doch jetzt störte es mich und machte mich unruhig, und ich merkte, dass es Tessa genauso ging. Die Hitze in Manhattan war unerträglich, es war schwül und stickig, keine frische Meeresbrise weit und breit, kaum ein schattiges Plätzchen, die Leute waren verschwitzt, genervt und hatten es eilig. Nach dieser Reise, nach all den Erlebnissen, nach der Ruhe und der traumhaften Natur in Mystic, dem Acadia-Nationalpark und Vermont und so ganz ohne Tom hatte New York für mich jeglichen Glanz verloren.

Sarahs Ausstellung, für die sie so viel vorbereitet hatte, war ein voller Erfolg und sie scheinbar nur noch auf Achse. In dem Vertrauen, dass wir schon nichts anstellen würden, gab sie uns einen Wohnungsschlüssel und überließ uns uns selbst.

Und ich? Ich musste mir überlegen, wie es jetzt mit mir weitergehen würde. Mir war völlig klar, dass all die Wochen seit Mamas Tod bis jetzt den absoluten Ausnahmezustand dargestellt hatten. Ich hatte nur unter Strom gestanden, immer irgendwelche Pläne gehabt oder irgendwelche Verpflichtungen: Die Behördengänge zu Hause, das Ausmisten der Wohnung, dann die Suche nach Nat, das Treffen mit Tom, unser Roadtrip und schließlich das Kennenlernen meiner Familie in den USA. Jetzt würde ich zurückfliegen und hoffte, dass mich dort nicht wieder so eine große Traurigkeit überfallen würde wegen Mamas Verlust.

Auch hier in New York machte es mich traurig, dass sie nicht mehr da war, aber das alles war so weit weg. Ich könnte ja auch im Urlaub oder bei einem Austausch sein, aber zu Hause würde ich an jeder Ecke, in sämtlichen Situationen merken, dass Mama fehlte, dass sie einfach nicht mehr da war, und auf der einen Seite machte mir das Angst. Aber auf der anderen Seite war ich irgendwie auch zuversichtlich, dass ich das schon überstehen würde. Ich hatte so viel geschafft diesen Sommer, so viel erreicht und erlebt, dass ich sicher war, dass ich diesen Neuanfang auch meistern würde – irgendwie. Außerdem freute ich mich auf Fee.

Aber erst war da noch die Sache mit Tom. Es war jetzt schon zwei Wochen her, dass wir miteinander geschlafen hatten, ich sein Gespräch mit Jay belauscht hatte und daraufhin abgereist war. Ich musste die Dinge zwischen uns klären, so viel war klar. Die Frage war nur: wie? Ich hatte mich nicht bei ihm gemeldet, weil ich weder wusste, was ich sagen noch was ich schreiben sollte. Ich musste ihn sehen, um ihn zu fragen, ob das alles nicht echt war, ob er das alles mit mir nicht ernst gemeint hatte. Jays Nummer hatten weder Tess noch ich, doch auf seinem YouTube-Kanal gab es eine Mailadresse als Kontakt. An die schrieb ich … und startete erneut meine Stoppuhr.

22.

Am Tag des Auftritts stand ich früh auf und machte mich ohne Tess auf den Weg. In der Bahn waren schon ein paar Menschen, die zur Arbeit mussten, aber Touristen waren noch nicht unterwegs. Ich hatte ein festes Ziel vor Augen, von Sarahs Wohnung waren es nur ein paar Stationen, dann war ich da – auf der Brooklyn Bridge, der menschenleeren Brooklyn Bridge. Passend zu meiner Stimmung war dieser Morgen in Manhattan grau und nass. Noch wenige Wochen zuvor war ich hier mit Tom gewesen. Wir hatten uns umgesehen, hatten die Menschen beobachtet und die Aussicht genossen. Hier hatte ich unglaubliche Fotos geschossen und er Eindrücke von mir eingefangen. Hier hatte ich einen Kloß im Hals gehabt, weil ich so beeindruckt war. Mittlerweile war schon wieder so viel passiert und wieder stand ich hier, blickte auf die Skyline und die Freiheitsstatue und wieder prasselte alles auf mich ein. Ich dachte nach über Tom, über Nat und seine Familie, über den Alltag ohne Mama, über meine Zukunft.

Doch so sehr ich meine Gedanken auch auf meine Pläne konzentrieren wollte, ich landete immer wieder bei Tom. Hier allein auf der Brücke, auf der ich vor Kurzem noch mit ihm gestanden hatte, vermisste ich ihn so sehr, dass es weh tat.

„Hi", hörte ich da eine bekannte, männliche Stimme neben mir, die deutlich reservierter und unterkühlter klang als sonst.

Trotzdem war ich dankbar, dass er gekommen war, drehte mich zu ihm um und erwiderte die Begrüßung. Jay stand breitbeinig vor mir mit vor der Brust verschränkten Armen und musterte mich skeptisch. Er trug Jeans und ein enges Shirt mit V-Ausschnitt. Seine schwarzen Haare hatte er wie immer ordentlich frisiert und sein seltsamer Ohrstecker war auch noch an seinem Platz. Ich schlug einen lockeren Tonfall an.

„Tess und ich haben uns mehrfach euer Video angesehen. Es ist total cool geworden! Und es scheint ziemlich erfolgreich zu sein. Das freut mich so für euch!"

„Danke!" erwiderte Jay kühl.

„Kommt jetzt der erhoffte Durchbruch?" fragte ich weiter, ignorierte einfach, dass Jay sich offensichtlich nicht mit mir unterhalten wollte.

„Es gibt ein paar interessante Anfragen, ja."

Ich presste die Lippen aufeinander und nickte. Dann lächelte ich ihn unsicher an und sagte leise: „Das ist gut."

Ungeduldig seufzte Jay. „Lucie, was gibt es so Dringendes?"

„Kannst du dir das nicht denken?" versuchte ich es vorsichtig, doch Jay war nicht gut auf mich zu sprechen, was ich ihm nicht einmal verdenken konnte. Er zog nur fragend die Augenbrauen hoch, daher fuhr ich fort: „Ich habe euch gehört. Ich habe gehört, wie du dich mit Tom in der Küche über unsere Nacht unterhalten hast."

Jay verstand nicht. „Und?"

„Ich habe gehört, wie Tom dir erzählt hat, was für ein großer Fehler es war, mit mir zu schlafen, und dass es sich total falsch angefühlt hat. Kannst du nicht verstehen, dass mich das ziemlich mitgenommen hat?"

Vor Überraschung riss Jay die Augen weit auf. „Deswegen bist du abgereist? Und du bist nicht auf die Idee gekommen, dass er vielleicht einfach den Grund, weswegen ihr miteinander geschlafen habt, falsch fand? Er hatte das Gefühl, dich und die Situation, in der ihr wart, ausgenutzt zu haben. Aber du bist ja lieber abgehauen, als mit ihm darüber zu sprechen."

Erstaunt blickte ich ihn an, erwiderte aber nichts, was Jay mit einem Stirnrunzeln quittierte und schließlich deutlich freundlicher fragte: „Hast du wirklich geglaubt, dass er nicht ehrlich zu dir war? Dass er dich verarscht hat?"

Unsicher zuckte ich mit den Achseln. Da löste Jay seine verschränkten Arme und fasste mich an den Schultern, so als wollte er mich wachrütteln. „Lu, Tom ist bis über beide Ohren in dich verknallt! Hast du das nicht gemerkt?"

Ich seufzte resigniert und senkte den Blick. „Offensichtlich nicht."

Einen Moment standen wir so mitten auf der Brooklyn Bridge, bis Jay mich schließlich losließ und einen Schritt zurücktrat.

„Okay, was soll ich jetzt machen?"

„Bring Tess und mich heute Abend irgendwie in diesen Club."

„Im Ernst?" Skeptisch blickte er mich an.

„Bitte, Jay! Ich muss das klären."

Einen Augenblick überlegte er, biss sich dabei nachdenklich auf die Unterlippe und sah über den East River, war in Gedanken aber offenbar bei dem Auftritt. Nach einer gefühlten Ewigkeit wandte er sich mir wieder zu.

„Krieg ich hin."

„Wirklich?" Ich konnte mein Glück kaum fassen. Jay überlegte noch einen Moment, nickte dann aber endgültig.

„Ja, das krieg ich hin."

Vor Erleichterung schlang ich ihm die Arme um den Hals.

„Danke, danke, danke!"

Da musste Jay zum ersten Mal, seit ich ihn an diesem Morgen getroffen hatte, lachen. „Schon gut", erwiderte er und drückte mich freundschaftlich. „Versprich mir nur, dass du deine heiße Freundin mitbringst."

Da war er wieder, der Jay, wie ich ihn kannte. Nun musste auch ich lachen. „Versprochen!" Aber eine Bitte hatte ich noch. „Bitte erzähl Tom nicht, dass wir kommen."

Jay seufzte. Seinen besten Freund zu hintergehen, gefiel ihm nicht und das machte ihn nur noch sympathischer, doch das hier war wichtig und das sah scheinbar auch Jay, denn einen Moment später nickte er.

„Okay, ich sag's ihm nicht."

Den restlichen Tag über war ich mit der Kneifzange nicht mehr anzufassen, so aufgeregt war ich. Jedes nur mögliche Szenario ging ich im Kopf durch und besprach mich mit Tess, alles malte ich mir aus: dass Tom sich freute, dass er abweisend reagierte, dass er mich ignorierte, dass er mich anschrie, dass er tat, als sei nie etwas passiert. Ich konnte einfach nicht einschätzen, wie er auf mich reagieren würde. Tess konnte mich auch nicht beruhigen. Das einzige, was sie tun konnte, war mich vorzubereiten. Also begann sie am frühen Abend in aller Ruhe, schnappte sich Sarahs Lockenstab und wellte meine langen blonden Haare, verpasste mir einen lockeren Seitenscheitel und schminkte mich, wie ich mich noch nie geschminkt hatte. Dann steckte sie mich in ein schwarzes Spitzentop, das sie aus ihrem Koffer zauberte, reichte mir meine blaue Röhrenjeans und meine weißen Chucks. Sie selbst band ihre wilden Locken mit einem Clip zurück und zog ihren weinroten, langen Faltenrock und das helle, bauchfreie Shirt an, das sie schon bei ihrer Ankunft in New York getragen hatte.

Kurz nach acht Uhr ging es los. Da Sarah uns um diese Zeit nicht alleine nach Manhattan lassen wollte, fuhr sie uns fast bis vor den Club. Aber nur fast. Tom spielte im *Cake Shop* in der Ludlow Street, einem kleinen, aber durchaus bekannten Club in

Lower Manhattan. Mit Jay hatten wir jedoch vereinbart, dass wir uns am Hintereingang treffen sollten, daher bog Sarah vorher in die Stanton Street ein und hielt neben zwei hohen, rotverklinkerten Gebäuden, die durch ein einstöckiges Gebäude, das eher wie eine Baustelle aussah, miteinander verbunden waren. Vor dem rechten Haus stand eine große Straßenlaterne, die dafür sorgte, dass ich im Dunkeln die hohen Feuerleitern an der Front erkennen konnte. Doch auch hinter dem eingeschossigen Gebäude an den Seiten der beiden Hochhäuser sah ich Balkone und Feuerleitern mit Blick auf den Hinterhof. Jay hatte uns erklärt, dass das niedrige Gebäude wirklich nur eine Baustelle war und dass wir durch die provisorische Tür hindurch in den Hinterhof gelangen würden. Ich war mir sicher, dass die Gegend schon bei Tageslicht nicht besonders ansprechend aussah, doch im Dunkeln fand ich das Ganze richtig unheimlich.

„Und ihr seid sicher, dass ihr hier richtig seid?" fragte Sarah, während sie sich zu mir beugte, um durch das Seitenfenster hinaus sehen zu können, so als hätte sie meine Gedanken gelesen. Ich zuckte mit den Achseln.

„Zumindest hat Jay mir den Weg genauso beschrieben. Wir sollen durch die Tür da vorne gehen, dann über den Hof und am Hintereingang wartet er auf uns."

Sarah setzte sich mit skeptischem Gesichtsausdruck wieder auf. „Und ihr meint, dass ihr ihm trauen könnt?"

„Auf jeden Fall", bekräftigte Tess vom Rücksitz, noch bevor ich die Chance hatte zu antworten.

Sarah seufzte und lehnte sich unentschlossen in ihrem Sitz zurück. „Wenn euch was passiert, bringt Fee mich um. Aber ich wünsch dir alles Glück der Welt!"

Als wir ausgestiegen waren, fiel mir wieder auf, wie warm es trotz der Dunkelheit noch war. Wir waren wieder in der Schwüle New Yorks angekommen. Sarah blieb, wo sie war, um uns so lange wie möglich im Blick zu haben. Tess und ich winkten ihr noch einmal zu, bevor ich vorsichtig die Baustellentür öffnete und ins Innere spähte. Es war dunkel, das Licht der Straßenlaterne reichte nicht bis hierher, aber irgendwo von weiter weg schimmerte ein schwaches Licht, das den Raum, in den ich sah, ein wenig erleuchtete. Ich erkannte, dass sich hinter der Front tatsächlich nur ein Rohbau befand, durch den wir problemlos in den Hinterhof gelangen konnten. Wenn uns jetzt niemand überfiel, war alles gut. Ein letztes Mal winkte ich Sarah zu, die zurückwinkte, dann gingen wir hindurch und ich schloss die Tür hinter uns.

Tess blieb dicht neben mir. Ich atmete einmal tief durch, dann bewegten wir uns in Richtung des schummrigen Lichts, wobei wir nur langsam vorankamen, weil wir immer wieder über Schutt und Bretter steigen mussten, um vorwärts zu kommen. Doch mit einem letzten Schritt über eine große Stufe erreichten wir schließlich den gepflasterten Innenhof. Jemand hatte mit viel Mühe versucht ihn liebevoll zu gestalten. An einigen Stellen gab es kleine Sitzecken und überall gab es grüne Oasen, die allerdings nicht darüber hinwegtäuschen konnten, dass der Hof umrahmt war von Hochhäusern, deren kalte Betonseiten mit den Feuerleitern in Richtung des Hofes zeigten und jegliche Idylle zerstörten. An einem Gebäude zu unserer Rechten stand eine Tür offen und ich stieß einen erleichterten Seufzer aus, als ich in genau dieser Tür Jay erkannte, der auf uns wartete.

„Da seid ihr ja!" rief er aus. „Tom ist schon auf der Bühne für den Soundcheck. Er legt gleich los."

„Und er hat wirklich keine Ahnung?" fragte ich, als wir näherkamen.

Jay schüttelte den Kopf. „Also ich hab ihm nichts gesagt." Dann fiel sein Blick auf Tessa, die er seit unserer Abreise aus Vermont nicht mehr gesehen hatte. „Hi Tess. Schön dich zu sehen!"

Tess lächelte Jay fröhlich an und als wir ihn erreicht hatten, nahmen die beiden sich in den Arm – länger als normal, wie ich fand. Dann ging Jay voran in den Club. Mit gerunzelter Stirn blieb ich für einen Moment an der schweren Eisentür stehen und blickte Tess an.

„Hab ich was verpasst?"

Doch Tess tat ganz unschuldig. „Ich weiß nicht, was du meinst." Dann traten wir ein. Dank Jay erreichten wir den Innenraum durch eine Seitentür neben der Theke. Als Erstes schlug mir eine unglaubliche Wärme entgegen und ich beneidete Tess um ihren luftigen Rock, den ich sofort gegen meine enge Jeans eingetauscht hätte. Der Club war wesentlich kleiner, als ich gedacht hatte, sehr langgezogen, so dass ich niemals erwartet hätte, dass hier Konzerte stattfinden konnten. An der Seitentür standen wir in einer kleinen Nische mit der Tür nach draußen in unserem Rücken, der Theke rechts und einer weiteren Tür zu den Toiletten links. Auf der anderen Seite der Theke befand sich der Eingang, der eher aussah, als würde man eine moderne Bäckerei betreten. Die Wand oben hinter der Theke war übersät mit Tafeln, die mit Bestellmöglichkeiten vollgeschrieben waren. An der gegenüberliegenden Wand erkannte ich trotz einiger Besucher Regale voller Schallplatten. Ob man sie kaufen konnte oder sie nur zur Dekoration dienten, konnte ich nicht erkennen. Die Besucher, die den Club betraten, hielten sich entweder an der Theke auf, um zu bestellen, oder gingen weiter geradeaus – an den Toiletten vorbei –, um in den hinteren Bereich des Clubs zu gelangen, in dem Tische und Stühle standen und auf einem kleinen Podest vor Kopf die Bühne aufgebaut war. Als ich mich in dem vollen Raum umsah, erkannte ich an der Wand ein Schild auf dem stand, dass hier 52 Personen Platz hatten. Ich war mir sicher, dass gerade deutlich mehr als 52 Menschen in diesem Raum waren, doch das war mir nur Recht. Ich wollte schließlich nicht, dass Tom mich bemerkte, den ich durch all die Menschen nur schwer auf der Bühne erkennen konnte. Doch als ich mich ein paar Reihen weiter vor gekämpft hatte, weil Jay einen der Tische für uns reserviert hatte, und einen bunten Mix aus Schweiß, Aftershave und Parfum wahrgenommen hatte, konnte ich Tom im schummrigen Licht des Clubs endlich sehen. Sofort begann mein Herz wie wild zu klopfen, meine Hände wurden schweißnass und in meinem Bauch kribbelte es direkt wieder.

Tom bekam von all dem nichts mit. Vermutlich hätte er mein Gesicht nichtmal erkennen können, wenn er in die Menge gesehen hätte, weil wir für ihn nur eine einzige dunkle Masse waren. Der Scheinwerfer war einzig und allein auf ihn gerichtet und ich konnte nichts anderes tun als ihn anzustarren. Auch als ich mich an unseren Tisch gesetzt hatte, blickte ich unverwandt zur Bühne, um nur ja keinen Moment zu verpassen.

„Was wollt ihr trinken?" fragte Jay gerade, doch ich winkte ab. Ich war zu aufgeregt, um mich auf irgendetwas anderes zu konzentrieren, und auch Tess lehnte mit Blick auf mich dankend ab.

Tom sah natürlich wieder einmal unverschämt gut aus. Er trug dunkle, verwaschene Jeans, uralte Chucks und ein weißes Shirt unter einem offenen, karierten Hemd. Seine Haare waren wuschelig wie immer, aber er hatte einen ernsten Ausdruck im

Gesicht, der mir verriet, dass er aufgeregt war. Für ihn ging es schließlich nicht nur darum, vor vielen fremden Menschen etwas vorzutragen, sondern das hier war seine Chance, den Durchbruch zu schaffen, seine Chance, Menschen mit seiner Musik zu erreichen. Vielleicht saß ein Produzent im Publikum oder ein Talentscout, jemand mit Verbindungen, über den Tom ein Netzwerk aufbauen konnte. Egal, wer ihn hier vielleicht sah, das hier war wichtig.

In seiner unnachahmlich charmanten Art begrüßte er schließlich das Publikum und schon als ich endlich wieder live seine Stimme hörte, bekam ich eine Gänsehaut. Er hatte mir wirklich gefehlt! Dann begann er zu spielen, zunächst ein paar Cover. Einige davon kannte ich, einige nicht. Immer wieder gab Tom zwischen den Songs Anekdoten zum Besten, ließ sich auf das Publikum ein und war einfach authentisch, einfach er, so wie ich ihn kannte. Die Stimmung im Raum war großartig, die Leute feierten Tom, sangen mit, jubelten ihm zu, pfiffen, wenn er einen Song beendet hatte, und ich freute mich für ihn, dass es so gut lief.

Doch auf einmal verschwand Jay mitten in einem Song und tauchte kurz drauf auf der Bühne wieder auf … mit einem Cajón. Noch bevor auch nur eine einzige Note gespielt worden war, wusste ich, welcher Song als Nächstes gespielt würde, und als er dann erklang, traten mir sofort Tränen in die Augen. Ich atmete tief durch, um nicht loszuheulen, da spürte ich Tessas Hand auf meinem Knie. Natürlich, sie hatte verstanden. Dankbar blickte ich sie an. Dann wandte ich meinen Blick wieder der Bühne zu und lauschte dem einzigen Song, bei dem ich vor Tom davongerannt war, als er ihn gespielt hatte: *Fields of Gold* von Sting, Mamas Lieblingssong. Doch ich hielt mich tapfer, hielt meinen Blick auf Tom gerichtet, der mit einer Inbrunst sang, die bewundernswert war und diesem so besonderen Song mit seiner rauen und tiefen Stimme eine ganz besondere Note verlieh. Aber das war noch nicht alles. Kaum hatte er den Song beendet und ich gedacht, ich hätte das Schlimmste überstanden, erklang ein weiterer Song, den ich sehr wohl kannte: *Speeding Cars* von Walking on Cars. Kopfschüttelnd blickte ich zu Tess und zog ungläubig die Augenbrauen hoch.

„Weiß er wirklich nicht, dass ich hier bin?"

Mitfühlend lächelte sie mich an. „Ich denke nicht."

Seufzend drehte ich mich wieder zur Bühne und lauschte diesem so schönen, aber auch traurigen Song, bei dem ich auf so unfassbar schmerzhafte Art an Mama erinnert wurde. Tom spielte mit dem Publikum, animierte es zum Mitsingen, Feuerzeuge und Handys mit Taschenlampen-App wurden hervorgeholt und verwandelten den *Cake Shop* in ein Meer aus kleinen Lichtern in der Dunkelheit. Es war absolut überwältigend. Im Anschluss an den Song wandte sich Tom wieder ans Publikum, während Jay die Bühne verließ und sich zu uns setzte.

„Der nächste Song", sprach Tom gerade, „ist ein weiteres Cover und wieder deutlich fröhlicher." Jubel im Publikum. Da fuhr Tom fort: „Ein Cover, das ich bisher noch nie gespielt habe. Ich habe es für eine ganz bestimmte Person einstudiert, leider ergab sich nicht mehr die Gelegenheit, den Song dieser Person vorzuspielen, daher spiele ich ihn heute für euch."

Ich fragte mich, für wen der Song gedacht war. Hatte er seinem Vater einen Song vorspielen wollen oder jemand anderem aus seiner Familie? Für einen winzigen Moment schoss mir durch den Kopf, dass er vielleicht auch einen Song für mich einstudiert hatte, und wartete gespannt darauf, was nun kommen würde. Der Song begann mit einem Gitarrensolo von Tom und sofort brandete im Publikum Jubel auf. Ich kannte den Song, er war von The Cure, aber kaum hatte ich das erkannt, konnte ich nicht verhindern, dass sich Enttäuschung breit machte. Für einen Moment hatte ich wirklich gehofft, dass Tom einen Song für mich eingeübt hatte. Dann begann er und ich hörte ihm zu, wie er von den einzelnen Wochentagen sang. Das Publikum stimmte lauthals mit ein und ich freute mich für Tom, auch wenn ich mir etwas anderes erhofft hatte.

Auf einmal packte mich jemand am Arm. Tessa. „Oh mein Gott, Lulu!" rief sie aufgeregt neben mir und rüttelte an meinem Oberarm. Irritiert drehte ich mich zu ihr um. „Schnallst du nicht, was das bedeutet?"

Stirnrunzelnd blickte ich sie an, völlig ahnungslos, und verstand absolut nicht, was sie mir sagen wollte.

„Der Song!" rief sie da wieder. „Er heißt *Friday I'm in love!*"

Allmählich dämmerte mir, was sie mir sagen wollte, doch nicht schnell genug für Tessa. „Lulu, du bist Friday! Kapierst du das nicht?"

Mit großen Augen blickte ich zu Jay, der nur die Augenbrauen hochzog und mit den Schultern zuckte nach dem Motto: ‚Ich hab's dir gesagt!'. Dann drehte ich mich wieder zur Bühne, starrte auf Tom, hörte seiner mir so vertraut gewordenen Stimme zu, achtete auf den Text und schüttelte immer und immer wieder den Kopf. Konnte das sein? Konnte das wirklich sein? Sang er gerade einen Song für mich? Hatte er einen Song für mich einstudiert, den er mir hatte vorspielen wollen? Und was viel wichtiger war: Konnte das wirklich wahr sein, was er da spielte? Meinte er, was er da sagte? Ich konnte es nicht glauben, schüttelte immer wieder fassungslos den Kopf. Die Tränen konnte ich jetzt nicht mehr zurückhalten, aber das war mir völlig egal. Ich saß einfach nur da und hörte Tom zu, wie er über uns, über mich sang. Das war unglaublich! Die Schmetterlinge flatterten wie wild durch meinen Bauch, die Tränen liefen mir über die Wangen und ich konnte es nicht erwarten, bis das Konzert vorbei war und ich endlich mit ihm sprechen konnte, ihm endlich sagen konnte, dass ich da war, dass ich einen Fehler gemacht hatte, als ich einfach abgehauen war. Das war so unglaublich! Auch wenn ich Angst vor unserem Aufeinandertreffen hatte und aufgeregt war, empfand ich in diesem einen Moment so ein Glücksgefühl, dass sich trotz meiner Tränen das breiteste Lächeln seit Ewigkeiten auf mein Gesicht stahl und sich auch nicht mehr vertreiben ließ. Als der letzte Ton verklang, sprangen die Leute von ihren Sitzen auf und applaudierten wie wild und auch mich hielt nichts mehr auf meinem Stuhl. Da richtete Tom das Wort wieder an das Publikum.

„Tja Leute, so leid es mir tut, jetzt kommt der letzte Song." Allgemeines Bedauern erklang im Publikum. „Es war fantastisch mit euch und ich hoffe, dass wir uns schon bald wiedersehen. Den letzten Song habe ich mit meinem besten Freund zusammen geschrieben. Der ein oder andere kennt ihn vielleicht schon von YouTube. Auch wenn wir zusammen wohnen, haben wir unsere Musik bisher immer voneinander getrennt, aber wenn ich diesen Song heute Abend spiele, dann nur mit dir zusammen, Jay. Deine Gitarre steht hier."

Und er deutete neben sich ins Halbdunkel, in dem man eine weitere Gitarre ausmachen konnte. Tess und ich drehten uns lächelnd zu Jay um, der sich das natürlich nicht zweimal sagen ließ, unter großem Jubel auf die Bühne spurtete, seinen besten Freund kurz umarmte, dann seine Gitarre nahm und zu spielen begann. Das Publikum ging sofort mit, einige konnten sogar mitsingen. Tess und ich blickten uns an und lächelten, ein bisschen stolz, dass wir dabei gewesen waren, als der Song entstanden war. Dann stimmten wir mit ein. Als der letzte Ton verklang, wurden Tom und Jay unter tosendem Applaus beju-belt, auch Tess und ich kreischten und pfiffen und jubelten. Dann verließ Jay die Bühne, um Tom seinen Moment zu gön-nen – schließlich war es sein Konzert gewesen –, kam stolz grinsend wieder zu uns an den Tisch und wurde von uns stür-misch umarmt.

Der Applaus für Tom, den der sichtlich genoss, hielt noch lange an. Dann wurde ein schummriges Licht eingeschaltet, der Scheinwerfer ging aus, durch die Boxen erklang leise Rockmu-sik und der winzige Saal begann sich zu leeren. Einige Zuschau-er reihten sich in einer Schlange vor der Bühne auf, um Selfies oder Autogramme zu bekommen. Ich war unglaublich ange-spannt, gleich war es so weit und ich hatte keine Ahnung, was ich zu ihm sagen sollte. Was hatten Tess und ich uns nochmal überlegt? Ich wusste es nicht mehr, es fiel mir einfach nicht mehr ein. Mein Kopf war völlig leer. Hilfesuchend drehte ich mich zu Tess um und sah, wie sie sich gerade Jay zuwandte.

„Hast du morgen schon was vor? Du könntest mich auf was zu trinken einladen."

Irritiert blickte Jay sie an und für einen Moment verschwand sein stolzes Lächeln. „Ich lade keine Mädchen ein, die vergeben sind. Sowas mache ich nicht", war alles, was er erwiderte. Doch Tessas Lächeln blieb und sie blickte ihn frech an. „Da hab ich ja Glück, dass du mich ruhigen Gewissens einladen kannst."

Überrascht blickte ich sie an. Wann war das denn passiert? Sie hatte keinen Ton gesagt. Doch wenn ich so darüber nachdach-te, hatten Lars und sie – soweit ich das wusste – in den letzten Tagen nicht mehr miteinander gesprochen. Auch Jay schien überrascht zu sein, denn er blickte sie einen Moment lang völ-lig perplex an, so als könnte er nicht fassen, was ihm da gerade passierte. Dann blickte er auf seine Uhr.

„Wie wär's mit jetzt?"

Tess grinste ihn an. „Na dann los."

Mit einem kurzen Blick auf mich, mit dem sie so viel sagte wie: ,Halt bloß die Klappe!', hakte sie sich bei Jay ein und ging mit ihm zur Theke. Lächelnd sah ich den beiden hinterher, dann drehte ich mich wieder zur Bühne um und sah, dass die Schlange allmählich kürzer wurde. Ich sprach mir ein letztes Mal Mut zu, dann stellte ich mich ganz hinten an und versuchte mich mit jeder Faser auf die Musik im Hintergrund zu konzentrieren, um nicht vor Aufregung durchzudrehen. Mit jedem Schritt, den ich Tom näher kam, wurde es schlimmer. Doch dann war ich endlich an der Reihe. Ich sah, wie Tom sich abwandte, um seine Gitarre in seinen Koffer zu packen, wobei er mir den Rücken zudrehte und mich nicht bemerkte, als ich unsicher und mit klopfendem Herzen neben ihn trat.

„Hi", war alles, was ich herausbrachte.

„Hi", erwiderte er, immer noch mit seiner Gitarre beschäftigt. „Ich bin sofort bei …" Als er sich zu mir umdrehte und erkannte, wer da vor ihm stand, stockte er mitten im Satz und starrte mich einen Moment ungläubig an.

„Was machst du denn hier?" fragte er schließlich leise.

Unsicher lächelte ich ihn an. „Dir zuhören?"

„Lu", war alles, was Tom darauf erwiderte, und mir war klar, dass jetzt Zeit war, die Karten auf den Tisch zu legen. Und mit einem Mal war alle Aufregung verflogen und mir fiel ein, was ich sagen musste.

„Okay, hör zu", begann ich und sah ihn dabei direkt an. „Dass ich einfach abgehauen bin, war riesengroßer Mist, aber ich hatte dich und Jay in der Küche gehört und war so schrecklich verletzt, weil du gesagt hast, dass die Nacht für dich ein großer Fehler war. Da wollte ich einfach nur noch weg."

Betroffen blickte Tom mich an. „Aber doch nicht deinetwegen! Diese Nacht … Lu, das war wunderschön! Ich hatte nur den Eindruck, ich hätte noch warten, dich nicht bedrängen sollen. Ich hatte einfach Schuldgefühle."

„Das weiß ich jetzt auch", erwiderte ich leise. Da trat Tom einen Schritt auf mich zu und blickte mich eindringlich an.

„Hast du ernsthaft gedacht, ich hätte es nicht ernst mit dir gemeint?" Er fuhr sich durch seine strubbeligen Haare, schien aufgewühlt zu sein. Da senkte ich den Blick und zuckte zerknirscht mit den Schultern. „Ich weiß nicht. Ja, wahrscheinlich." Mit einem Mal spürte ich seine Hand an meiner Wange und biss mir unsicher auf die Unterlippe. Doch erst, als ich ihn wieder ansah, sprach er weiter.

„Und denkst du das immer noch?"

Ich atmete einmal tief durch, dann schüttelte ich den Kopf. Da berührte er auch noch mit der anderen Hand mein Gesicht und kam mir ganz nah.

„Ich hab dich so vermisst, Friday."

Dann küsste er mich. Und dieser Kuss war so wunderschön, dass ich weiche Knie bekam und die Schmetterlinge in meinem Bauch in sämtliche Himmelsrichtungen auseinander stoben.

Als wir uns schließlich voneinander lösten, blickte ich verstohlen auf mein Handgelenk und stoppte die Uhr. Sie zeigte 58:46:28 h. Mit einem Schmunzeln im Gesicht beobachtete Tom mich dabei und fragte: „Was zeigt sie an?"

Ich lächelte zurück. „Meine neuen Lieblingsfarben."

Doch ich würde übermorgen nach Hause fliegen und das bereitete mir Sorgen, weil ich immer die Geschichte von Mama und Nat im Hinterkopf hatte. Tom, der mich immer noch beobachtete, sah die Zweifel in meinem Gesicht und wurde unsicher.

„Was ist los?"

Ich seufzte. „Wird das funktionieren?"

Erleichtert, dass es scheinbar nicht darum ging, dass ich mir meiner Gefühle nicht sicher war, lächelte Tom mich liebevoll an. „Natürlich wird das funktionieren."

Doch ich war nicht überzeugt. „Aber ich fliege übermorgen ab und dann bin ich so unendlich weit weg. Was, wenn ich bin wie er? Wenn sich die Geschichte wiederholt? Ich bin doch schonmal einfach feige abgehauen!"

„Aber du bist wiedergekommen!" hielt Tom dagegen und strich mir sanft eine Haarsträhne aus der Stirn. „Du bist nicht wie er, Lu. Das mit uns, das wird funktionieren, glaub mir."

„Wie kannst du dir da so sicher sein?"

Da nahm Tom meine Hand, fasste mit der anderen in seine Hosentasche und legte mir einen kleinen Gegenstand auf die Handfläche. Als ich erkannte, was es war, füllten sich meine Augen mit Tränen, und als ich hörte, was Tom zu mir sagte, während er meine Hand liebevoll um den kleinen Gegenstand schloss, konnte ich sie nicht mehr aufhalten.

„Ich hab's mir gewünscht – mit deinem Lochstein."

- ENDE -

Danksagung

Bis zur Entstehung dieses Romans ist – genau wie bei Ellas Geschichte in „Und wo ist dein Herz zu Hause?" – einige Zeit vergangen. Und auch hier haben mich einige liebe Menschen auf diesem Weg begleitet.

Allen voran Sylvia Englert, alias Katja Brandis, die die Geschichte schon vor Jahren, als Tom noch nicht Tom war, lektoriert hat. Tatsächlich wurde Lucie nämlich in der ersten Version nicht von ihrer besten Freundin Tessa, sondern von Tessas großem Bruder Tom begleitet. Es gab weder den Straßenmusiker Tom noch seinen Mitbewohner Jay. Und als ich dann das Gutachten von Sylvia Englert las, das ganz gut, aber deutlich weniger euphorisch als beim ersten Roman war, dachte ich, ich müsste ganz grundsätzlich etwas am Plot ändern. Und so wurde Tom zu dem Tom, der er jetzt ist, und die Geschichte funktionierte mit einem Mal deutlich besser. Also vielen, vielen Dank an Sylvia Englert für Ihre klaren Worte, sonst wäre der Roman heute nicht so, wie er jetzt ist.

Ebenfalls danken möchte ich Annika Bruns, die ein fantastisches Cover erschaffen und sehr viel Geduld bewiesen hat mit mir und meinen Änderungswünschen. Vielen Dank für Ihre Mühe! Das Ergebnis ist fantastisch geworden!

Ein weiteres Mal „geopfert" hat sich meine Schwester. Du warst eine großartige Testleserin für die erste Version mit dem „alten" Tom. Daher wollte ich dich für die neue Version nicht noch einmal darum bitten mit dem Wissen im Hinterkopf, dass du von dir aus keine Jugendbücher liest, es für mich aber auf jeden Fall nochmal getan hättest. Und dennoch vielen, vielen Dank für deinen Einsatz, deine Ideen und deine Anmerkungen!

Als neue Testleserinnen mussten daher zwei liebe Freundinnen herhalten. Vielen, vielen Dank Anna und Manu, dass ihr euch so viel Mühe gegeben habt, so gute Anmerkungen und Ideen hattet, und für die Zeit, die ihr geopfert habt. Denn es ging ja nicht ums reine Lesevergnügen, sondern darum, während des Lesens und auch danach einen ganzen Fragenkatalog von mir abzuarbeiten. Ich danke euch sehr für euren Einsatz!

Seit einiger Zeit bin ich unter @annekroeber648 auch auf Instagram unterwegs. Eigentlich zu Marketingzwecken, aber stattdessen habe ich dort unzählige liebe AutorInnen und BloggerInnen kennengelernt, die ich nicht mehr missen möchte. Ein paar von ihnen haben mir bei der Erstellung des Klappentextes und der ungewöhnlichen Auswahl des Titels mit Rat und Tat zur Seite gestanden. Vielen, vielen Dank Cookie (von @cookie.ellerdahl), Jasmin (von @jasmin_iser), Sandy (von @sandy_mercier_autorin), Roxy (von @roxyspodcast) und Marion (von @lesonautin) für eure Unterstützung und Ideen und dafür, dass ich euch immer um Rat fragen kann, wenn ich gerade mal nicht weiter weiß. Ich bin froh, dass ich euch kennengelernt habe!

Und mein letzter Dank gilt euch da draußen: Ja, meine Fanbase ist noch klein. Aber wenn ihr nicht wärt und mir nicht so fantastische Rückmeldungen zu Ellas Geschichte gegeben, so schöne Rezensionen geschrieben und mich nicht immer wieder gefragt hättet, wann es denn was Neues von mir zu lesen gibt, wäre Lucies Geschichte in der Schublade verstaubt und hätte niemals die Buchwelt erblickt. Also vielen, vielen Dank!!! Ich bin wirklich froh und dankbar, dass es euch da draußen gibt!

Bis hoffentlich bald,
eure Anne

Ebenfalls bei Books on Demand erschienen:

Anne Kröber - Und wo ist dein Herz zu Hause?

New-Adult-Roman, 2. Auflage, 360 Seiten
Print für 11,99 Euro: ISBN 978-3-7528-7039-8
E-Book für 4,99 Euro: ISBN 978-3-7481-3509-8

Weg. Bloß weg. Einfach die Sachen packen und verschwinden. Die 16jährige Ella macht genau das ... und landet in Tofino auf Vancouver Island. Hier fühlt sie sich zum ersten Mal zu Hause und sie trifft Ben, mit dessen Art sie zu Beginn so gar nichts anfangen kann. Doch als sie eine andere Seite an ihm entdeckt, beginnt sie langsam, ihn in ihr Herz zu lassen. Aber Ella ist ausgerissen und nicht jedem in Tofino gefällt ihre Anwesenheit. Als der Druck auf Ella wächst, muss sie sich entscheiden...